Michel André

PRIME ENFANCE

Égographie

2018

Dans les limbes du non-né

Je n'endurais ni faim, ni soif, ni froid, ni chaud, ni aucune forme de l'épuisement ou de l'endommagement physiologique propre à l'incarnation terrestre. Toutefois, contrepartie pénible mais inévitable d'une existence désincarnée, je ne connaissais, sur le plan mental, ni trêve ni repos... En tant qu'être proprement dit j'étais en principe invulnérable, mais sous réserve d'une vigilance et d'un évitement de tous les instants. Pas question de me laisser aller à un quelconque bien-être immobile, et moins encore de m'abandonner une seule seconde au néant pur et simple du sommeil profond, ou à l'irréalité du sommeil paradoxal. C'en eût été fini de *moi* en un clin d'œil. *Être* ou *non-être*, il faut choisir... Dans le milieu immatériel où je baignais en tant que boule d'énergie lumineuse à l'état pur, des forces hostiles étaient à l'œuvre qui ne me laissaient aucun répit. Lancées depuis toujours à ma poursuite, elles sillonnaient l'espace-temps sans relâche ni faiblesse. S'il m'était relativement facile d'échapper à ces entités malfaisantes (une simple affaire de volonté de ma part, de *vouloir-être*), pas moyen en revanche de m'en protéger durablement, c'est-à-dire de trouver un abri sûr pour souffler un peu.

Scénario invariable : à l'instant où je croyais m'être

soustrait à leur poursuite, ces sortes de Harpies me débusquaient ; et à peine débusqué, je leur échappais ; et cela faisait une éternité que durait ce petit jeu ; et rien n'empêchait qu'il dure éternellement. Impossible jusqu'à nouvel ordre (?) d'en modifier la règle et de décréter : « Bon, ça suffit comme ça, j'abandonne... ». Quelque chose de bien plus fort que *moi* m'incitait (?) à toujours réagir de façon positive, à déjouer toute entreprise visant à m'anéantir. Je devais continuer d'être... Rien de physiquement épuisant là-dedans, ni pour mon être, ni d'ailleurs pour les forces lancées à ma poursuite. Aucun effort musculaire de part ni d'autre, juste de l'influx nerveux. Dans l'état d'âme ectoplasmique où je me trouvais, pas besoin non plus de sommeil pour reprendre des forces, récupérer mon énergie vitale en vue des épreuves à venir. Mes facultés restaient intactes, toujours prêtes à servir. Voyant fondre sur moi l'adversaire, il me suffisait de décréter mentalement « sauve qui peut ! » pour qu'instantanément je sois sauvé. Mais jamais plus de quelques secondes... Il ne me coûtait rien, - non plus qu'aux forces attachées à ma perte -, de poursuivre ce cache-cache *ad vitam aeternam*. La lassitude ressentie de mon côté n'était pas énergétique, elle était d'un autre ordre, "spirituel" ? La perspective de cette course-poursuite éternelle avait en soi quelque chose de franchement débilitant. « Ce n'est pas une vie ! » (au sens biologique du mot), mais il n'était pas en mon pouvoir d'y mettre fin. Il m'arrivait quand même de penser que ce stress incessant, bien qu'il fût en principe non létal, finirait bien un jour par lasser la lueur d'être qui me tenait lieu d'âme et l'amènerait à renoncer... Renoncer à *être* ? Pourquoi pas tout de suite ? S'il ne tenait qu'à moi... Décider au moins d'une trêve périodique, à l'image de ce qu'est, dans d'autres contextes existentiels, le sommeil par rapport à l'état de veille ? Pouvoir relâcher vigilance et volonté de temps à autre ? J'éprouvais la nostalgie d'un laisser-aller voluptueux au non-être, cet entracte où l'on s'oublie soi-même quelques instants sans pour autant s'y perdre définitivement. Je me surprenais à *rêver* d'une émergence dans un autre cadre de vie, plus matériel que celui, purement énergétique, dans lequel j'évoluais depuis toujours ; un monde au sein duquel mon âme ne serait pas *à nu*, exposée aux forces adverses de façon immédiate, directe. J'imaginais ma propre personne pourvue d'une carapace imperméable aux effluves, flux et courants maléfiques qui, parcourant l'éther en tous sens et de toutes parts, s'acharnaient après moi depuis l'aube des temps. Un tel monde recélerait par surcroît des anfractuosités où me cacher, des creux secrets où mon âme, déjà bardée de chair et d'os, pourrait trouver temporairement refuge et, ainsi doublement protégée, se laisser aller périodiquement à un oubli de soi réparateur et réversible... La vie rêvée?

Problème : un tel cadre de vie a des inconvénients. Il faudrait par exemple songer à m'extraire de ma chrysalide protectrice avant que celle-ci, comme toutes les réalités matérielles inhérentes au milieu *terrestre*, n'arrive à son terme ou ne soit menacée d'une fin de vie accidentelle…

-Ou alors accepter de t'anéantir avec elle ?

*

Premier jour

-Qu'est-ce qui m'arrive ?

Je vois le jour… Ou plutôt je l'entends : quatre-cinq notes égrenées dans le noir ; un motif musical en zigzag flottant, fuyant, que je ne peux localiser visuellement, ni a fortiori atteindre, attraper manuellement… Un ravissement certain pour mon oreille, mais un premier motif de frustration...

Cette brusque déchirure dans la taie opaque qui jusqu'ici bouchait ma vue ! Un trou, un *jour* dans lequel ma lueur d'être interne s'engouffre et se répand sans retenue à l'extérieur… Une expansion visuelle presque aussitôt bloquée par quelque chose de vertical dressé à quelques mètres devant elle... La pointe laser de mon regard parcourt l'obstacle en hauteur et largeur sans y trouver de faille et sans pouvoir le contourner. *Réflexe* instantané de ma pensée :

-Qu'y a-t-il au-delà ?

Confinée elle-même trop longtemps dans les limbes du non-né, ma pensée n'entend pas s'en tenir à l'en-deçà actuel. S'extirpant mentalement du double carcan de sa chrysalide corporelle et du cadre de vie limité que mon regard vient de mettre au jour, elle se propulse à une vitesse voisine de celle de la lumière jusqu'aux confins spatiaux du Possible et de l'Imaginable…

-Qu'y a-t-il au-delà ?

L'imparable Sésame a pour effet de pulvériser l'obstacle et de permettre à ma pensée de filer au-delà... Et au-delà de l'au-delà lui-même...? Au-delà de l'au-delà de l'au-delà, etc...

Effrayé quand même par le vertigineux abîme qu'ouvre cette progression à l'infini de ma pensée, je tente de m'accrocher aux quelques lambeaux de réalité visuelle mis au jour jusqu'ici : cloisons frontale et latérales, plus une sorte de couvercle au-dessus de ma tête et sous moi une surface stable : un espace clos sans aucune trace visible des particules sonores qui par intermittences l'animent et continuent de charmer mon oreille.

-Qu'y a-t-il au-delà ?

Question moins primale, mais tout aussi cruciale :

-Vide ou plein ?

Un espace *vide* illimité au sein duquel ma capsule d'être luminescente flotterait en suspension incertaine ? Un *plein* d'épaisseur infinie en plein milieu duquel elle se trouverait incluse, occluse et à jamais coincée...? Troisième option plus vraisemblable et surtout plus souhaitable : une succession de vides et pleins emboîtés les uns dans les autres à la façon des poupées russes, et donc la possibilité pour ma personne de s'y déplacer à loisir... ?

Il est grand temps de faire un premier point... Repliant mon regard en deçà de mon nez sur sa position initiale ; au revers de mes paupières baissées, je résumerai la situation de la façon suivante. De part et d'autre de ce rideau de chair se sont successivement *faits jour* deux espaces bien distincts : l'intérieur, où après une première audacieuse sortie me voici à nouveau tapi ; l'extérieur, où mon regard a aussitôt buté contre une et même plusieurs parois opaques infranchissables. Un cadre de vie en bonne et due forme... Ou plus exactement : un cube solide et stable, en regard duquel mon espace intérieur semble avoir rétréci, tout en restant tangible, alors que le cube en question, beaucoup plus vaste, s'est pratiquement évaporé au moment où je fermais les yeux sur lui. N'était-ce qu'un rêve évanescent, une projection de mon esprit ? Rouvrir les yeux *pour voir*...

Le dehors se fait *jour* à nouveau, identique à sa précédente apparition. Je répète l'expérience pour m'assurer qu'il jouit effectivement d'une existence pérenne et stable. Ce qui pour ma pensée ne prouve rien. En bonne logique égologique et à titre spéculatif, elle m'objecte aussitôt ceci :

-Toute certitude à ce sujet est fallacieuse, ta projection *imaginale* pouvant se reproduire à l'identique un nombre illimité de fois, tandis que des vues différentes sont susceptibles de refléter une seule et même réalité sous-jacente…

Une chose est sûre au demeurant : infranchissables pour mon regard, de tels obstacles ne le sont pas pour ma pensée ; elle se projette au-delà… Un simple déclic mental, verbal ou non, et me voici confronté à l'idée d'Infini… Perspective certes vertigineuse, mais pas vraiment angoissante *au fond*. D'autant moins redouté l'abîme qu'il doit être cloisonné, fractionné, compartimenté en sous-mondes - ainsi que le suggère ma première impression visuelle…

Des espaces finis emboîtés les uns dans les autres, plus ou moins encombrés de choses visibles et/ou audibles ? Perspective acceptable… Peu engageante en revanche l'autre version possible du monde : une bulle de vide occluse dans une gangue de néant de plénitude illimitée, voire un épaississement infini de la première paroi opaque

9

contre laquelle a buté d'entrée mon regard ? Un petit monde refermé sur lui-même, dont ma personne physique aura fait le tour en un clin d'œil ? Un cachot sans ouverture, ni réelle ni virtuelle sur aucun dehors ? Un espace confiné où mon être serait condamné à tourner en rond, sinon "à perpète", du moins jusqu'à ce que la chandelle dont il l'éclaire généreusement ait *fait long feu*...

-Un vrai cauchemar !

Rouvrir courageusement les yeux pour voir... Plutôt qu'occulter la réalité ambiante, la regarder en face et l'examiner avec soin. M'en faire au plus vite une juste idée. M'appliquer à relever tous indices objectifs en faveur de l'une ou l'autre des trois versions possibles de la réalité qui se présente à moi, tout en souhaitant que prévale la troisième...

Bonne ou mauvaise surprise, le même décor : murs et plafond ; le *même* espace de vie...?

Pas tout à fait : s'y ajoutent à présent une dizaine de lits, reposant comme le mien sur une sorte de plancher rustique.

-Mais peut-être étaient-ils déjà là, noyés dans l'ombre, au tout premier instant où tu as vu le jour ?

Un *même* monde subsistant par-delà mes intermittences oculaires ? Le même espace hors et autour de moi, existant *per se* et subsistant à l'identique à chaque coup d'œil posé sur lui, c'est-à-dire d'un instant à l'autre de l'écoulement temporel ?... Le sentiment qu'il en est bien ainsi s'impose de plus en plus à mon esprit, sans toutefois parvenir à convaincre tout à fait ma toujours vétilleuse pensée :

-Le même mais par rapport à quoi ? m'objecte-t-elle. Tout aurait pu se modifier dans l'intervalle ?

La question du *même*, cette autre question primale propre à la prime enfance, se pose le plus naturellement du monde à l'esprit de quiconque s'aventure en un monde quel qu'il soit. Elle s'impose à moi au même titre que la question de l'*au-delà*. Mais l'une et l'autre sont toutefois moins vitales que celle concernant la nature exacte du milieu dans lequel ma bulle d'être a émergée et se trouve à présent occluse, ou suspendue : *plein* ou *vide*, milieu compact ou aérien …? En quête d'une réponse claire à ce sujet, je balaie à nouveau du regard le cadre de vie qui, de gauche à droite, de bas en haut, même en oblique…, se présente à moi. Dans la continuité du mur d'en face, quelques failles, ou fissures se font jour par où semble s'infiltrer *du dehors* un espace beaucoup plus lumineux que celui, pénombreux, où je baigne depuis mon émergence des limbes obscures de l'invécu... C'est peut-être par ces fentes que s'introduit ici, périodiquement, le séduisant motif musical, et c'est par elles qu'il disparaît malicieusement chaque fois que mon regard cherche à l'intercepter ?

-Que ce motif surgisse quand tu fermes les yeux et disparaisse quand tu les ouvres pourrait être pure coïncidence…

Progrès considérable : bien qu'elles restent invisibles, les perles sonores sont à présent audibles quand j'ai les yeux ouverts, … Le zigzag élusif qu'elles décrivent dans l'espace proche avive toujours autant ma frustration… et ma reconnaissance : sa magie musicale m'a en effet tiré d'un immémorial sommeil. Je tiens donc ce motif commotionnel pour un composant majeur de la réalité ambiante et comme essentiel au maintien d'un certain vécu (le mien) au sein de celle-ci…

En l'absence de ces sons perlés, un bruit de fond parvient à mon oreille et s'impose par moment au premier plan de mon écoute : un crissement multiple, uniforme... Cela semble également provenir de l'au-delà du mur d'en face et exercer sur celui-ci une pression extérieure à la fois lumineuse et sonore. Puis-je en conclure que les parois qui me cernent de toutes parts ne sont pas d'épaisseur infinie, mais sont extérieurement baignées par un milieu fluide, aéré, lui-même confiné, et ainsi de suite…?

Un *cadre* de vie en bonne et due forme, et l'opportunité pour mon esprit (et plus tard mon corps) de s'en évader à sa guise, de vaquer au-dehors à tout moment si le cœur lui en dit ? C'est la vision du monde qui a ma préférence, la seule au fond qui semble viable, vivable, non seulement à mes yeux mais à mon être entier ; la seule digne d'être vécue en ce tout premier *jour*...?

Une alternance illimitée de vides et pleins, d'enclos et d'espaces libres, de dedans et de dehors, emboîtés les uns dans les autres, probablement à l'infini...? Vide(s) ou plein(s), difficile finalement d'en finir avec l'Infini !

-Qu'y a-t-il au-delà ?

Difficile d'éluder longtemps cette obsédante question dès lors qu'on est doté d'une pensée encline à la métaphysique et que l'on s'ouvre à un monde fini, quel qu'il soit… Mais la curiosité des sens finit quand même par l'emporter chez moi sur ces dérives intellectuelle, et revenir à des réalités immédiates et concrètes…

Laissant à nouveau filtrer le *jour* par la double fente de mes paupières mi-closes, je constate que c'est bien par les failles et fissures repérées plus haut dans la paroi qui me fait face que parviennent jusqu'à moi non seulement la lumière extérieure mais aussi, par bouffées régulières, le bruit de fond qui lui est associé, crissements, craquements… Remarquable également le fait que ce fond sonore ne m'est audible qu'en l'absence de l'épisode musical et que celui-ci, quand il resurgit, est toujours invisible à l'œil nu… Mon ouïe le localise toutefois de façon plus précise à chaque apparition et finit par en situer la source, non pas au-delà du mur d'en face, mais ici même, dans mon voisinage immédiat. Voyons voir :

-Cette forme allongée dans le lit à côté du tien ?

Mon œil gauche a entrevu *la chose* incidemment d'un regard oblique, et l'examine maintenant avec plus d'attention : deux jambes et deux pieds nus aux multiples orteils…, répliques exactes des prolongements physiques horizontaux de ma personne identifiés plus tôt dans mon propre lit. Mais ces *membres*, à la différence des miens, sont nettement détachés de mon corps, n'en font donc pas partie, et, jusqu'à nouvel ordre, n'obéissent pas à mes commandes… ?

Deux, trois essais suffisent à m'en convaincre : ces appendices corporels pourtant si proches, ne dépendent pas de moi … De même, ce buste à chemisette et les deux bras qui en jaillissent - autres copies fidèles de possessions que j'ai d'emblée considérées comme miennes -, sont manifestement indépendants de ma personne, aussi bien sur la plan physique que psychique.

Mais plus insolite encore, et coiffant le tout, cette boule hirsute à hauteur de mes yeux ! Par-delà l'étroit gouffre séparant nos deux lits, une bouille toute ronde aux traits qui me disent quelque chose : deux yeux, un nez, une bouche me font face et se déforment en d'incessantes grimaces... À moins d'un mètre de mon massif facial, c'est à s'y méprendre : une réplique en relief de ce masque moulé à même mon âme, que je vis en creux de l'intérieur depuis le tout premier instant de ma venue au monde (un relief dont je me suis fait une idée plus concrète en passant la main dessus)...

Prêter à ce *vis-à-visage* une attention soutenue... Les contorsions buccales dont il est animé et le mystérieux sifflotement, qui égaie l'espace ambiant à intervalles plus ou moins réguliers, se déclenchent et s'arrêtent de façon parfaitement synchrone. De leur coïncidence exacte et répétée puis-je déduire qu'ils dépendent l'un de l'autre ?

C'est désormais une certitude : l'orifice qui, tour à tour, s'entrouvre et se referme à quelque distance de moi, dont les bordures avancent, se rétractent, se tordent en une gymnastique savante au bas de cette face qui me fait face, est la source de l'émission sonore qui m'a tiré des limbes du non-né et qui continue d'envahir la pièce à intervalles réguliers. Unique réalité vivante dans les parages, elle me ravit. Dommage qu'elle soit intermittente, fugitive, capricieuse, impalpable... hors de mon contrôle. Que ne puis-je émettre par moi-même des sons d'une telle beauté ! Ne plus dépendre de l'extérieur pour tenir mon être en éveil et l'alimenter en plaisir auditif serait un acquis considérable, un précieux moyen d'affirmer mon autonomie existentielle...?

-Rien ne t'interdit d'essayer.

Faire jouer les traits de mon visage à l'imitation de mon vis-à-vis : remuer les lèvres, gonfler mes joues, puis les comprimer... aucun résultat

Je m'obstine et reçois de sa part un clin d'œil amical en guise d'encouragement, accompagné d'un ralenti facial qui se veut explicite et que je m'applique à suivre :

-Pour obtenir ce son filé, avance les lèvres, forme avec celles-ci un trou minuscule, et par ce trou aspire de l'air, gonfle tes joues, dégonfle les ensuite de façon progressive, régulière...

Autres détails opératoires moins apparents, mais que mon instinct me fait découvrir : desserrer légèrement les dents à l'arrière des lèvres afin de livrer passage à la mince colonne d'air montante ; positionner la pointe de ma langue contre mes dents du dessous, où elle doit jouer un rôle majeur... Opération magique, si simple à première vue, en réalité si complexe, je sens venir avec ferveur mon premier sifflotement...

-*Patatras* !

Un grand fracas dans notre dos ! Une cloison jusqu'ici ignorée de moi vient de voler en éclats et livre passage à une espèce de tornade blanche, qui, s'engouffrant en trombe au milieu de la pièce, se positionne aux pieds de nos deux lits, tournoie au-dessus d'eux, hésite entre les deux, et finit par s'abattre en grêle sur celui de mon maître-siffleur :

-*Aïe, aïe, aïe* !

Le calme après l'orage... Et à nouveau cet espace vide et clos, immobile dans les trois axes de mon regard... À mes oreilles aussi ce fond sonore, bruissements et crissements, en provenance de l'inconnu *dehors*... Mais nul espoir en revanche d'entendre le sifflotement ensorceleur de tout à l'heure. La source à moins d'un mètre de moi en est tarie...

Comme va me sembler vide l'ambiance et privé de vie mon vécu en l'absence de ces sons aériens ! Pour ponctuer l'écoulement régulier du temps entre les quatre murs de ma venue au monde ne subsistent à présent que les sanglots humides, syncopés de mon voisin de lit. Également périodique, le battement de mon cœur, que je découvre coincé entre mon flanc gauche et le matelas. Le temps à l'état pur. Pour l'Éternité...?

-*Ding, ding, ding* !
Un son strident, peu musical et totalement inouï par-delà la cloison de derrière…! Note unique au timbre aigu, métallique, répétée de façon insistante :
-*Ding, ding, ding* !
Une rupture du silence ambiant bien plus flagrante que l'onctueux sifflotement de mon voisin de lit, sanctionné tantôt de façon si sévère ! Et un délit sonore dont il est cette fois visiblement innocent. Qui donc ose à présent perturber de façon si grossière l'écoulement sans histoire du flux temporel ? Quelle sanction va s'ensuivre…?
La porte invisible dans mon dos s'ouvre à nouveau de façon brusque et livre passage à la même tornade blanche cataclysmique de tout à l'heure, accompagnée cette fois d'une émission vocale articulée et claironnante :
-Debout ! Debout ! dit-*elle* en tapant dans ses mains.
La forme blanche se précipite jusqu'à la faille du mur d'en face, qu'elle élargit d'une double claque retentissante. Un flot de lumière vive envahit aussitôt l'espace ambiant et le nettoie de toute pénombre. Tiré moi-même une seconde fois des limbes épaisses de l'invécu (je m'étais rendormi), m'en voici tout éberlué !
-Debout, debout, les enfants ! La sieste est finie !

Une bonne dizaine de têtes émergent d'autant de lits autour du mien. *Saisi* par cette surrection inattendue, je prends moi-même appui sur mes deux coudes, soulève mon buste et me frotte les yeux. Je les écarquille si grand qu'il ne m'est plus possible ensuite de les refermer, c'est-à-dire d'abaisser mes paupières sur l'omniprésent et envahissant flux lumineux. Sa pression est trop forte ; trop puissants et variés les contrastes qu'il suscite à la ronde !

Forte aussi la pression sonore engendrée par l'éveil simultané de ces nombreuses répliques de ma personne aux quatre coins de ce qui m'apparaît être un *dortoir* : une dizaine de lits grinçants et ces pépiements qu'émettent des bouches de tous côtés ; et cette grosse voix d'une *grande* personne au centre de la pièce :

-Dépêchons ! Dépêchons !

J'en prends plein les yeux, plein les oreilles, plein la tête. Plus question de me replier sur mon for intérieur originel, me voilà tout entier *au* monde…! Je m'y résigne moins par faiblesse que par curiosité. Une intuition me traverse l'esprit, selon laquelle l'intégral *versement* que je viens d'effectuer à mes dépens (et au profit de l'extérieur) est un moment crucial de ma venue au monde : l'*extraversion* par excellence... Nul doute que cette nouvelle disposition de mon esprit, sans doute irréversible, me semblera bientôt la chose la plus naturelle du monde, la plus banale. Faute de pouvoir fermer les yeux, je me les frotte.

-Debout, debout ! On met ses sandales.

« Fais comme tout le monde… » est le conseil que me prodigue une voix étrange venue des profondeurs de mon for intérieur (une voix que j'identifie sans plus tarder comme étant celle du *bon sens* ou de la *raison* - elle indique à chaque nouveau-venu au monde la bonne conduite à tenir, le bon chemin à prendre, la voie à sens unique du *sens commun* ou *consensus*)…

Désemparé sur le moment, le mieux à faire est en effet de faire comme je vois *faire* les autres autour de moi. Or, *tous* sont à présent dressés sur leur séant au bord du lit, bras ballants, jambes pendantes, mines bouffies… Et juste en face de moi, mon voisin de lit : bouche boudeuse, yeux rougis... Copier ses moindres gestes et mouvements : poser un pied par terre, puis l'autre, les glisser à présent dans quelque chose d'assez informe gisant par terre en deux unités pratiquement symétriques ?

-Tes *sandales.*

Mes jambes se révèlent bien trop courtes ; mes pieds tâtonnants ne trouvent que le vide. *On* vient alors à mon secours : *mes* sandales ont glissé sous le lit, hors de portée. Pour ne rien arranger, elles comportent un côté, "gauche", un autre "droit", qu'il faut apprendre à distinguer. Quant à les attacher moi-même correctement, le *petit* que je suis en est pour le moment tout à fait incapable. *On* me montre donc une nouvelle fois comment m'y prendre... Une *nouvelle* fois ? Qu'en *est*-il donc des précédentes ?

À l'âge qui est le nôtre (?), l'*on* est censé avoir déjà pas mal vécu, donc avoir acquis en maints domaines un certain savoir-*faire* (et *ne pas faire*). Or, de mon strict point de vue, c'est le tout premier jour où je vois le jour de façon *effective*…?

Riche d'expériences passées, mon âme (en l'occurrence ici ma pensée) me signale ceci : ce p*remier jour* constitue un premier sujet de dissension inévitable entre le sentiment intime d'un jeune sujet comme toi et les données sociales à *son* sujet… Un certain temps s'écoule en effet entre la date de naissance officielle qui t'est attribuée et ce jour où, nouveau-venu-au-monde, tu vois effectivement le jour et commences à en garder des traces en mémoire. Acte de foi ou acte de naissance, lequel choisir ? Une telle question n'est pas à l'ordre d'un premier jour…

Debout, sandales aux pieds, entraîné jusqu'à la porte du *dortoir* par une dizaine d'enfants dûment chaussés et habillés comme moi... D'un coup d'œil, je m'estime plus petit que la moyenne d'entre eux, donc moins âgé ?

Sans transition : ce second choc spatial une fois passé le seuil ! Un espace bien plus large - et surtout bien plus haut, plus bruyant, plus encombré aussi - que le petit dortoir d'enfants clos et intime où je viens d'émerger. Un grand hall central… Deux rangées de piliers se perdent dans les hauteurs d'un lointain plafond. La lumière extérieure en ruisselle jusqu'au sol par une sorte de vitrage circulaire... Cet élargissement brutal confirme mon intuition première du monde : des espaces de plus en plus grands emboîtés les uns dans les autres. De tous côtés des portes s'ouvrent, déversant en ce lieu central des groupes d'enfants de tailles diverses, *petits*, *moyens* et *grands*, sous la houlette de plusieurs vraiment "grandes personnes" ; au total, cela fait beaucoup de monde et beaucoup de bruit... Il me vient à l'idée - fugitivement - que le nombre de personnes présentes en un lieu donné pourrait être proportionnel au volume d'espace disponible ? À moins que ce ne soit l'inverse : un monde d'autant plus développé que le *monde* y est plus nombreux ?... Pour l'heure cette question n'est ni vitale, ni primordiale, je la chasse donc de mon esprit… Plus surprenante et digne de réflexion me semble par contre la familiarité bruyante et spontanée qu'*ils* se témoignent les uns aux autres : comme s'ils se connaissaient

19

déjà ? comme si ce n'était pas la première fois qu'ils se trouvaient ensemble dans ce grand hall ? comme si, et contrairement à moi, ce n'était pas le premier *jour* qu'ils se voyaient les uns les autres…? La ci-présente réalité aurait-elle eu pour eux une existence antérieure ? Ou bien se seraient-ils connus ailleurs, autrefois, en une autre occasion, dans d'autres mondes ? Pour ma part (autant que je sache - et mon souvenir en la matière est des plus *frais*), c'est vraiment la toute première fois que je me trouve *au* monde, ou du moins en *ce* monde ; et la réalité qui s'y fait jour me semble à chaque instant d'une radicale nouveauté, non dénuée de menaces...

Dans la multitude des visages inconnus qui m'entourent et qui me déboussolent par leur diversité (dont certains semblent pourtant me connaître), je cherche du regard et repère enfin le seul qui me soit familier : celui de mon voisin de lit de tout à l'heure, le maître-siffleur. Le découvrir à mon côté est rassurant. Un peu plus grand que moi, le *petit* en question répond au nom de "Riri". Et j'entends qu'on m'appelle "Lulu"...

-*Lulu, Riri*, par ici !

Et nous voici "dehors"… Une trentaine d'enfants de divers âges, tailles, sexes et physionomies, encadrés et surplombés par trois-quatre réellement *grandes* personnes... Nouvelle confirmation de mon intuition première : le dehors est beaucoup plus grand que le dedans et sans doute le dedans d'un dehors à venir plus vaste encore, et ainsi de suite à l'infini...? Cette conception du monde me semble de plus en plus plausible, et la plus acceptable en termes de vécu. Toutefois, la dilatation spatiale qu'elle entraîne m'oblige à écarquiller encore plus les yeux. La

lumière extérieure de plus en plus vive me les fait cligner...
S'y ajoute le désagrément de l'air chaud, substance immatérielle dont je suis désormais enveloppé des pieds à la
tête et qui s'insinue au plus intime de ma personne par le
moindre de mes orifices corporels. Au total, situation
plutôt incommode... L'instinct me commande de fermer la
bouche, mais je ne peux en faire autant de mes narines.

Dehors… Un espace également jalonné de piliers de
bois, mais plus hauts, moins droits et moins bien alignés
que ceux à l'intérieur de la maison. Ils s'érigent ici et
s'évasent en de fines armatures ramifiées, apparemment
"chargées" de soutenir là-haut, au-dessus de nos têtes, un
dais d'un bleu profond et lumineux, sorte de plafond d'azur
à l'encontre duquel ma pensée ne peut se retenir très
longtemps de poser la sempiternelle question :
-Qu'y a-t-il au-delà ?
Mais laissons cela… Inondant cet espace, la lumière se
dépose en de multiples flaques à même le sol… *On* nous
fait mettre en rangs par quatre, les *grands* derrière, les
petits devant.
-En avant !
Je me trouve pris en main (la gauche) par *Riri*, tandis que
l'autre est empoignée d'autorité par une *fille* dont les
longues boucles blondes effleurent ma joue agréablement.
Leur éclat attire mon regard…
-Regarde devant toi, Lulu !

Les troncs s'espacent… Le dais d'azur se dilate en tous
sens… Privée bientôt de ses piliers centraux, la voûte
céleste semble tenir en l'air toute seule, mais bien plus haut
que je n'avais d'abord pensé. Elle s'appuie toutefois en

lisière sur quelque toiture ou frondaison lointaines, et s'incurve là-bas jusqu'à toucher le sol. Lumière encore plus vive, très crue…

-Et Lulu qui n'a pas son bonnet ! s'exclame-t-*on* au-dessus de ma tête. *On* me pose sur celle-ci un morceau de tissu blanc que l'*on* m'enfonce jusqu'aux oreilles.

-Tête nue par ce soleil, on n'a pas idée !

Le *soleil* ? D'un regard oblique vers le haut, j'identifie l'objet en question, rond et brillant au milieu du ciel ; un gros œil ébloui qui me fixe sans ciller et m'oblige à baisser les miens vers le sol (la pointe de mes sandales)...

-Regarde devant toi quand tu marches, Lulu ! i

Le chemin défile sous mes pieds, de l'avant vers l'arrière en traînées continues jaunes et brunes, bien trop vite pour que j'en différencie les composants au passage : débris divers sur fond jaune uniforme… Poser en alternance un pied par terre puis le suivant, sans temps d'arrêt, requiert toute mon attention. J'ai peur de m'embrouiller dans mes commandes ambulatoires, d'avancer par exemple la même jambe deux fois de suite et perdre l'équilibre ! *On* me tient heureusement d'une main ferme de chaque côté. La marche qu'*on* nous impose est d'autant moins aisée que montent du sol jusqu'à ma bouche et mes narines des bouffées suffocantes de poudre et de lumière mêlées. Cela me trouble la vue...

-Comment font donc les autres, *petits* et *grands*, pour marcher sans difficulté apparente, et même avec facilité ?

Tâcher de faire aussi bien qu'eux…

Nette amélioration, progrès ambulatoire considérable, accompli sans m'en apercevoir, comme par magie : le chemin a cessé de défiler sous mes yeux en ce flux rapide et continu qui m'étourdissait… L'illusion d'optique du début s'est dissipée dès l'instant où, détachant d'instinct mon regard de la pointe mouvante de mes sandales, je l'ai projeté un bon mètre devant moi. J'anticipe ainsi les creux et saillies du chemin, qui défile désormais sous moi à pas comptés... Je vérifie la réalité du phénomène et me réjouis intérieurement de la maîtrise ainsi acquise en ce domaine crucial qu'est pour les gens de mon espèce la bipédie.

Devenu tout à fait régulier, le chemin me dispense de tout examen et me permet d'orienter maintenant mon regard à hauteur d'homme, ici et là, de tous côtés, comme font du reste les autres enfants…

Notre petite troupe progresse à vitesse régulière. Un peu vite pour mes petites jambes, plus courtes que celles des autres enfants. Je dois donc les mouvoir plus vite pour rester à leur hauteur. Elles opèrent désormais sans discontinuité, comme si je l'avais fait toute ma vie. Cette partie *inférieure* de mon corps a-t-elle encore besoin de mon contrôle visuel pour fonctionner ? Peut-être m'est-il permis de baisser mes paupières pour reposer mes yeux, et même de rentrer en moi-même pour y faire le point ? Retrouver un instant, s'il existe encore, cet espace intime personnel, cette bulle originelle d'où tout est parti...? Ce retour à *moi* me semble à présent, non seulement possible mais nécessaire. Voyons voir :

Le monde s'efface à l'instant où je ferme les yeux. N'y subsistent que d'indécises lueurs, pas désagréables mais instables, fluctuantes, dangereusement ballottâtes ? Me détacher ainsi visuellement de ce qui m'entoure est-ce bien raisonnable…? C'est larguer d'indispensables amarres, trancher ces invisibles haubans attentionnels, qui, à l'insu de ma personne, la maintiennent de façon permanente à la verticale et lui permettent de marcher droit !

L'étrange ballottement ressenti dans ma tête gagne bientôt mon corps entier et désunit le mouvement alterné de mes membres inférieurs. Le double soutien manuel de mes compagnons de route ne peut plus empêcher ma démarche en aveugle de se faire un peu plus hésitante à chaque pas, cahotante, et enfin basculante ! Emporté tête la première par ma masse corporelle,, je percute un dos devant moi, tente en vain de m'y accrocher et entraîne Riri dans ma chute, alors que de l'autre côté, ma ferme compagne aux cheveux d'or me retient de tomber tout à fait par terre, le nez dans la poussière :

-Lulu, regarde devant toi quand tu marches !

On me remet mon bonnet sur la tête ; *on* me reprend en main de part et d'autre. Nous voici repartis...

La leçon à tirer de cet incident : s'il est bon de ne pas fixer du regard la pointe de ses souliers lorsqu'on met un pied devant l'autre, il importe en revanche de garder les deux yeux bien ouverts, afin de s'assurer d'un équilibre global par rapport aux autres êtres, à la Terre et au Ciel. Plus fondamentalement, la présente expérience tend à montrer que l'être-au-monde, *grand* ou *petit*, dépend bien plus du monde que le monde ne dépend de lui. Me garder donc dorénavant de fermer l'œil en marchant ; ce sont deux manières d'être incompatibles.

Les *petits* que nous sommes ouvrons la marche avec application et en silence. Derrière nous, ceux qu'on appelle les *grands* sont plus bruyants, plus libres aussi de leurs mouvements. Le plus grand d'entre eux se nomme *André Drapier*. Le grand *Dédé* (comme on l'appelle aussi) tient des propos sonores, dont le sens m'échappe, mais qui, à chaque fois, déclenchent le rire de toute la troupe, adultes compris. Soucieux de ne pas être en reste, je me laisse aller à rire "comme tout le monde"… Le rire, au même titre que la bipédie, est le propre de l'Homme, un moyen important parmi d'autres pour chaque représentant de notre espèce de tester et réactiver périodiquement l'identité de vue et la complicité qui l'unit à ses éventuels congénères ici-bas...? Sans cesser de marcher, je me retourne à deux ou trois reprises afin d'apercevoir, au dernier rang de notre petite troupe, la grosse et haute tête du *plaisantin*, et lui signifier d'un large sourire ma connivence personnelle… Au nom de tous les *grands*, André Drapier s'impatiente de ce que les *petits* ne marchent pas assez vite en tête du cortège :

-Pressons, pressons ! on va rater le train. *Tut, tut* !

Rire général...

Les arbres, qui nous ont escortés jusqu'ici, ont disparu l'un après l'autre. J'en ai pris conscience après un certain temps de marche à découvert. L'absence d'une chose serait-elle plus marquante que sa présence…? De part et d'autre du chemin, des sortes de palissades (ou *brandes*) nous bordent encore sur quelques décamètres. L'espace se dégarnit, s'élargit, la végétation s'éclaircit, se ratatine à vue d'œil. Ce n'est plus bientôt, à gauche comme à droite et devant nous, qu'un tapis élimé d'espèces rampantes et d'herbes rabattues, mais très odorantes…

L'on arrive à une zone dite de *dune*. S'y dressent

encore, très espacées, des touffes de plantes rigides aux feuilles piquantes, qui cherchent à nous lacérer les mollets au passage. À leur sujet le mot *chardon* est prononcé. Je l'entends pour la première fois et l'inscris pour mémoire dans ma matière grise. Leur implantation au hasard nous oblige à marcher en *zigzag*...

Le chemin s'amincit en un mince filet de sable sinueux, une vague traînée d'usure dans le tapis végétal, où progresser en rang par quatre n'est plus possible. *On* fait donc mettre les *petits* par deux ; les *grands* pour leur part, chargés de tout un attirail de plage, seaux, pelles, ballons, etc..., sont dispensés de se donner la main. Ma droite échoit une nouvelle fois à *Boucles d'or* (je viens d'enregistrer son nom, ou plutôt son surnom) ; ma gauche est désormais libre, Riri ayant été transféré en tête du cortège. Je l'ai perdu de vue non sans regret. Loin derrière nous, le grand Dédé ferme la marche, mais ses propos joviaux continuent de me parvenir...

Nous voici dans un creux de terrain, une sorte de grande cuvette où s'entasse et prospère à l'abri du vent une végétation plus dense et plus variée. L'air chaud y stagne en une poche suffocante, dont émane cependant une agréable et invisible odeur. Elle entre par mes narines, remonte mes conduits olfactifs et m'émeut intérieurement de façon aussi mystérieuse et prenante que l'a fait la réalité musicale au moment décisif, pas si lointain, où j'ai vu le jour pour la première fois, souviens-toi... Le parfum concentré dans ce creux de terrain provient d'une bonne dizaine de plantes enchevêtrées, dont des fleurs minuscules que l'*on* désigne comme *thym, œillets des dunes* et *gueules de loup*, autant de noms que ma mémoire emmagasine avec avidité. D'autres plantes sont moins bien ou pas du tout identifiées, et leurs noms latins difficiles à retenir de toute façon…

Nous sortons de ce trou en file dite *indienne*, laissant derrière nous les effluves capiteux. Au sommet de la butte une autre odeur s'empare de mes narines, plus diluée, plus fruste, moins parfumée que les précédentes, plus fraîche aussi et vivifiante, une sorte de courant d'air humide parvenu jusqu'ici par une porte invisible, en provenance d'un au-dehors lointain et mystérieux dont je n'ai pas la moindre idée mais que je pressens immensément large... ! Mon cœur bat d'une certaine impatience mêlée d'appréhension...

Un espace complètement décompartimenté… Stade ultime de mon ouverture au monde, ou simple antichambre d'un outre-monde encore à découvrir ? La réalité première, qui sous la forme réduite d'un dortoir d'enfants s'est *fait jour* à travers ma taie cortico-oculaire, se dilate ici au-delà de toute mesure, débordant mon champ de vision *dans les grandes largeurs*… Elle subit du même coup une extrême simplification : trois bandes horizontales superposées de teintes peu contrastées, bleu-ciel, vert d'eau, jaune-sable... La fin des terres ? Le bout du monde ?

-La Mer !

La *Mère*…? J'en prends plein la vue ! Jamais je n'ai reçu en pleine figure autant d'espace et de lumière d'un coup ! Et par mes autres sens : ce bruit immense, ce mouvement général, incessant, et cette indicible émotion sous-jacente…!?

-La mer ! la mer ! trépignent de joie mes compagnons de route.

Ce mot me fait un drôle d'effet ; un bouleversement intime que je m'explique mal… Je sens s'ouvrir en moi la trappe d'un soupirail secret, d'où s'exhale, non la joie collective, mais une sourde et poignante souffrance qui m'ébranle de la tête aux pieds. Un tremblement nerveux s'empare du bas de mon visage, et une irrésistible poussée liquide me monte aux yeux et les embue.

-Eh, pas ta *mère*, la *mer* !

-La mer, M-E-R !

-Pleure pas, *petit*, tu la reverras ta mère, me lance André Drapier en tapotant ma tête amicalement, avant de dévaler la dune.

*

Les *grands* s'égaillent en tous sens sur la plage, balle au pied, sous la houlette d'oncle Babu, tandis que nous (les *petits*) restons groupés autour de nos deux monitrices, tante Yolande et tante Zoé. Je note qu'il est convenu d'appeler *tantes* et *oncles* les adultes en charge de nos personnes, grandes et petites…

Tantes YZ nous font asseoir en un cercle bien fermé, à l'intérieur duquel tous nos regards (Riri, Virginia, Philippe, Arlette, Péco, Mon Gros, etc…) convergent, se croisent, s'échangent, se renforcent mutuellement… Cette concentration a certainement pour but de détourner nos âmes encore tendres de la réalité béante sur laquelle nous venons de déboucher. Nous reconstituons sur place, à titre temporaire, un *petit* monde à notre mesure, que pelles, seaux et râteaux vont aussitôt mettre en chantier...

À l'opposé du cercle, en face de moi, je repère Riri, perdu de vue à la fin du trajet. Il m'aperçoit de même et me gratifie d'un clin d'œil de toute beauté ! Les prouesses physionomiques dont Riri est capable me stupéfient toujours autant ; j'aimerais les reproduire, mais ne sais trop comment m'y prendre...? Fermer les deux yeux à la fois est dans mes capacités actuelles, mais l'un indépendamment de l'autre à la vitesse qui conviendrait pour que ce soit un signe de connivence me pose encore problème. Il va falloir que je m'exerce - tout s'apprend en ce monde... Faute donc de pouvoir cligner d'un œil dans l'immédiat, j'adresse à Riri un petit signe amical de la main, ou plutôt, de la pelle de plastique jaune que je manie déjà avec dextérité.

-Nous allons jouer à la chandelle ? propose tante Y. Tante Z approuve...
-Laissez vos pelles, vos seaux et vos râteaux, les enfants, on joue à la chandelle.
La *Chandelle*, qu'est-ce à dire , de quoi s'agit-il…?
Tout *nouveau* en ce monde je n'en sais trop rien.
Toujours assis en rond, l'un de nous (Philippe) est appelé à se mettre debout et se met à courir dans notre dos : un tour, puis un second, un troisième… autant de cercles virtuels ayant visiblement pour but de renforcer celui bien réel que nous formons à même le sable… Il s'agit – si je comprends bien - de recentrer (reconcentrer) notre "petit monde" sur le cercle, ou plus exactement la sphère de réalité finie, qui, spontanément (re)créée en arrivant ici, donne déjà des signes inquiétants de relâchement, voire d'avachissement et de dangereuse dissipation.
-Autrement dit, il convient de soustraire les esprits juvéniles, donc fragiles, aux largesses dissipatrices du

Large, aussi bien qu'à l'action distrayante et dissolvante de la réalité marine ; et sans doute plus encore à l'action centrifuge irrésistible exercée en tous points de l'espace par la massive omniprésence de l'Infini !

-Une présence particulièrement sensible en un lieu aussi *largement* ouvert que le bord de mer...

...Courir dans le sable mou fatigue vite Philippe, qui a ralenti l'allure. Au bout de son bras ballant un mouchoir qu'il laisse choir en passant dans le dos de Péco. Péco se retourne, se saisit du mouchoir, se hisse debout et rattrape Philippe à la course avant que celui-ci n'ait regagné sa place. Alors, Philippe reprend le mouchoir et sa course épuisante dans le sable mou...

Je crois avoir compris ceci : le joueur en course (Philippe) essaie de passer le relais à l'un des joueurs restés assis (en l'occurrence Péco) et si possible - c'est là que les choses se compliquent - à l'insu du destinataire afin de n'être pas rattrapé par lui après un tour complet. Ce ne fut pas le cas... Le *témoin* est ce simple mouchoir qu'on laisse tomber subrepticement dans le dos (angle mort visuel) de celui (ou celle) qu'on a secrètement choisi(e) pour être relayé... Donc, observation croisée des uns par les autres, chacun de nous suivant de l'œil Philippe dans la plus grande partie de sa course orbitale... Occasion en tout cas pour moi de découvrir un défaut majeur de ma propre faculté visuelle : l'angle mort dans mon dos, dû au fait que ma tête, emmanchée à mon buste par le cou, ne peut effectuer un tour complet sur elle-même. Ce n'est pas une *tourelle*...

...Tout joueur tant soit peu attentif est à même d'ob-server la dépose du mouchoir dans le dos des autres, mais pas dans le sien (l'impossibilité anatomique notée ci-dessus) ; et c'est là le point fort du jeu… Le joueur recevant le mouchoir à son insu peut tenter d'en saisir le reflet dans le regard des participants qui lui font face, mais ceux-ci, justement, font en sorte qu'il n'y décèle rien... Ainsi continuons-nous de surveiller Philippe avec une feinte anxiété, comme si, mouchoir toujours en main (alors qu'il l'a laissé tomber dans le dos de Mon Gros), il hésitait encore à s'en débarrasser ici plutôt que là...

Celui que l'on appelle "Mon Gros" est en effet plus gros que la moyenne, donc un coureur médiocre, incapable de rattraper Philippe, qui peut cette fois regagner sa place et s'y reposer… C'est donc au bien nommé "Mon Gros" de circuler dans le sable mou. Il y est à la peine dès son premier tour de piste et va probablement chercher à se défaire du mouchoir le plus vite possible. Il choisit Virginia, qui, devinant la chose, se met debout d'un bond, mais – compassion de sa part ? – entreprend de courir nonchalamment, à petit trot délibéré, de façon à ce que Mon Gros, qui déjà n'en peut plus, ait le temps de regagner sa place et s'y asseoir... Une fois Mon Gros hors course, Virginia accélère la sienne, accomplit deux tours d'affilée avant de laisser choir le mouchoir dans le dos d'Arlette, qui, probablement distraite par une blague que Riri lui glisse dans l'oreille, ne réagit pas avant que Virginia soit revenue à sa hauteur. Arlette se voit alors attribuer à l'unanimité la désobligeante épithète "*chandelle*" (nous y voilà !) et sanctionnée par la mise en pénitence au centre du cercle…

Conclusion : l'enfantin jeu de la "chandelle" exige des jeunes participants un niveau d'attention élevé et pas mal d'intuition. Bien que la règle écrite ne l'interdise pas, la solution consistant à se retourner chaque fois que le *re-*

layeur passe dans votre dos est considérée comme une façon *primaire* de jouer, qu'il faut savoir dépasser. Toute la subtilité du jeu : deviner ce qu'on ne peut voir ; ne se retourner qu'à coup sûr pour prendre le relais... L'on y développe une sorte de seconde vue bien utile dans le cours ultérieur de la vie... But évident de l'exercice : en sanctionnant toute distraction d'esprit de notre part, empêcher chacun de rentrer en soi-même (comme je m'y sens du reste enclin), me dissuader de glisser un œil curieux hors du cercle commun pour voir ce qui se passe ailleurs... M'obliger donc à n'être attentif qu'à la réalité intersubjective (objective) inscrite dans le présent cercle, aussi bien dans sa partie réelle déployée sous nos yeux que dans sa partie virtuelle située dans notre dos ou, en miniature, dans les yeux d'autrui. Ce dédoublement attentionnel, d'abord considéré comme une prouesse, doit devenir très vite une habitude, et mieux encore, un automatisme, une seconde nature, un peu comme de savoir marcher, siffler, etc... Tant de choses me restent à apprendre !

La Chandelle a pris fin, sans que mes petites jambes aient été mises à contribution. L'on a voulu ainsi sans doute m'épargner, en ce tout "premier jour", la dure épreuve du sable mou... Ce sera pour la prochaine fois.

Toujours assis en rond, nous revoici aux prises avec nos pelles, seaux et râteaux, concentrés sur notre seul petit monde... Je ne peux cependant m'empêcher tout à fait de glisser un œil hors de celui-ci, jusqu'à cette aire de sable là-bas, où, curieux défi à la pesanteur et déni de la bipédie hominienne, le grand *Dédé* marche sur les mains ! D'autres *grands* sont debout alentour, bras tendus vers le ciel. Ils échappent à l'accroupissement général par la grâce de cette sphère légère qu'ils lancent et relancent infatigablement en l'air en un va-et-vient incessant, s'efforçant (à ce que je crois comprendre) de la stabiliser à hauteur du soleil, mais sans encore y parvenir. Ils ont beau le relancer du poing ou de la main, parfois du pied, le *ballon*, contrairement au soleil, retombe à chaque fois dans le sable, y rebondit mollement, et s'y immobilise … Raoul plonge dessus. Les autres *grands* restés debout se figent en position d'attente, mains sur les hanches, puis, voyant que le ballon ne *leur* revient pas, s'affaissent l'un après l'autre de tout leur long à même le sable, comme abattus par une force invisible. La même force attractive qui plaque le ballon au sol ?

Et voici qu'à son tour André Drapier, en appui vertical précaire sur ses mains, bascule en arrière, retombe sèchement sur le dos et demeure à l'horizontale sans plus bouger. La plage se trouve alors jonchée à perte de vue de formes plus ou moins allongées, assises, ou comme nous les *petits*, accroupies…

Affaissement de courte durée. Le mot *baignade* est prononcé par oncle Babu et repris par nos deux monitrices. Délaissant un instant les *petits* que nous sommes à leurs pelles, seaux et râteaux, elles ont rejoint le grand Chef Babu au bord de l'eau. Tous trois examinent à présent l'état de la mer d'un œil expert :

-*Elle* est agitée…

Agitée par qui ? Tantes YZ la jugent trop "mauvaise" pour que les *petits* puissent même y patauger. La mer crache en effet à l'adresse de quiconque s'approche d'elle une écume hostile, agressive. Les *grands* seront peut-être autorisés à s'y baigner plus tard si elle se calme un peu ? C'est à Babu d'en décider. Le temps pour leur groupe d'une nouvelle partie de ballon…

-But !

Le but de ces lancers plus ou moins aériens n'est pas – comme je l'ai cru d'abord - de suspendre le ballon dans le ciel à côté du soleil, mais de marquer des points, ou *buts*. S'emparer du ballon et le contrôler n'a de sens, par exemple pour Raoul, que s'il s'applique ensuite à le lancer vers Jeanjean ou Dédé, de manière à ce qu'aucun d'eux ne puisse l'intercepter, et moins encore le renvoyer. À l'instar des "rondes" enfantines, anodines en apparence, mais qui ont pour fonction sous-jacente essentielle de détourner nos esprit des immensités spatiales et de les concentrer sur notre "petit monde", les jeux de balle et de ballon *jouent* très probablement dans l'existence humaine un rôle plus important que ne l'imaginent les êtres qui s'y adonnent, qui les regardent et même ceux qui les organisent.

-Réflexion faite, le ballon (ou la balle) n'est jamais qu'une représentation en miniature de l'hypersphère illi-mitée qui, sous le nom de *monde*, baigne nos êtres de tous côtés... Au lieu d'être *englobé* par elle, le joueur a le *loisir* ici et le plaisir tactile, de s'en saisir, de la tenir quelques instants entre ses mains (ou ses pieds), et par surcroît la satisfaction morale de la maîtriser, d'en prendre conscience, *i.e.* d'en avoir au sens le plus concret du mot une plus juste com*préhension* (simple suggestion de ma pensée)…

Une rumeur et un coup de sifflet là-bas... Les *grands* vont enfin pouvoir pénétrer dans l'immensité moirée, plis-sée, agitée sur toute sa largeur d'ondoiements descendants que résume de façon à vrai dire un peu courte le mot *mer* - certains disent *océan*.

Elle gronde toujours autant quand on l'approche, mais son débit sonore est si monotone qu'on finit par ne plus s'en effrayer, ni même y prêter attention… En toute première ligne, ce gros ourlet de couleur blanche, effrangé et bouffant par lequel les *baigneurs* l'abordent, André Drapier en tête... Tous piétinent la frange d'écume gaillardement, s'y enfoncent à mi-mollets, puis à mi-cuisses et de plus en plus haut à mesure qu'ils avancent. Certains se prennent les pieds dedans, basculent et plongent tête la première dans le bouillon blanchâtre. Ils y disparaissent en tout ou partie, ressurgissent à mi-torse, agitent leurs bras dans notre direction, disparaissent et réapparaissent à deux trois reprises. Puis, au bout d'un quart d'heure maximum (montre en main) d'ébats aquatiques, tous resurgissent en pieds sur la plage, tout mouillés, et se ruent alors vers les serviettes ! Tous… sauf le grand Dédé, bien sûr…

-Toujours lui !

…tournant sur lui-même au moment de sortir de l'eau et voyant une grosse vague foncer sur lui, n'a pu s'empêcher de lui rentrer dedans tête baissée, jusqu'à y disparaître en totalité ! y compris le trou par où il est passé !

Réaction immédiate d'oncle Babu : avançant de quelques pas dans l'eau, le Chef porte à sa bouche la pendeloque de métal gris qu'il a au cou en permanence et tire de ce *sifflet* des salves de sons aigus, perçants comme des flèches ! Cela sort de ses joues gonflées sous forme de pointes sonores qui, zébrant l'espace de part en part, ont pour effet de tétaniser sur place les personnes alentour et de concentrer tous les regards en un même point de l'océan… Non sans hésiter, tantes YZ entrent à leur tour dans l'eau jusqu'à mi-mollet pour se rapprocher de Babu et partager son légitime souci monitorial... Pas de quoi s'inquiéter pourtant : hirsute, hilare, la tête d'André Drapier a resurgi d'un coup de l'eau ! Agitant bras et mains à l'adresse des spectateurs, il n'est pas pour autant disposé à regagner le bord tout de suite..., s'enfonce à nouveau dans un repli marin, hors de portée des injonctions perçantes émises à répétition par le sifflet d'oncle Babu !

Le torse du plus costaud des *grands* émerge enfin de l'immensité liquide ; non loin du bord... Puis le corps entier du grand Dédé se dépêtre de la masse océane et en sort comme il y était entré : au pas de course ! Pas assez vite pour échapper au coup de serviette cinglant qu'oncle Babu lui décoche au passage sur les mollets !

Nouvel affalement général... L'émotion est retombée. Couchés, accroupis ou assis à même le sable, tous les corps se sont immobilisés, faces tournées vers la mer pour la plupart. Ma pensée en profite pour me suggérer ceci :

-La plate étendue liquide à perte de vue est sans doute pour beaucoup dans le nivellement auquel on assiste ici. L'affalement de toutes choses et êtres se conforme en somme à l'étalement marin. Phénomène mimétique animal, végétal, ou même minéral en présence de tout plan d'eau... Pourquoi ne pas en profiter pour te soustraire quelques instants à l'immense hémisphère des réalités qui, surgissant en nombre grandissant autour de moi, m'ont pas mal étourdi depuis ma venue au monde ?

Rentrer dans ma coquille, faire le tour intérieur de ma boîte crânienne à l'exclusion de tout le reste ? Retrouver, si elle existe encore, la sphérule originelle d'où mon être a jailli tantôt, entraînant à sa suite un nombre croissant de choses et d'êtres... ? Fermer les yeux pour voir si l'abolition de tout ce *monde* ne serait pas en mon pouvoir et son apparition sous mon contrôle.

-Sait-on jamais…

Le noir qui en résulte n'est pas total. Difficile de soustraire ma sensibilité visuelle à la formidable pression qu'exerce sur elle, d'un bout à l'autre de l'horizon, et depuis pas mal de temps déjà, la triple écharpe colorée bleu ciel-gris mer-jaune sable ; il en filtre des rayures arc-enciel à travers mes minces paupières. À quoi s'ajoute l'ambiance sonore : le grondement de la mer a pris du volume dès l'instant où j'ai fermé les yeux ; images et sons jaillissent au revers de ma cloison frontale en un bouillonnement incessant dont je n'ai aucune peine à situer la source. L'odeur du large n'est pas en reste qui s'insinue plus que jamais au plus intime de ma personne via mes narines ouvertes - comme si le monde ambiant, soucieux de compenser le manque d'attention visuelle que je lui porte, décidait d'accroître sa pression sur mes autres récepteurs sensoriels ?

Vains efforts de (re)concentration. En dépit de mon repli sensoriel, je reste très largement extérieur à moi-même. Hypothèse : le fait de m'être trop répandu au dehors dès ce premier instant où j'ai vu le jour m'empêche à présent de *me* recueillir, de *réintégrer* en totalité mon cocon originel. Au-delà d'une certaine étendue et durée d'épanchement au dehors la rétractilité initiale dans sa coquille du mollusque aperçu tout à l'heure sur le sable humide cesse d'être intégrale. Mon appartenance *au* monde serait-elle devenue irréversible...? Un étrange et douloureux sentiment d'exil m'envahit :

-Le chemin de repli sur ton for(t) intérieur est désormais barré ! Te croyant indûment propriétaire des lieux, tu t'es risqué à arpenter les alentours en toute insouciance. Une sorte de pont-levis s'est alors relevé dans ton dos et sa lourde herse abattue comme un couperet derrière toi ! Te voilà désormais coupé de ton gîte initial...

Non seulement le monde m'impose son omniprésence de tous les instant, mais il manifeste à mon encontre une soudaine agressivité : un choc brutal en pleine poitrine m'oblige à rouvrir les yeux ! Un ballon m'est arrivé dessus que je n'ai vu venir, et que, de toutes façons, je n'aurais pu saisir au vol, repousser, ou même éviter, vu mon âge... Raoul vient le récupérer et m'admoneste :

-Dis, Lulu, va faire tes pâtés ailleurs...

Moment très attendu de tous : l'heure du *goûter*... Tante Xavière - que l'on a peu vue jusqu'ici - arrive à la plage porteuse d'un lourd panier plein à ras-bord, recouvert d'une serviette en vichy rouge... Elle en extrait les parts destinées à chaque *un* : une tranche de pain, une barre de chocolat Menier... L'avidité avec laquelle je vois *petits* et *grands* enfourner cela, via leur bouche béante, me donne à penser qu'un vide important s'est creusé en eux, un petit ou grand *creux* dont, pour ma part et pour l'instant, je ne ressens pas les effets, ou si peu...

-Mais qu'il t'apparaîtra peut-être *vital* de combler par la suite ?

Il faut voir la béate expression des visages et l'espèce de flou voluptueux dont sont empreints tous les regards, tandis que pénètrent en chacun les premières bouchées mixtes et bien mâchées de pain et chocolat !... Faire comme eux ? Introduire dans ma bouche quelque chose d'extérieur à ma personne m'apparaît pour l'heure non seulement superflu mais peu désirable... J'en ai tant accepté déjà par les yeux, les oreilles et le nez, et même par la bouche (l'air ambiant). Est-il indispensable d'en rajouter ?

Mais la nécessité une nouvelle fois s'impose à moi de "faire comme tout le monde" ; et c'est dans un esprit délibéré de communion avec mes semblables, mais sans réelle envie, que je consens à faire entrer dans ma bouche ces deux échantillons solides de la réalité extérieure. Et que l'instinct me pousse ensuite à les mâcher, mâcher... Le bout de pain plutôt mou se laisse aisément broyer entre mes dents, s'imprègne de ma salive, s'engloutit et descend sans trop de peine vers cette poche intérieure qui, s'ouvrant en moi confusément, paraît prolonger vers le bas la cavité originelle de mon for intérieur. Noire et dure, en revanche, le morceau de chocolat ne se rompt qu'au prix d'un gros effort de mes mâchoires. Si j'allais m'y disjoindre celles-ci, ou m'y casser mes premières dents ! Voyant ma grimace et devinant mes difficultés manducatoires, Riri me tend une main secourable. J'y dépose discrètement le restant, c'est-à-dire la quasi-totalité de de la dure barre noire. Il l'enfourne d'un coup, la mastique onctueusement, s'en pourlèche les lèvres et les doigts et s'en trouve barbouillé bientôt jusqu'aux oreilles ! Dans le même temps, à mon heureuse surprise, l'éclat de chocolat déjà entré et resté dans ma bouche, s'est mis à fondre spontanément, se dissolvant bientôt dans tout mon être en une longue traînée aromatique qui me fait aussitôt regretter le gros morceau dont je me suis débarrassé un peu vite au profit de Riri. Le chocolat est quelque chose de *bon*. Bon à savoir pour la prochaine fois...

-Quelle prochaine fois ?

"*Les Lauriers sont coupés*" : jeu circulaire plus élaboré, moins enfantin que la Chandelle... Du reste, les *grands* et leur responsable, oncle Babu, consentent à se joindre aux *petits*, c'est-à-dire à entrer dans la ronde avec nous... et nos trois monitrices (XYZ). Ce jeu ressemble en gros à la Chandelle en ceci qu'il focalise les attentions individuelles sur un centre virtuel, avec pour objectif de concentrer des individus au départ dispersés en un cercle réel tourné vers l'intérieur et fermé sur lui-même. Il s'agit d'en exclure peu ou prou le reste du monde, notamment sa bordure extrême qu'est l'Infini... Un cercle protecteur donc, que renforce comme à la "Chandelle" une rotation plus ou moins continue de la plupart des joueurs. Différence en effet importante par rapport à l'autre ronde : le tourne-en-rond ici est assuré, non pas seulement par un, mais par la quasi-totalité des participants debout, main dans la main, et activé par un refrain repris en chœur : "*Nous n'irons plus au bois*"... Autre différence : le joueur (ou joueuse) désigné(e) pour occuper le centre du cercle, n'est pas en pénitence comme à la Chandelle, mais – statut beaucoup plus valorisant – constitue l'axe de rotation du dispositif circulaire.

-Mais désigné par qui, pourquoi, comment...?

Quelques tours suffisent à me faire saisir les subtilités du jeu... Au détour de la chanson ("*Embrassez qui vous voudrez*"), la ronde s'arrête pile et la personne au centre du cercle (Jeannette), jusqu'ici passive, entre en action... Après examen des personnes qui l'entourent, elle se dirige vers quelqu'un de son choix (Riri), étale une serviette de-vant lui, s'y agenouille ainsi que lui, l'embrasse sur une ou deux joues, lui cède sa place au centre, serviette comprise et réintègre la ronde, laquelle reprend de plus belle : "*Nous n'irons plus au bois*"... Autre différence notable par rapport à la Chandelle : loin de craindre d'être surpris par derrière, on voit venir ici sa sélection de face et on la souhaite de tout son cœur. À l'actif de ce jeu noter encore ceci : tous les participants se tiennent debout, y compris le moyeu central de la roue tournoyante et chantante que représente Riri après agenouillement... Sans hésiter longtemps, il choisit Virginia, qui prend alors sa place au centre de la ronde. À l'arrêt suivant, Virginia se dirige sans la moindre hésitation vers moi (!), étale la serviette à mes pieds, me détache du cercle, s'agenouille et me force à plier les miens pour que je sois à sa hauteur, et - instant combien crucial ! – m'administre aux vues de tous un gros, agréable et retentissant baiser sur la joue gauche, le premier de ma courte existence ! J'en reste tout étourdi...

-C'est donc à toi maintenant d'être au centre de tous les regards, pivot d'un monde en rotation chantante...

Être regardé ainsi de tous côtés par des enfants *grands*, *moyens* et *petits*, plus quatre grandes personnes, me fait naturellement "tout drôle" ! Mais plus impressionnant encore l'instant où tout le cercle s'immobilise… Je sens d'un coup peser sur moi une responsabilité allant bien au-delà du processus en cours ; une démarche rituelle mettant en jeu le fonctionnement même du monde, soleil compris... ? Théoriquement je sais ce que j'ai à faire : me diriger du centre vers la périphérie de ce système solaire en miniature et plus précisément vers quelqu'un de mon choix ; lui signifier alors ce choix par le cérémonial d'usage… Mais qui choisir ? Comment les distinguer les uns des autres à contre-jour ? Le grand Dédé est facilement reconnaissable à sa silhouette, la plus haute et la plus carrée, adultes mis à part... Mais au moment de déposer la serviette à ses pieds, un cri réprobateur s'élève de tous les points du cercle et me retient de faire une grosse bêtise :

-Une fille ! une fille ! me crie-t-on de tous côtés.

Je comprends ma bévue et me dirige alors sans hésiter vers la plus grande et la plus belle de *toutes*, Tante Xavière. Tout le monde applaudit. Même à genoux, Tante Xavière me domine des épaules et de la tête, doit donc se pencher vers moi pour poser ses mains sur mes joues et m'embrasse par deux fois sur le front ! Après quoi, je réintègre la ronde. « *Nous n'irons plus au bois* »…

À propos de ces rondes de prime abord puériles, une ultime remarque de ma pensée :

-Outre leur double fonction de recentrage communautaire (amener toutes sortes d'individus nativement enclins à l'enstase solipsiste ou à la dispersion extatique 1) à sortir d'eux-mêmes, 2) à tourner le dos aux attraits du spectacle *à la ronde* - ici la mer -, et 3) constituer sur place une sorte de super ego plus ou moins transitoire et n'ayant d'yeux que pour lui-même), les dits rituels mis en œuvre ici ont aussi pour fonction de tisser au sein de la communauté humaine - moins visibles mais non moins nécessaires spatialement et socialement parlant -, des liens intersubjectifs, mutuels ou unilatéraux, plus ou moins passionnés. C'est ainsi que la ronde enfantine ci-dessus est l'occasion pour tante Zoé d'exprimer son attirance inavouée pour oncle Babu, lequel n'en a cure et cache mal son inclination notoire pour tante Xavière, laquelle, en mal de maternage, réserve son choix et ses baisers aux tout *petits*, comme Riri et toi...

*

42

-Vos shorts, vos chemisettes !

-On remet ses sandales !

-Les seaux, les pelles, les serviettes...

-En rangs par deux !

On rentre au bercail... Deux groupes sont constitués : les *grands* partent en premier d'un bon pas, tandis que les *petits* vont suivre derrière à (plus) petite vitesse.

-En avant !

Gros œil céleste à l'aplomb de l'étendue marine, le soleil n'a pas l'air cette fois de vouloir nous escorter, car cela l'obligerait à inverser sa course... S'immobilisant un instant pour nous regarde partir, il décide bientôt de reprendre le périple transocéanique qu'aucun de nous (pas même André Drapier) n'a osé accomplir, ni même songé à entreprendre cet après-midi...

L'idée de tourner le dos au soleil, à la mer, au grand Large..., le fait d'abandonner tout ce pan de réalité élémentaire ouvrant sur l'Infini, bref de quitter la plage, provoquent en moi un sentiment confus et fugitif de désertion coupable, d'arrachement douloureux à quelque chose d'essentiel...

-Sentiment qui n'est pas sans rappeler cette déchirure ressentie tantôt quand, désertant ton for intérieur, tu t'es ouvert au monde *pour de bon.*

-Honte à moi !

On m'a placé en tête des "tout petits". Me voici attelé *manuellement* à mon équipière attitrée, Virginia, plus haute que moi d'une demi-tête. Je l'examine pour la première fois avec attention : un visage encadré de cheveux blonds bouclés ; petites taches sur le nez et les joues ; des yeux d'un gris-bleu profond aussi indécis que celui de la mer, aussi captivant…? Une pensée sidérante me traverse l'esprit : j'ai moi-même un visage qu'on peut dévisager de l'extérieur ; quel est son aspect ? de quelle couleur mes yeux...? Reportant mon regard vers le sol, j'y découvre nos deux ombres accolées, celle de Virginia plus grande et surtout mieux proportionnée que la mienne. Les pas qu'elle fait sont également plus grands que les miens. Elle m'entraîne à presser un peu le pas pour tenter de rattraper les *grands* partis avant nous, ou simplement ces ombres de nous-mêmes qui osent nous précéder... Celles-ci, de plus en plus longues à mesure que le soleil s'éloigne dans notre dos, nous devancent d'un bon mètre à chaque pas...

-Pas si vite en tête ! pas si vite ! nous lance-t-on de derrière.

Nous ralentissons et nos ombres font de même.

-Arrêtez, attendez !

Nos deux ombres s'arrêtent pile.

-Moi je marche sur ton ombre comme je veux, déclare Virginia pour occuper ce pénible temps d'arrêt. Joignant le geste à la parole, elle avance le pied gauche en oblique et piétine sans ménagement ma tête informe. Je n'ose lui rendre la pareille...

Une impression de déjà-vu…? D'abord ce bout de piste sableuse peu caractérisée au revers de la dune, puis de nouveau le même décor et les mêmes accessoires de part et d'autre du chemin : chardons, oyats, œillets, façades, palissades, arbustes, arbres, bouquets d'arbres, etc...

-Les *mêmes*, mais par rapport à quoi ? intervient à nouveau mon (im)pertinente pensée.

-Par rapport aux images emmagasinées dans ma tête au cours du trajet antérieur, dans l'autre sens, suis-je tenté de répondre....

-Mais – objection légitime - peux-tu honnêtement comparer ces images mentales dont les contours flous et les couleurs passées traînent encore en deçà de ta paroi frontale à celles, réelles, riches en détails et en contrastes, hautes en couleurs, qui à présent te sautent aux yeux ? Es-tu vraiment certain d'avoir *déjà* vu ce toit-ci, ou cet arbre-là, cette branche-ci, cette touffe d'herbe là-bas, ce grain de sable, etc... ?

Je ne le jurerais pas. Au sein de mon espace mental, *ci* et *là* se confondent ; toute localisation sérieuse est impossible... N'empêche que l'impression (ou plutôt le sentiment ?) de suivre en sens inverse le *même* chemin qu'à l'aller et d'y retrouver les *mêmes* réalités d'ensemble et de détail s'impose à mon esprit avec une force grandissante. Et ce qu'en disent mes compagnons de route va globalement dans le même sens. De l'avis général :

-On revient sur nos pas. On rentre à la maison...

Le chemin du retour ne pose aucun problème à Virginia, qui m'y mène d'une main ferme... Pour ma part, ce n'est pas sans plaisir que je *re*trouve, chemin faisant, les poches d'air parfumé stagnant au creux de la dune. L'identification de telles odeurs est pour mon être intime plus persuasive que la *re*connaissance du déjà-vu. Ces poches aromatiques me semblent plus nombreuses et plus capiteuses qu'à l'aller. L'ensoleillement durable de cette journée d'été y contribue sans doute. Il s'avère en tous cas que le déjà-vu, ou plus largement le déjà-vécu, est affaire d'impression subjective invérifiable plutôt que le résultat d'une comparaison objective en bonne et due forme. Ce pourrait n'être qu'un *sentiment* d'origine mystérieuse auquel on se soumet

45

par commodité ou paresse d'esprit, sans réfléchir ? Une simple idée que je me fais ? Et nul moyen valable pour ma personne d'en avoir jamais le cœur net ?

-Mais alors, dans le sens opposé, cette impression d'absolue nouveauté, d'étrangeté radicale, qui, pendant quelques heures, a si fortement imprégné ton vécu du monde, pourrait être tout aussi fallacieuse, le résultat d'un travail insuffisant ou défectueux de ta mémoire et/ou de ta réflexion… ?

Me méfier en tout cas de toute certitude hâtive à ce sujet, dans un sens comme dans l'autre.

Une certitude : l'ouverture spatiale toujours plus grande dont j'ai bénéficié tantôt, et qui a connu son maximum face à ce qu'on nomme judicieusement "le Large", cette dilatation jusqu'ici constante de ma sphère de vécu, évolue à présent en sens inverse : elle se rétracte. Et ce rétrécissement inexorable me *serre* "naturellement" le cœur…

À mesure qu'*on* s'éloigne du rivage et pénètre dans les terres, la végétation se fait plus dense, (*re*)prend de la hauteur ; arbres et buissons, mais également les haies, les palissades, et bientôt les maisons (*re*)prennent place, cloisonnant l'horizon se à vue d'œil de part et d'autre de notre petite troupe. Seul le bout de chemin devant nous reste dégagé. Au-dessus de nos têtes, le dais bleu du ciel perd en surface comme en hauteur (également en intensité lumineuse) ; globalement l'espace se referme...

Outre le serrement de cœur, cette réversibilité de plus en plus patente du cheminement spatial antérieur provoque en moi une certaine déception. Je m'étais en effet habitué à toujours aller de l'avant dans un monde de plus en plus large, éprouvant le plaisir (teinté d'appréhension certes) d'y découvrir du *nouveau* à chaque pas, pourquoi pas indéfiniment ?

-Parce qu'une progression infinie en avant ne peut déboucher que sur le vide et qu'une dilation illimitée du monde aboutit fatalement au néant !

-Mais pourquoi ce retour en arrière, cette régression ?

J'en ressens du désappointement et une indiscutable appréhension. Si le *jour* par où je suis venu au monde allait encore rétrécir et s'obscurcir, jusqu'à sa nuit première ? Et si mon être allait s'y retrouver *étreint* au point d'y disparaître ; s'il allait retomber dans l'état d'indicible invécu qui fut le mien de toute éternité avant de voir le jour…?

Retour à la maison… Au terme d'un trajet jugé plus court qu'à l'aller (encore une impression ?), me (*re*)voilà devant une grande bâtisse toutes vitres dehors, (*re*)semblant *étrangement* à celle que nous avons quittée tantôt pour aller en promenade. (*Re*)voici donc l'endroit où je pense avoir vu le jour quelque *temps* auparavant !? M'envahit soudain la certitude intime qu'en pénétrant à l'intérieur du bâtiment je vais me (*re*)trouver dans un grand hall central hérissé de piliers et entouré de portes latérales, dont l'une, à droite, ouvre à coup sûr sur ce petit espace qu'est *mon* dortoir ; un local comptant une dizaine de lits métalliques, dont le *mien* (le troisième en partant de la gauche) et celui de Riri à côté du mien…

La confirmation sans faille de ces anticipations renforce mon impression de déjà-vu (déjà-vécu) dans des proportions considérables !

-Dehors, dehors ! Les enfants dehors ! Personne dans la

maison en dehors des repas. Combien de fois faudra-t-il vous le répéter ?

La Directrice du "Nid d'enfants", tante Nelle, exige que nous quittions le hall pendant que l'on y dresse les tables.

Sur le perron :
-Qu'est-ce qu'on attend ?

L'on est *tendus* vers quelque chose que d'aucuns appellent *le dîner*, d'autres *le souper*... La chose at*tendue* doit venir apaiser ces crampes désagréables qui, depuis un moment, se manifestent dans les profondeurs de ma personne physique, à savoir mon ventre. J'y découvre un creux inédit qui exige d'être comblé - un besoin de rassasiement dont un avant-goût m'a été donné au moment du goûter sur la plage, mais de façon alors très fugace... Cette cavité, ou poche intime, jusqu'ici ignorée de mon altière pensée, se dilate à présent dans des proportions inquiétantes, et se contracte avec une insistance qui m'incommode et m'incite à rester devant la maison à portée des odeurs de cuisine, plutôt que de me rendre derrière où du reste il est interdit d'aller (tante Nelle) : le terrain y est dangereux. Riri insiste en sens contraire : l'endroit comporte une fosse fraîchement creusée, où l'on s'amuse beaucoup, dit-il, et finit par m'y entraîner, histoire de passer le temps... Une tranchée profonde, apparemment connue de tous sauf moi, j'ai beau fouiller ma mémoire.

-Le "Saut de la Mort" !

Il s'agit de sauter au fond du trou, pieds les premiers, d'en ressortir ensuite le plus vite possible pour laisser la place au sauteur suivant. Je me juge un peu jeune pour ce genre d'exercice, et surtout trop *petit* : la profondeur du trou excède ma taille… J'ai peur, une fois au fond, de ne pouvoir en ressortir par mes propres moyens. La prudence me commande de rester à l'écart de ce gouffre tentateur, mais trop tard : une poussée dans mon dos, une étincelle et un bruit sourd, me voici à quatre pattes au fond du trou ! du sable plein la bouche, plein les narines ! Je m'essuie, me relève, tente alors d'escalader la paroi abrupte, agrippe des pointes de racines, qui, trop friables, me restent entre les doigts... Une masse brutale me tombe dessus, nouvelle étincelle ! Deux mains s'emparent alors de ma personne au niveau des hanches, puis des fesses, et me propulsent vers le haut, où une main secourable me saisit et me tire hors du trou… Je retourne flageolant devant la maison. La cloche sonne...

-*Ding ! ding ! ding !*

Le grand hall avec sa futaie de piliers alignés et cette lumière de plus en plus dorée tombant des vitrages aériens… Une demi-douzaine de tables ordonnées en deux rangées ; sur chaque table un double alignement d'ustensiles qui me rappellent, en plus petits, les seaux, pelles et râteaux éparpillés tantôt autour de la maison, mais aussi à la plage... J'erre entre les tables, indécis...

-Lulu, par ici !

On me conduit jusqu'à ma place, au bout d'un banc. En face de moi, déjà assise, les deux mains sagement posées de part et d'autre de son assiette, ma copine de promenade aux boucles d'or et aux yeux bleus : Virginia ! Je vais prendre modèle sur elle.

Les grandes personnes *debout* ne m'ont jamais paru si grandes ! Allant d'une table à l'autre, elles transportent par équipe de deux une espèce de grand seau (ou *marmite*), d'où sort une abondante vapeur, en extraient périodiquement une énorme cuillère (ou *louche*) emplie d'un liquide coloré, parfumé et fumant (le *potage*), qu'elles versent successivement dans nos assiettes. Arrivée à ma hauteur, tante Zoé s'étonne d'y trouver deux assiettes, une de trop, compte et recompte, s'interroge et questionne les autres enfants au sujet de la place restée vide à ma droite, et lance alors à la cantonade :

-Où est passé Riri ?

Silence perplexe, puis murmures qui se veulent indicatifs... Des portes claquent de tous côtés, notamment celles du fond. Les grandes personnes s'y engouffrent en bloc, abandonnant sur place les marmites fumantes et laissant derrière elles nos cuillères en suspens ! Il s'ensuit un silence inquiet, puis un soudain brouhaha. Une agitation un peu démente explose à la table des plus *grands*. André Drapier monte sur son banc, et debout, au milieu d'applaudissements nourris, entame un grand discours, peu compréhensible pour mes jeunes oreilles, mais qui sonne haut et fort... Le grand Dédé saute alors de son banc et se met à courir en zigzag entre les tables. Un autre *grand*, Gérald, se lance à sa poursuite, et Jeanjean leur emboîte le pas. D'autres grands et moins grands - dont j'ignore les noms - quittent leurs places pour circuler ainsi, dans tous les sens, d'un bout à l'autre du hall. Un désordre contagieux !

-*Haut-les-mains* ! claque à mon oreille.

Un objet noir menaçant est pointé sur ma tempe par un garçon *moyen* dont le nom, sinon le visage, m'est inconnu. Blague ou pas ? J'ai plutôt l'impression qu'il y a danger, qu'il me faut réagir au plus vite et dans les règles, mais ne sais trop comment…? J'interroge du regard ma secourable amie de l'autre côté de la table, "Boucles d'or". Elle mime à mon intention les gestes à faire en un pareil moment : bras dressés le plus haut possible au-dessus de ma tête, mains ouvertes, doigts écartés, strictement immobiles… Je m'exécute.

-Cela devait arriver !

La porte du fond du hall s'est ouverte à double battant et le silence s'est fait d'un coup à toutes les tables. Les *grands* qui les avaient quittées regagnent leurs places sur la pointe des pieds. Du même coup, le cylindre noir a quitté ma tempe et disparu aussi vite que son détenteur ; je baisse les bras...

-Je l'avais dit, cela devait arriver ! clame haut et fort la directrice (tante Nelle).

Tous les regards convergent de ce côté. Tante Zoé pousse devant elle un grand garçon tête basse : Raoul !

-C'est terrible, TERRIBLE ! crie tante Nelle d'une voix perçante qui emplit tout le hall jusqu'aux verrières et me vrille les oreilles... Prenant Raoul par les cheveux, elle lui relève la tête d'une gifle retentissante, aussitôt suivie d'une seconde…! Oncle Babu entre en scène à son tour, mine grave et silencieux, les bras chargés d'un petit corps flasque, terreux, marbré de bleu, de noir, taché de rouge, dans lequel, à distance, je crois reconnaître Riri… Une rumeur se propage d'un bord à l'autre du hall, un paquet de mots qui se mue dans ma tête en une image d'abord floue, puis plus précise et finalement indélébile : Riri au fond du trou, comme moi tout à l'heure, incapable comme moi d'en ressortir par lui-même ; le grand Raoul plongeant alors au fond du trou, non pour aider Riri à remonter, mais pour le piétiner de tout son poids, une fois, deux fois, trois fois…, personne pour l'arrêter !!!

*

-On ferme les volets…

L'espace a rétréci. On nous a fait dîner d'une traite avant de nous pousser, ventres à peine pleins, hors du grand hall par petits groupes obéissants jusqu'à nos dortoirs respectifs.

-On ferme la lumière...

Celle du dehors pénètre encore en fines rayures par les interstices des volets fermés, mais son pouvoir d'infiltration a beaucoup faibli par rapport à... ? L'obscurité noie graduellement le mur d'en face, le plancher, les deux rangées de lits, celui vide de Riri sur ma gauche, et bientôt le pied même du mien.

-On ferme les yeux et on s'endort…

Bien que privé d'espace, quelque chose d'indocile continue de s'agiter en moi, tourne en rond dans ma tête, refuse de se tenir tranquille : ma faculté visuelle... Répandue si généreusement au dehors durant le jour, elle refuse de se soumettre d'emblée au complet repliement qu'on exige d'elle. Cédant à ses instances, je rouvre les yeux deux ou trois fois pour qu'elle constate par elle-même qu'il n'y a plus grand chose à faire dehors à cette heure-ci, plus rien à voir dans la nuit noire… Elle prétend se satisfaire du mince rai de lumière qui filtre au bas d'une porte, finit quand même par se lasser et me rejoindre dans mon for intérieur, au revers de mes paupières closes...

-On ferme la bouche et on se tait !

Me voici ramené à cet espace embryonnaire où tout a

52

commencé pour moi tantôt... Je redécouvre non sans plaisir la tanière douillette imprudemment quittée pour "voir le jour" et parcourir le monde il y a de cela... ? J'ai bien tenté plusieurs fois de réintégrer "de jour" cette cavité intime, mais ce fut en vain - la navette *dedans*←→*dehors* est plus facile à effectuer à l'aller qu'au retour. Le *dehors* par son volume croissant l'a emporté sans peine sur mon minuscule *dedans*, l'aspirant tout à lui ! Constat tardif, que ma pensée commente de la façon suivante :

-Étonnante impuissance de l'être-au-monde à rentrer dans sa coquille une fois dehors, et s'y maintenir une fois dedans...

Difficile de fermer les yeux en plein jour. De là à penser qu'il existe en ce monde une force cyclique naturelle, qui, associée par exemple au parcours du soleil dans le ciel, impose son ordre aux vivants, son rythme implacable, sa tyrannie centrifuge ? Simple hypothèse… Si j'étais parvenu à rentrer en moi-même deux ou trois fois durant le *jour* pour faire vraiment le point, les choses se seraient-elles passées autrement, mieux passées ?

-Et mieux passées pour qui ? Pour toi, ou pour le monde...?

Pour moi, bien sûr. De façon plus conforme à mes vœux… Me recueillir deux ou trois fois durant le jour m'aurait sans doute permis de rétablir un certain équilibre entre ma réalité intime et celle du monde extérieur. Le séjour sur la plage s'y prêtait… Il m'eût peut-être suffi de m'écarter un peu des autres êtres, de me soustraire à ces divers jeux et rondes enfantines et de fermer les yeux quelques instants sur la réalité ambiante… ?

-Et de prendre un ballon en pleine poire !

Ramener tout l'être à soi n'est sans doute pas plus difficile qu'emplir son seau de sable en deux, trois coups de pelle… ?

-Lulu, on t'a dit de te taire.

Je cesse tout marmonnement. Mon espace intérieur résonne toutefois et luit quelques instants encore d'échos sonores et de résidus lumineux du dehors, que l'occultation la plus stricte ne peut réduire d'un coup ; il y faut *du* temps. Quand j'aurais fait complètement silence dans ma tête et chassé de mon esprit les dernières impressions visuelles du monde extérieur, je vais probablement sombrer dans...? me résorber dans l'invécu le plus profond, le plus total !?

Cette idée qui me vient à présent à l'esprit (d'où vient-elle ?) que ma *chute* n'implique pas forcément celle du monde, que le monde peut et va continuer d'exister *sans moi*, c'est-à-dire indépendamment de mon être, cette idée me stupéfie ! Drôle d'idée et drôle de dégringolade par rapport à mes convictions initiales !

Stratagème pour gagner du temps, je me sens tout à coup enclin et même astreint à revenir en arrière mentalement sur la somme d'expériences vécues *ce jour* afin d'en dresser le bilan, et d'en tirer quelques leçons pour... pour le futur ? Comme si j'avais la certitude, ou la simple intuition d'une vie à venir par-delà la nuit qui tombe, d'un resurgissement conjoint du soleil d'entre les troncs des pins où il a disparu côté mer, et d'une résurrection globale de nos petites personnes d'entre les lits où l'on nous a pourtant bordés jusqu'au menton, les bras le long du corps, dans une posture figée horizontale qui se voulait funéraire, c'est-à-dire définitive.

Drôle d'idée en effet… Le Soleil (ou un autre soleil) décidant d'effectuer un second périple dans le ciel ? Me retrouver moi-même ici un *autre jour*, dans le même décor, en compagnie des mêmes personnes, petites et grandes, en proie aux mêmes activités, sensations, agitations, cogitations…? Quelle idée saugrenue ! Cela en vaudrait-il seulement la peine ? À peine moins saugrenue l'idée de (re)voir le jour en un monde radicalement autre. Et d'ailleurs, à quoi *bon* ? Le bilan que je fais de mon court passage ici-bas n'incite guère à la récidive…

Bilan très mitigé. Le bon côté des choses : ce sifflotement aérien que Riri n'émettra plus jamais dans le lit vide à côté du mien ; sifflotement que je reste incapable de produire par moi-même. Serais-je *venu au monde* si ces perles sonores ensorceleuses ne m'y avaient attiré ?... L'autre (mauvais) côté des choses : ce goût terreux terrible que je garde en bouche de ma chute au fond du trou fatal et cette violence physique qui a marqué la fin de la journée ! Tout cela ne plaide guère en faveur d'une reprise...

-Mais à quel étalon te référer au juste pour juger courte, moyenne ou longue la durée de ton séjour ici-bas ? intervient ma pensée toujours à l'affût.

Innombrables en tous cas les moments qui l'ont constitué… Et plus nombreux encore les battements dont mon cœur a ponctué le déroulement du temps. Je découvre derrière moi (ou sous moi ?) un amas de vécu substantiel, un tas non négligeable d'instants, comme lorsqu'on laisse couler le sable entre ses doigts grain à grain dans un seau, comme tantôt à la plage… J'en ai fait l'expérience plusieurs fois là-bas, attentivement, avec l'espoir sans doute d'en extraire quelque vérité *primale* qui finalement n'est pas venue…

Au total, que de choses enregistrées en ce jour par mes

yeux, mes oreilles, mon nez, mes papilles gustatives..., des choses plaisantes, d'autres déplaisantes, la plupart neutres, jamais indifférentes ; je serais bien en peine de (me) les repasser toutes. Sans doute était-il temps que cesse une accumulation de sensations, sentiments, réflexions, actions et réactions, évènements et avènements aussi peu contrôlables ? D'autant moins désirable la prolongation du *jour* qu'après avoir été prodigue en nouveautés visuelles et sonores de toutes sortes, il s'est bientôt montré à court d'inventions, réduit à recourir au déjà-vu, à la *re*dite, à la *re*présentation, ces signes avant-coureurs d'une insipide et inexorable *routine...*

La vue et l'ouïe ont constitué, *ce jour*, mes deux grandes ouvertures au monde. Du côté du goût et de l'odorat mes sensations ont été moindres, plus ténues, mais plutôt agréables, et mémorables... Ce goût de chocolat par exemple, écourté de mon propre chef au profit de Riri ; l'astucieux et mélodieux Riri, cependant si fragile ! Et ces parfums de plantes captés fugitivement le long du chemin. J'en retiens particulièrement celui si subtil distillé par l'œillet des dunes en plein soleil ! (si l'occasion m'était donnée d'être à nouveau en sa présence, je le reconnaîtrais entre mille, et ce serait avec plaisir)... Inoubliable aussi l'énorme et multiple sensation éprouvée en présence de la mer ! Ce déferlement sensoriel fondant d'un coup sur nous du fond du monde, au sommet de la dernière dune ! Rumeur, odeur, saveur, couleur, fraîcheur inextricablement mêlées. Et tout cela, pourtant, d'une grande simplicité visuelle : ciel, mer, sable... Et cette agitation diverse et incessante que mon regard ne pouvait embrasser dans sa totalité, même en écarquillant les yeux. Réalité beaucoup trop vaste pour l'embrasse sensorielle et intellectuelle d'un *petit* être comme moi ; immensité vertigineuse dont il a bien fallu du reste nous protéger en nous mettant en cercle et en nous occupant à divers jeux de plage, plus ou moins captivants, rondes de toutes sortes, dont "la Chandelle", "les Lauriers sont coupés" tout à fait mémorables...

Mais pourquoi nous emmener à la mer, si c'était pour lui tourner dos les trois-quarts du temps !?

-Les *grands* s'y sont baignés...

À propos de *grands*, ai-je lieu de regretter un monde où coexistent entre les êtres de différences physiques pareilles !? Entre les *petits* et les *grands* ; entre ceux-ci et les adultes...? Être grand et fort comme André Drapier et ses copains (pour ne pas parler d'oncles Erik et Babu), ou faible et petit comme Riri et moi, quelle inégalité (tant physique que sociale) ! Est-ce compatible avec l'idée qu'on peut se faire d'un monde équitable où il ferait bon vivre pour tout le monde... ? Il est probable qu'à la place d'André Drapier ou d'oncle Babu j'envisagerais sans déplaisir d'être au monde pour un jour de plus, voire plusieurs, ou même un cycle indéterminé de jours successifs, si l'occasion s'en présentait…

Pour en revenir aux aspects les plus négatifs de mon passage ici-bas : la grêle de coups qui, pendant la sieste, s'est abattue sur mon voisin de lit, Riri, alors qu'il m'initiait très gentiment à la mystérieuse pratique du sifflotement buccal (ne pas avoir appris cela restera un des grands regrets de mon passage en ce monde). Un peu plus tard, au cours de la promenade : les désagréments de l'air chaud pénétrant librement par ma bouche et mes narines et ceux causés tout au long du chemin par les débris végétaux (chardon et autres) s'introduisant dans mes sandales. Enfin et surtout - j'y reviens avec réticence - cette excitation malsaine, ce tour empreint de fureur brutale qu'ont pris les évènements en fin de journée : ma chute au fond du trou derrière la maison ! ce *pistolet* noir braqué sur ma tempe ! ces claquements de porte, ces courses folles au réfectoire, ces cris, etc...! Jusqu'à ce paroxysme de violence inscrit dans mon for intérieur en une image indélébile : la Directrice (tante Nelle) prenant le grand Raoul par les cheveux, lui déportant la tête sur le côté d'une formidable gifle, et la lui remettant en place d'une seconde aussi violente en sens inverse ! Châtiment mérité ?

Je ne peux empêcher plus longtemps ma pensée de revenir en imagination là-bas, derrière la maison, à ce trou mortel au fond duquel je vois, comme si j'y étais moi-même, Riri gisant tout disloqué, et - vision toute aussi nette quoique fondée sur le seul ouï-dire - le grand Raoul s'acharnant à sauter dessus, pieds les premiers, à ressortir du trou, et ressauter dedans, de tout son poids, de toute sa taille, de toute la hauteur du trou, infatigable et implacable marteau-pilon !

Reste enfin à me demander pourquoi un tel *jour* a troué la nuit des temps en mon nom personnel ? Cela s'est-il déjà produit ? Cela peut-il se reproduire ? Cela en vaudrait-il la *peine* ?

*

Deuxième jour

-*Ding, ding, ding* !

Injonction sonore identique à celle d'hier…

-Hier ?

Un tintement métallique familier. De même ce dortoir d'une dizaine de lits émergeant de l'obscurité, je l'ai déjà vu. Et cette personne entrant dans le dortoir, le traversant d'une traite et ouvrant les volets d'une double claque retentissante n'est autre que tante Zoé ! Me surprend en revanche de façon désagréable l'humidité que je découvre au niveau de mes reins et de mon bas-ventre… Comme si, conformément au rêve qui stagne dans ma tête, j'étais effectivement entré en mer cette nuit ! Jamais vu non plus sur le visage habituellement affable de tante Zoé cette grimace que suscitent la vue de ma literie mouillée et l'odeur qui s'en dégage. Et jamais entendu chez les deux grandes personnes qui viennent d'entrer dans le dortoir (tantes Yolande et Xavière) la réflexion qui suit :

-Il a encore *fait* ?!

Malgré ces détails inédits, une impression globale de déjà-vu, ou plus largement de déjà vécu… *hier*.

…Jeannot, Philippe, Mon Gros, Péco & Co… autant de visages familiers émergeant de leurs lits dans ce cadre désormais familier. Mais une lacune de taille par rapport à *hier* : l'absence de Riri ; son lit inanimé juste à côté du mien.

-Debout les enfants, debout !

Regroupement général près de la porte d'entrée, tout comme *hier*, suivi par contre d'un épisode invécu de moi à ce jour : la toilette matinale. (Pour mémoire : j'ai vu le jour hier après-midi pendant la sieste)...Déjà vues, bien sûr, ces sandales qui me vont aux pieds ; jamais vus par contre cette serviette et ce gant éponge qu'on m'attribue aux lavabos pour me *débarbouiller*. La toilette est un rite étrange, peu agréable, que je mène à bien en regardant faire les autres et en me conformant à la règle d'or que je me suis fixée *hier* : "faire comme tout le monde"... On m'enjoint cependant d'en *faire* un peu plus qu'eux : passer mon gant mouillé sous ma chemise de nuit, l'appliquer sur mon bas-ventre, mes fesses, entre mes cuisses, de manière à en décoller l'odeur d'urine qui s'y est incrustée durant la nuit. Je m'exécute un peu vexé, voire honteux vis-à-vis de mes petits camarades. Dois-je en conclure que pour leur part ils n'ont pas *fait*, et que peut-être ils ne font plus du tout (pipi au lit)...?

Revenu au dortoir, je retrouve les vêtements qui, aux dires de tante Zoé, sont marqués à mon nom, "Lucien M.", ceux-là mêmes que je portais *hier*. Je les enfile sans peine, car, à l'instar de mes sandales, ils *me vont*.

-*Hier* ?

Une antériorité qui *hier* me faisait pratiquement défaut.

-Hier était sans hier...

Ce nouveau et curieux sentiment de vécu antérieur me projette (par effet de symétrie ?) dans un proche avenir dont mon esprit s'amuse à anticiper quelques traits en gros, et même en détails :

-Tu vas te (re)trouver dans un grand hall central servant de réfectoire, reconnaissable à ceci qu'une double rangée de piliers de bois soutiennent son plafond et qu'il est éclairé d'en haut par une galerie vitrée tout à fait remarquable. Des tables avec bancs y sont dressées, comportant une double rangées d'ustensiles divers. Des enfants, *petits* comme toi, des *moyens* et des plus *grands*, dont tu connais maints visages et sans doute déjà quelques noms (Virginia, Arsène, Henriette, André Drapier, Philippe, Jeannot, Georges, Arlette, etc...) vont y déboucher bruyamment en provenance de divers dortoirs et prendre à table leurs places habituelles. De la cuisine surgiront alors quelques grandes personnes porteuses de marmites fumantes et de noms qui te sont également familiers : tantes W, X, Y, Z..., plus oncles Erick et Babu, à la fois hommes à tout faire de la maison et moniteurs des *grands*. Et bientôt ce sera dans ton assiette le potage attendu…

Contre toute attente : pas d'assiette devant moi, mais un bol. Et le liquide qu'on y verse est un breuvage chocolaté qui flatte mes narines. À ces détails près, choses et êtres se *présentent* à moi comme prévu... Comme *hier* ?

-Mais qu'est-ce que ça prouve ? objecte en moi cette voix empreinte de suspicion que j'avais un peu oubliée, ma toujours vétilleuse pensée…

-Le fait que se vérifie en gros ton anticipation constitue-t-il une preuve irréfutable de ce que tu as effectivement vu ce lieu, connu ces gens, humé ce chocolat en un précédent *jour*, de ce que tu as vécu tout cela auparavant, et que, sous la poussée de ta mémoire, tu t'en souviens...?

Évidemment non. Pour rendre compte d'une telle coïncidence entre prévision mentale et vision effective, ma pensée n'est pas en peine de produire d'autres explications tout aussi plausibles et non moins rationnelles que celles couramment fournies par le sens commun : 1) la réalité extérieure veut bien se conformer à ce qui tu as en tête sur le moment, mais cela ne veut pas dire qu'elle le fera toujours ; 2) ta capacité de (pré)voir les réalités qui se cachent derrière des épaisseurs opaques d'espace et de temps n'implique pas que tu le pourras toujours - un tel don pourrait être à éclipses ; 3) la concordance observée ici entre choses prévues et choses vues est purement fortuite et ne s'écarte pas, statistiquement parlant, de la fourchette de probabilités caractéristique d'un monde réel ; il se peut donc qu'une telle coïncidence se reproduise, ou qu'elle soit sans lendemain...

En termes de pure logique égologique, c'est-à-dire rapportées à l'être-au-monde singulier que j'incarne désormais, toutes ces explications se valent en effet, y compris celle du déjà-vécu, ou réminiscence authentique. Et c'est donc cette dernière qu'une espèce de paresse d'esprit, et/ou d'adhésion au sens commun, me convainc finalement d'adopter. Je fais mienne l'idée simple (simpliste ! raille ma pensée), mais pas nécessairement fausse, selon laquelle aujourd'hui est un *autre jour* faisant suite à *hier* et identique à celui-ci sur un grand nombre de points.

-Mais dans ce cas, où est passé *hier* ?

Cette version des faits semble en tout cas avoir la préférence de la plupart des êtres autour de moi ; elle correspond sans doute dc façon optimale au bon sens qui nous est commun et à la vie communautaire et consensuelle que nous sommes appelés (condamnés ?) à mener ensemble ici-bas. De fait, tout le monde ici semble être familier, et de longue date, de ce lieu précis qu'est le "Nid d'Enfants", ainsi que des personnes nombreuses et singulières qui s'y trouvent, y compris ma petite personne :

-Bonjour, Lulu, tu as bien dormi ?

J'aurais mauvaise grâce (et prendrais sans doute quelques risques à vouloir ne pas faire et être comme tout le monde, en l'occurrence dire et penser que ce *jour* est le *bon*, car c'est s'y *reconnaître* les uns les autres et se montrer *reconnaissants* les uns envers les autres d'y être ensemble.

-Lulu, tu ne dis pas *bonjour* ?

-*Bon* jour...

-Ah, bon. Il a enfin compris…

-Leur apprendre à dire "bonjour" est la moindre des politesses, déclare à ce sujet tante Yo…

-C'est même plus que cela, surenchérit tante Nelle, un rituel essentiel de la vie quotidienne…

Bon jour peut en effet être entendu, mieux qu'un souhait, comme un constat satisfait, l'équivalent de "bonne pioche !" dans les jeux de hasard. Un bon coup de pioche collectif excavant du vécu dans la massive compacité de l'invécu. Un orifice, une trouée de lumière, un *jour* dans l'opaque nuit des temps !

La cause est entendue, ma conviction est faite : aujourd'hui est un nouveau jour issu en droite ligne d'hier – *i.e.* sans discontinuité réelle en dépit de l'épisode nocturne.

-Mais dans ce cas où est passé *hier*…?

Une louche experte emplit mon bol de chocolat fumant... Ce liquide marron-clair, odoriférant, je ne l'ai à proprement parler jamais *bu* ni *vu*, mais mon nez et ma bouche prétendent le bien connaître, et se réjouissent de l'accueillir. Une tartine de pain beurrée vient le compléter. Introduit en moi avec avidité et délectation, ce mélange comble mon attente. Un heureux apaisement gagne bientôt la cavité inquiète et inconfortable qui s'est *fait jour* au tréfond de mon être dès l'instant du réveil. Une fois vidé le bol et mangée la tartine, il n'y subsiste plus qu'un petit creux sans importance. Autre effet d'anticipation ? quelque chose me dit que ce creux pourrait bien se former à nouveau dans les prochaines heures ? On verra bien... Pour l'heure me tarabuste cette autre poche inconfortable qui, ouverte ce matin même au cœur de mon vécu, semble peu disposée à se résorber : la poche de l'antériorité évoquée ci-dessus. C'est d'elle qu'émane le curieux sentiment (double obligé du sentiment de déjà-vu ?) que le jour d'aujourd'hui découle d'*hier* et qu'il en est lesté.

Ce que je ressens désormais en-deçà de l'actuel présent, c'est-à-dire dans mon dos, est une sorte de besace ou bosse, incommode parce que difficile à localiser de façon précise, donc impossible à supprimer ?

-Où est passé *hier* ?

Hier m'a fait grosse impression, a laissé en moi une forte empreinte, est resté vivace dans mon esprit. *Hier* différait d'aujourd'hui sur quelques points notables, mais en ceci surtout qu'il était exempt de tout sentiment de déjà-vu, déjà-vécu.

-Hier était dépourvu d'hier...

Ce fut le *jour* originel par excellence, celui de l'absolue nouveauté (originalité). J'aimerais bien retrouver aujourd'hui cette sensation unique de jamais-vu et recouvrer ce statut par définition précaire de *nouveau-venu-au-monde* qui a été le mien pas plus tard qu'hier. Savoir au moins ce qu'*hier* est devenu, où il est passé ?

Hier, j'étais assis à cette même place à cette même table en compagnie des mêmes "petits" (mais Riri marquait déjà l'instant par son absence). C'était l'heure du dîner. Au lieu de chocolat, une soupe fumante était versée dans nos assiettes par tante Yolande et tante Xavière. À propos de celle-ci - ma préférée - je ne *la* vois plus dans les parages, où est passée tante X ? J'entends dire que ce dimanche est son jour de congé, mais qu'elle sera ici demain - t'inquiètes pas Lulu -, alors qu'*hier* dans sa globalité est censé ne pas revenir. Jamais plus...? Cette disparition définitive est d'autant moins admissible et même compréhensible, qu'*hier* était aussi tangible, audible, sensible, crédible, aussi, voire plus vécu, plus pétri de réalité qu'aujourd'hui ne peut l'être. Il devrait *en* rester quelque chose quelque part ?... Je devine *hier* tapi dans mon dos, à ma portée, au même titre que cette portion d'espace présentement invisible parce que situé derrière moi, mais automatiquement visible si je me tourne vers lui.

De fait l'espace en question me redevient non seulement visible, mais entièrement présent et accessible, dès l'instant où, faisant volte-face sur mon banc, je lui fait face.

Pour ce qui est d'*hier,* cette brusque volte-face est sans effet. *Hier* demeure absent, occulté sans doute par l'omniprésent aujourd'hui ? *Hier* occupait tout l'espace possible, à l'infini... Aujourd'hui en fait autant. Le *jour* d'hui s'étend à l'infini, occupant désormais l'espace de façon tout aussi totale que l'a fait *hier* en son temps...

Remarque pertinente de ma pensée :

-Pas de place pour deux infinis dans l'espace ; pas de cohabitation possible entre eux. Principe d'exclusion ; c'est aussi simple que ça...

Reste à savoir pourquoi l'exclusion ne joue que dans un sens, pourquoi *hier* ne revient jamais prendre la place d'aujourd'hui, qu'est-ce qui l'en empêche ?

Aussi vite et de quelque côté que je me tourne physiquement, *hier* reste donc absent, échappe à toutes mes tentatives de rapprochement sensoriel. Ce que je découvre dans mon dos ce sont bien les tables d'hier, celles des *grands*, mais présentement garnies (à la différence d'hier) d'une double rangée de bols où fume un odorant breuvage chocolaté.

Hier n'est pourtant pas très loin, j'en garde la conviction. Il est là tout près, juste de l'autre côté..., mais l'autre côté de quoi ? Un mur m'en sépare, ou plutôt une crevasse : le profond sommeil où je suis tombé et dont je viens juste de réémerger. Il faudrait pouvoir repasser de l'autre côté via quelque passerelle ? Or, le passage d'hier à aujourd'hui semble bien être à sens unique ; ce sens qui nous est commun, celui que tous les êtres présents ici-bas empruntent de façon consensuelle, sans trop se poser de questions. Une irréversibilité inhérente au temps qui passe et nous entraîne... ? Notre temps.

-Hier est révolu, c'est une question de bon sens, récidive ma pensée.

Je ne m'en obstine pas moins à rechercher une ouverture mentale dans le mur du temps. Mon esprit y pénètre sans grand peine, mais sans pouvoir y engager le moindre pouce de ma réalité corporelle. Il y a là, je le sens, une poche, une cavité, un lieu indiscutablement présent où mon être n'a pas (ou plus) la capacité, ou le droit d'entrer physiquement. Cette irréalité me rappelle, en plus fuyant, l'ombre fantomatique que faisait mon corps sur le chemin de retour après avoir quitté la plage *pas plus tard qu'hier* (!) ; cette projection de ma personne que j'essayais en vain de rattraper et piétiner (alors que Virginia s'en donnait à cœur joie, souviens-toi)...

Aujourd'hui est un autre jour, un jour prétendu nouveau... Un soupçon d'inquiétude légitime me vient à l'esprit : mon impuissance à localiser et rejoindre *hier* ne cache-t-elle pas une grave et sans doute mortelle infirmité de mon être-en-ce-monde ? Elle restreint en tout cas mon autonomie vis-à-vis du temps qui passe dans des proportions beaucoup plus contraignantes que ne le fait la pesanteur à l'encontre de ma personne physique. Le constat s'impose : à tous égards, en tous sens et en tous lieux (sauf en mer), l'espace est bien plus viable et engageant que ne l'est le temps. Cet espace ouvert devant moi par exemple, j'en passe le seuil pour aller au jardin et m'y déplace à loisir. Cet espace dans mon dos ? Me retournant vers lui, je lui fais face et m'y engage de tout mon corps, comme bon me semble. L'espace vide au-dessus de ma tête... ? Je n'ai pas les ailes adéquates, celles de l'oiseau, pour m'y élever, mais les plafonds de la maison, de même que la cime des arbres sont visiblement accessibles à l'aide d'un escabeau, ou d'une échelle, dès lors qu'on est en âge d'y grimper.

Il m'est également possible de visiter certains espaces qui s'ouvrent en moi, par exemple ce petit creux matinal découvert dans les profondeurs de ma personne avant que ne le comblent le chocolat et la tartine beurrée, tandis que le trop-plein ressenti un peu plus bas, au niveau de ma vessie se transforme en vide après évacuation. Que ces poches se creusent ou se vident, je les pénètre de mon vécu sans grande difficulté, et il en est potentiellement ainsi de toute réalité spatiale. Or, rien de tel avec le temps...

-Où est passé *hier* ?

Lancinante question, frustrante à la longue…

Je *le* cherche du regard... Tangible comme il l'a été, vécu comme je l'ai vécu, il en reste forcément quelque chose quelque part ? Je le cherche à tout hasard dans les yeux des personnes qui m'entourent.

-Qu'est-ce que tu cherches, Lulu ?

Que l'éclipse temporaire de nos vécus respectifs durant la nuit ait fait basculer d'un coup le jour d'hier hors de notre portée n'a pas l'air de les préoccuper beaucoup. Personne en tout cas n'en fait état. Tout au plus, une allusion discrète, plus machinale que réfléchie :

-Ça *va* Lulu ?

Sous-entendu : que le jour d'aujourd'hui passe en bloc du côté d'hier, cela va de soi, ne soulève aucune question dans leur esprit, ne leur pose aucun problème de fond. Ils y sont habitués, ils ont déjà vu des dizaines voire centaines de jours passer ainsi à la trappe nocturne. On n'y peut rien, il faut s'y faire. On a de toute façon autre chose à faire…

Les *hier(s)* sont pour eux déjà si nombreux qu'ils ne les distinguent plus vraiment les uns des autres. Pour moi c'est différent : *hier* reste en ce second jour un jour pas comme les autres, *le* premier d'entre eux ; celui où j'ai vu le jour pour la toute première fois. Il a gardé pour moi la saveur unique du tout nouveau, du jamais vu et de l'inouï. Sans doute plus pour longtemps…?

Aux yeux des *grands*, c'est *aujourd'hui* qui compte. Ce jour s'annonce pour eux comme un grand jour, bien plus intéressant qu'hier. Non seulement c'est *dimanche* - jour de chocolat au petit-déjeuner - mais un dimanche "pas comme les autres". Une excursion en autocar est en effet prévue de longue date à leur intention, qui doit les conduire au Moulin de Vensac à vingt kilomètres d'ici ! Tous ont hâte de quitter la table et de se préparer au grand départ...

Pour les *petits*, ce sera un jour comme les autres : une promenade jusqu'à la mer si le temps le permet, en forêt s'il fait trop mauvais.

-Lulu, va reporter ton bol à la cuisine...

Je sors sur la terrasse.

-Où est passé *hier* ?

J'en trouve des traces indiscutables un peu partout, au jardin comme à l'intérieur de la maison. En dépit des objections formelles de ma pensée, murs, arbres, fenêtres, etc... sont les *mêmes* qu'hier, ça ne se discute pas. Cependant, je ne m'y trompe pas : si le cadre de vie (le décor) est resté matériellement le même, ce qui s'y *passe*, en revanche, n'est pas exactement ce qui s'y est passé *hier*. Un beau soleil (le même qu'hier ?) s'élève majestueusement entre deux troncs d'arbre à l'exacte opposé de l'endroit où son homologue (ou lui-même ?) a disparu hier soir…

Je contourne le bâtiment. Le trou d'*hier* est toujours béant, mais - différence notable - oncle Erick le circonscrit diligemment d'une palissade de genêts séchés (appelée *brandes*), qu'il renforce avec du fil de fer.

Le trou d'*hier* : Riri se tient au bord ; Raoul le pousse dedans, puis y saute à son tour, en ressort ; y ressaute, en ressort, y ressaute, en ressort... ! Cette scène aussi répétitive dans son horreur, aussi intensément vécue par les "intéressés" - y compris ceux qui, comme moi, n'en ont eu connaissance que par ouï-dire -, un épisode aussi profondément inscrit dans les chairs et dans les esprits de ceux qui *étaient* de ce monde *hier* et l'ont vécu directement ou indirectement, ne peut s'être complètement évanoui de la surface du monde ; cela doit figurer encore, de façon indélébile quelque part - autre part que dans ma tête ? Qu'*hier* ait pu sombrer corps et biens, à jamais, dans ce trou ou ailleurs, représente un formidable gâchis, un gaspillage énorme, inacceptable ! Ma pensée elle-même répugne à l'accepter.

-Où est passé *hier* ? Cherchons bien...

-Lulu, qu'est-ce que tu viens chercher par ici ?! m'interrompt oncle Erick en glissant une pince coupante dans une poche de son pantalon... Tu n'as rien à faire *derrière* la maison. Va jouer *devant* avec les autres.

Je m'éloigne donc, mais continue mes investigations ici et là… Faute d'espace disponible, *hier* pourrait s'être contracté en un bloc compact et réfugié quelque part, devant ou derrière moi, à gauche ou à droite, par-delà l'horizon…? Suffit-il d'aller de l'avant pour le retrouver et le redéployer ici à la place d'aujourd'hui ?

Peine perdue. Aussi loin que j'aille, je ne vois pas *hier* se situer dans le prolongement direct, ou en un point quelconque des trois dimensions de l'espace d'aujourd'hui, cet espace serait-il infini. J'en ai maintenant la certitude : c'est non pas *quelque part* mais *autre part* qu'*hier* a dû trouver refuge et qu'il faut le chercher. Dans quelle dimension insoupçonnée du Réel...?

Difficile de s'accommoder d'une réalité avec laquelle on a été de plain-pied un jour donné, et qui, le jour d'après, devient hors de portée. *Hier* m'est désormais aussi inaccessible que s'il n'avait jamais existé.

-*Hier* a-t-il seulement existé ?

On peut après coup en douter. Mais alors, qu'en *est*-il d'*aujourd'hui* ? Passible de devenir *hier* pas plus tard que *demain*, existe-t-il réellement en ce moment ? Si oui, *hier* lui-même doit subsister quelque part sous une forme ou une autre ; si je ne suis pas capable de le rejoindre, ni même de le situer, à qui la faute ? Ma mobilité trans-temporelle est certainement en cause ; elle laisse à désirer, souffre d'un grave handicap, aussi bien intellectuel que corporel. Une véritable infirmité !

Je m'obstine à le dire et le penser : *hier* a été en son temps aussi solide, tangible, réel, qu'aujourd'hui l'est et que demain pourrait l'être... Sa disparition pure et simple de la surface du monde n'augure donc rien de bon pour *aujourd'hui* lui-même, et rien de bon non plus pour *demain*, *après-demain* et tous les jours suivants s'il y en a. Perspective incertaine, inquiétante...

Oncle Erick a fini de ranger ses outils et va rejoindre au portail du jardin le groupe des *grands* qu'il doit accompagner en excursion avec oncle Babu. Tous attendent l'autocar avec impatience :

-En retard *comme toujours* ! grogne le grand Dédé en donnant de nerveux coups de talon dans la barrière blanche sur laquelle il est juché - et qui ploie sous son poids.

-André, descends de là tout de suite, ordonne oncle Babu, ou alors, pas d'excursion !

L'autocar à peine arrivé repart pour Vensac avec son chargement de *grands*... Un nuage de poussière s'élève au bout de la route. Après dissipation, plus d'autocar en vue, mais un trou sombre, une sorte de porte ouverte au fond du décor familier. C'est peut-être par ce genre d'orifice qu'a filé *hier*...

-Que cherches-tu, Lulu ?
J'ose juste marmonner entre mes dents :
-Je cherche *hier*...
Pensant sans doute que je cherche Riri, tante Zoé m'informe qu'il est à l'infirmerie, mais que je n'ai pas le droit de lui rendre visite ; qu'il en sortira dans quelques jours...
-Ne t'inquiète pas, Lulu.
L'infirmerie est ce bâtiment blanc sur la gauche. Une flèche rouge clouée à un tronc d'arbre en indique le chemin. L'endroit est donc physiquement accessible (sinon libre d'entrée). Je suis de plain-pied avec l'endroit où gît Riri, sans doute couvert de pansements et tacheté de mercurochrome. Rien donc à voir avec hier... J'esquisse quand meme quelques pas dans cette direction, puis fais demi-tour... *Hier* n'est pas plus là qu'ailleurs. *Hier* n'est à proprement parler nulle part au sens spatial du mot, il faut m'y résigner. Aucune direction n'existe vers laquelle me tourner pour ébaucher un rapprochement avec *hier*. Cela choque mon esprit, m'indigne et me chagrine, car - je m'en porte garant -, *hier* était aussi présent ici que peut l'être à présent aujourd'hui, et très semblable à celui-ci à quelques détails près, dont Riri bien sûr. À titre personnel, *hier* fut plus intensément vécu que ne l'est *aujourd'hui* jusqu'ici.

Plus réel ?... Or *hier* apparaît définitivement hors de portée. En sera-t-il de même demain d'aujourd'hui, et de demain après-demain, et ainsi de suite de lendemain en lendemain, de jour en jour, jusqu'au dernier…?

Admettons par exemple que mes jours soient *comptés*, qu'adviendra-t-il de moi si, parvenu au tout dernier, je ne peux faire marche arrière, ou opérer un demi-tour ?

-Imagine aujourd'hui sans lendemain, tout en étant privé d'hier ?

-Pressons, pressons ! Les enfants en avant.

-Dépêchons, dépêchons ! Lulu, à la traîne comme toujours…

-Lulu, à quoi penses-tu ? Il a mis ses sandales à l'envers et encore oublié son bonnet !

Une quinzaine de *petits* et nos trois monitrices WYZ (tante Wanda remplaçant tante Xavière dont c'est le jour de congé) partons en promenade dans la proche forêt. J'emboîte le pas aux autres enfants, mais avec moins d'entrain qu'hier ; en quelque sorte "à contrecœur", "à mon corps défendant", avec le sentiment qu'il n'est peut-être pas sage de s'engager ainsi dans l'espace, mais surtout dans le temps, sans s'assurer de ses arrières, en l'occurrence *hier*...?

-Cet enfant manque d'entrain. Il traîne les pieds, résiste à l'entraînement de base qu'est la promenade, exercice essentiel de bipédie collective ; rituel processionnaire...

-Les enfants ont besoin de marcher. Ils doivent apprendre à *marcher* dès le plus jeune âge ; et ce dans les deux sens du mot : 1) se déplacer physiquement sur deux pattes, ainsi que le veut notre espèce depuis bientôt trois millions d'années ; 2) entrer physiquement et psychiquement dans la combinaison complexe d'espace et de temps que constitue le milieu social depuis déjà trois ou quatre millénaires...

Mes débuts dans la marche à pied, c'était *hier* : le sol défilant sous mes sandales en trainées continues, jaunes et brunes ; mon incapacité initiale à distinguer un caillou du chemin de l'autre ; ma difficulté à poser un pied par terre puis le suivant, en alternance bien cadencée ; ma crainte de m'embrouiller dans mes commandes ambulatoires, de "m'emmêler les pinceaux" comme dit Jeannot, d'avancer deux fois de suite la même jambe et de perdre l'équilibre ! La main ferme dont Riri me tenait d'un côté, tandis que Virginia de l'autre côté, etc., etc. Pas plus tard qu'hier...

Aujourd'hui j'avance sans difficulté notable, c'est devenu machinal. Mais l'enthousiasme d'hier n'y est plus. Il a fait place en moi à un mauvais vouloir d'ordre plus métaphysique que physique. J'ai le sentiment désagréable qu'en *marchant* ainsi je me laisser aller à quelque chose de plus fort que moi, la force d'entraînement des choses et des êtres ..., le fameux *consensus* ! À chaque nouveau pas en avant, je m'éloigne un peu plus *hier*, le délaisse lâchement au profit d'aujourd'hui.

Un éclair d'intuition m'avertit qu'avancer ainsi dans l'espace, à petits pas, revient en fait à m'enfoncer dans le temps de façon inexorable... Le moindre de mes faits et gestes corporels *actualise* un peu plus le présent aux dépens du passé, c'est un *acte de foi* en faveur du premier aux dépens du second.

-N'hésitons pas à le redire : en lâchant hier pour aujourd'hui, tu t'apprêtes à lâcher aujourd'hui pour demain, puis demain pour après-demain, et ainsi de suite.... Telle est l'essence du consensus. Qu'il s'effectue à pied, en vélo, en voiture, en bateau, en avion ou tout autre moyen de locomotion, le déplacement constitue la *démarche* essentielle de l'Humanité - et plus généralement du monde Animal. Un aller-retour possible dans l'espace, mais un aller *sans* retour dans le temps.

Vague intuition : un état d'inactivité totale (y compris mentale) et d'immobilité sur place (à l'instar du végétal) me permettrait peut-être de maîtriser le cours inexorable du temps ? En tous cas, pas maintenant : Virginia m'entraîne d'une main ferme... Puis l'idée consolante se fait jour dans mon esprit que le plus important pour moi *à l'heure qu'il est* n'est peut-être pas de retrouver effectivement *hier*, ni même de le situer avec précision au sein du Réel, mais de le garder *présent* à l'esprit, tout en marchant ! de rester en contact intime avec lui, notamment à travers la question cruciale qui ne cesse de me lanciner depuis ce matin :

-Où est passé *hier* ?

(...question qui paraît étrangère à tous mes compagnons de jeux ainsi qu'aux divers adultes en charge de nos petites personnes. Autant que je sache : elle est pour eux "hors de question"...)

-Qu'il te suffise - me suggère ma pensée - de te la poser en ton for intérieur, à intervalles réguliers, envers et contre tout entraînement de type collectif. Ce faisant, la disparition d'hier ne sera peut-être pas aussi irrévocable, le cours du temps aussi inexorable pour toi qu'ils le sont pour tes congénères ? Cette question pourrait être une passerelle que tu maintiendrais au-dessus de l'abîme du temps...?

Bon moyen en tous cas de préserver ma singularité d'*être*

au sein d'une collectivité un peu trop encline au laisser-aller consensuel du *cela-va-de-soi*.

En forêt...

Ce coin d'espace *nouveau* pour moi éveille ma curiosité, mobilise d'emblée mes cinq sens, divertit enfin ma pensée d'une préoccupation majeure mais vaine en ce début de matinée : la disparition d'*hier*. Je ramasse un morceau d'écorce de toute beauté. Je découvre qu'il est constitué d'un grand nombre de lamelles superposées. J'en détache une, puis une seconde, une troisième, une quatrième, etc..., et me pose à nouveau la question : « N'est-ce pas ainsi que les jours de ma vie, si je laisse faire, vont se détacher de moi jusqu'au dernier ? »...

-Ding, ding, ding !

Retour à la Maison pour le repas de midi. Me (re)voici à la table des *petits*, mais pas à la même place. Hasard, ou pour quelque raison qui m'échappe, on m'a changé de banc, c'est-à-dire de côté. Je me trouve au coude à coude avec Virginia, au lieu de lui faire face. Ce que je perds en aimable vision, je le gagne en contact agréable – ses boucles d'or contre ma joue... La place en face de moi est celle que j'occupais ce matin même au petit déjeuner (et *plus* encore hier au soir pour le dîner). Elle reste vide, de sorte que... Je suis en position de *me* faire face ! Curieuse sensation et vertigineuse tentation : je me dis qu'en me concentrant très fort sur ce vide, la réalité antérieure si pleine et si vivace qui s'y trouvait "pas plus tard qu'hier" (et ce matin même) pourrait y (ré)apparaître, le remplir ?

Rien de tel ne se produit, je m'y attendais. Mais l'effort mental requis de mes neurones en cette occasion me procure un bien-être appréciable.

-C'est dans cette voie qu'il te faut persévérer, m'encourage à nouveau ma pensée. C'est de ce côté-là que tu dois te creuser la tête !

-Lulu, à quoi penses ? Finis ton assiette.

Sieste postprandiale obligatoire pour les *petits*... Il faut fermer les yeux et, si possible, mettre en veilleuse sa lueur d'être intime, occulter son vécu personnel pendant au moins une demi-heure. Après quoi, une fois levés, nous irons à la plage. *Comme hier...*

Mais justement, n'est-ce pas durant la sieste que la lumière s'est faite *hier* en moi d'un coup, qu'elle a percé d'un premier trou (ou *jour*) l'opacité de l'invécu ? N'est-ce pas à cet instant crucial que ma bulle de vécu a émergé à la surface de ce monde...? Ma mémoire me le certifie, mais que valent ses affirmations ? Si cependant tel est cas, tout ce que j'ai vécu depuis, notamment ce matin (toilette, promenade en forêt, activités ludiques diverses, jusque et y compris le tout récent repas de midi), tout cela bien qu'empreint d'un petit air de *déjà-vu*, était encore du domaine de la nouveauté. C'est à partir de maintenant seulement que se trouve bouclé par moi le premier tour complet du cycle élémentaire de vingt-quatre heures que nous impose la ronde solaire jour après jour...

-Et que tu vas entrer *de fait* dans celui infernal de la routine ! La ronde des heures, des jours, des années, des décennies...

-*Ding, ding, ding* ! la sieste est finie.

Cela fait donc un jour entier, au sens horloger du mot, que j'ai vu le jour ici-bas, que j'y *suis* pour de bon. Pour le meilleur et pour le pire...

-*Ding, ding, ding* !

-Debout, debout !

-Vos pelles, vos seaux, vos bonnets...

-En rang, en rang !

-En avant !

À la plage, *comme hier…*

D'emblée des différences sensibles au niveau de mon vécu : la mer moins surprenante et surtout moins agitée qu'hier.

-Elle s'est un peu calmée, constate avec satisfaction tante Zoé, comme s'il s'agissait d'un enfant turbulent parmi d'autres, genre Péco. Les *petits* vont pouvoir s'y baigner.

Que l'aire de sable me semble relativement déserte est dû bien sûr à l'absence des *grands*, si encombrants *hier* par la taille et par la place nécessaire à leurs jeux de ballon. Les *grands* sont à l'heure qu'il est du côté de Vensac, c'est-à-dire dans mon esprit : *à l'autre bout du monde* ! L'absence d'un grand parmi les grands, André Drapier, m'est particulièrement sensible, ou plus précisément visible en ce jour : ses descentes continuelles de la dune sur le dos *hier* ! l'image mentale que j'en ai gardée est très vivace et grande encore la place qu'il occupait... Plus floue sans doute mais très vivante aussi la séquence rapide de leur entrée groupée en mer à l'heure de la baignade ! Et plus précise encore et plus caractéristique du grand Dédé, cette vue à jamais gravée quelque part dans ma tête, ce défi à la bipédie régnante : sa marche sur les mains, les deux jambes légèrement incurvées pointées vers le ciel, une prouesse dont je ne pense pas être capable avant longtemps… Et un instant plus tard, sa retombée en arrière comme une masse ! Pas plus tard qu'*hier*...

J'ai soudain le curieux sentiment qu'il s'en faudrait d'un rien *aujourd'hui* (un petit effort mental supplémentaire de ma part ?) pour qu'une si forte image se matérialise dans l'espace devant nous en lieu et place du vide qui y prévaut. Et qu'au lieu d'excursionner dans le lointain Vensac, le grand Dédé prenne corps ici sous nos yeux, faisant basculer du même coup le moment présent dans son entier vingt-quatre heures en arrière, le groupe des *grands* au grand complet ! Oui, il s'en faudrait de peu à ce stade que le déclic rétrospectif opère dans ma bulle de vécu personnelle et que sa répercussion à l'ensemble du vécu collectif (intersubjectif) à la ronde ramène les ci-présents *petits* et leurs monitrices (tante Xavière incluse) à l'après-midi d'*hier*. Le décor resterait à peu près le même. La même mer évidemment… à perte de vue, en plus agitée peut-être... ?

Je n'insiste pas. Je ressens une soudaine indulgence, non dénuée de paresse, à l'égard du moment présent et surtout à l'endroit du plaisir très *vif* que semblent y prendre mes *petits* compagnons de jeu. J'ai également du respect pour la *vive* attention que prêtent au dit présent les grandes personnes en charge de notre surveillance, tante Wanda, remplaçante de Xavière, et Tante Zoé..., je renonce finalement à rendre effectif le basculement rétrospectif d'aujourd'hui à hier. La perspective d'un tout premier bain de mer après quelques tours de "Chandelle" n'est sans doute pas étrangère à ma décision de ne pas forcer le temps à faire machine arrière, alors qu'une telle commutation semble possible, voire imminente, à portée de main. Curiosité oblige : je laisse le temps *filer* à sa guise au moins jusqu'à l'heure du bain. On verra après... Bref, l'occasion pour les petits d'un premier contact corporel avec la mer, cette occasion est trop belle pour être sacrifiée au profit d'un hypothétique retour en arrière.

-Ne jamais remettre à plus tard ce qu'on peut faire à l'instant même, me souffle ma pensée...

Baignade en mer...
Franchement, je suis déçu. Cette expérience est moins plaisante et moins neuve qu'escomptée. Le contact hydro-marin ressemble beaucoup à celui qu'on m'a imposé avec l'eau douce, ce matin même, pour ma toilette, - ou à celui que j'ai pu vivre au stade prénatal en milieu amniotique -, à ceci près que l'eau de mer, salée, est peu agréable en bouche. Et puis, il ne fait pas bien chaud en sortant de l'eau...

De gros nuages se sont amoncelés à l'horizon. Le vent aidant, les voilà qui foncent vers nous, éclipsant le soleil au-dessus de nos têtes au moment précis où, sortant de l'eau, nous aurions besoin de lui pour nous sécher. Justement, la serviette qu'on me tend est déjà très humide, ayant servi à d'autres essuyages. Des frissons secouent et parcourent mon petit corps, malgré la petite laine qu'on m'a mise sur le dos aussitôt...

Non, décidément, le vécu personnel de ce second *jour* au bord de mer ne vaut pas pour moi celui d'hier, si riche en agréables nouveautés. Répétons-le : *hier* a eu pour moi la saveur irremplaçable du *tout nouveau tout beau*, du jamais vu et de l'inouï. Cette sensation unique que j'essaie de raviver, et dont j'ai déjà la nostalgie, je crains l'avoir perdue... à jamais ? Il est en effet bien tard désormais pour ressusciter quoi que ce soit d'*hier*. J'ai beau me concentrer une dernière fois de toutes mes forces, impossible de re-mettre la main sur le levier, le bouton, le commutateur mental - s'il existe - commandant l'inversion du flux temporel. Occasion manquée ? Expression d'un premier regret ?... Je me plais à penser un peu tard qu'il s'en est vraiment fallu de peu un peu plus tôt que je parvienne à inverser le cours du temps ! La question est maintenant de savoir si je vais garder intact cet étrange pouvoir pour d'autres occasions plus cruciales, par exemple, un moment très critique ou très ennuyeux d'un *jour* futur ?

Le ciel, devenu tout noir, incite tantes W et Z à écourter la séance de plage et quitter ces lieux très exposés aux intempéries du temps. Sans même prendre le temps de nous distribuer le traditionnel et très attendu goûter à base de pain et chocolat… ? A l'unanimité de nos deux moni-trices, il est décidé de remettre cela à plus tard, une fois rentrés à la maison. L'on remballe donc toutes les affaires. Il faut faire vite, les enfants ! Vite, vite !
-Vos pelles, vos seaux, vos râteaux...

Notre retour précipité n'a évidemment rien à voir avec celui d'hier, lorsque j'ouvrais la marche avec Virginia.
Hier ?... L'on s'en éloigne plus que jamais !
-Pressons ! pressons !
Le vent se déchaîne à nos oreilles ; la pluie cingle nos nuques et nos mollets ; la foudre claque son fouet sur nos talons ! En bord de mer - comme en montagne d'ailleurs - on ne voit pas venir l'orage. Celui-ci nous chasse, troupeau désordonné, à travers creux et bosses, chardons, ronces et gourbets, par-delà le cordon dunaire, jusqu'à l'intérieur des terres. Pas la moindre considération ni pitié pour nos

petites pattes. L'on rentre à la maison (le "Nid d'Enfants") de toute la vitesse dont elles sont capables. Nos deux monitrices en tête, bien plus grandes que nous, donc plus véloces, tentent d'accélérer l'allure du groupe tout entier, mais ne peuvent l'empêcher de s'étirer et se disloquer en plusieurs tronçons sur plusieurs dizaines de mètres, les plus lents d'entre nous à la traîne… Pitchou bon dernier trébuche et pique du nez dans le sable entre deux chardons. Va-t-on l'abandonner sur place ? Tante Zoé ne peut le porter dans ses bras ou sur son dos, chargée qu'elle est déjà du gros panier contenant nos goûters. Tante Wanda pour sa part est vraiment trop frêle pour porter quoi que ce soit d'un peu lourd. Il paraît qu'elle a une hernie...

-Virginia et Lulu, aidez Pitchou à se relever ! nous lance Tante Z, la tête tournée contre le vent. Prenez-le tous deux par la main jusqu'à la maison...

Revenus en arrière, Virginia et moi remettons Pitchou debout. *Elle* lui essuie la bouche, les yeux, maternellement du rebord de son tablier. Le visage de Pitchou est noyé de pluie, mêlée de quelques larmes. Je lui prends une main, la serre dans la mienne et me trouve de ce fait en charge d'un plus petit que moi ! Si l'on songe qu'*hier* c'était moi qu'on tenait ainsi par la main et qu'on soutenait de chaque côté pour avancer, le changement est considérable, à peine croyable ! *Hier*, hier, comme le temps présent tout à coup passe vite, de plus en plus vite, et comme le temps futur se fait pressant ! À quelle vertigineuse vitesse *hier* s'éloigne de nous désormais !

-Où donc est-il passé *?* Dans quelle dimension de l'espace-temps, dans quel inaccessible refuge…? s'accélère ma pensée.

La question me paraît tout à coup incongrue.

-Ce n'est pas le moment ! m'intime une voix sévère que j'entends pour la première fois, celle de l'urgence vitale et du devoir social. Il y a mieux à faire...

Tâcher de suivre la vive allure imposée par Virginia tout en soutenant Pitchou. Éviter de trébucher moi-même et tomber dans les trous du chemin. Plus question à présent de regarder en arrière, face au vent, du côté de la mer et d'*hier*, de m'attarder à prendre en considération des questions insolubles, ni de me surcharger l'esprit d'énigmes non seulement incongrues mais inconvenantes…

Quand la pluie vous cingle de la sorte, que le tonnerre gronde, que la foudre claque et embrase ciel et terre de tous côtés, il ne peut être évidemment question d'élucider le grand mystère de la disparition d'*hier* et moins encore tenter d'y remédier mentalement... Je n'ai plus qu'une idée en tête : mettre un pied devant l'autre le plus rapidement possible et gagner au plus vite un abri sûr.

Quand le vent vous pousse ainsi en provenance du large, vouloir faire marche arrière pour réintégrer *hier* est littéralement *insensé* ! Une question quand même : le *temps* météorologique aurait-il partie liée avec le *Temps* qui passe ? Réponse : le bon sens, ou sens commun, est à sens unique ; il se résume à avancer dans l'espace le plus vite et directement possible jusqu'au "Nid d'enfants", afin d'y trouver refuge. Le consensus à ce sujet est désormais dans mon esprit aussi total que dans celui de Virginia, Philippe, Arlette, Pitchou, nos monitrices...

Et justement l'une d'elles ultra légère, Wanda, a pris dix mètres d'avance sur le reste de la troupe.

-Vite, vite !

Nous sommes trempés. Les boucles d'or de Virginia, moins éclatantes qu'en plein soleil, collent à ses tempes et à ses joues. Le tonnerre nous dépasse par la gauche, balafre le ciel noir, accable la proche forêt ! Tante Wanda, dont la chevelure rousse flamboie à chaque nouvel éclair, est prise d'agitation panique, crie qu'elle a peur d'être foudroyée sur place ! Très légère sur ses longues pattes de sauterelle, elle court en tête et nous précède bientôt d'une bonne vingtaine de mètres. Elle s'apprête visiblement à filer toute seule, tout droit, jusqu'à la maison, mais se trouve stoppée net par les paroles cinglantes que tante Zoé lui décoche de l'arrière :

-Wanda, attendez les enfants ! Maîtrisez-vous ! Donnez le bon exemple !

« Ah, que je n'aime pas ça ! »... La tournure échevelée prise ici par les évènements, à l'instar des nuages, m'affole à mon tour, je dois l'avouer. *Hier* déjà, en fin de journée, les choses se sont précipitées sans crier gare. Il s'en était suivi les horreurs que l'on sait. La manière dont tout s'accélère à présent (y compris les battements de mon cœur), la façon dont le temps nous pousse, nous presse, nous bouscule devant lui, troupeau hébété, ce sentiment d'urgence, voire de panique, qu'il nous inspire, tout cela vise manifestement à nous décontenancer, c'est-à-dire expulser de l'esprit de chacun (y compris le mien) toute autre idée que celle d'atteindre au plus vite ce point précis en aval du moment présent : l'abri. Fuite en avant... Dans moins de cinq minutes, nous y serons. Vite ! vite !

Nous pénétrons en trombe dans le grand hall du "Nid d'enfants". L'on referme aussitôt les portes derrière nous, au nez de la bourrasque. Vent et pluie, désormais, tempêtent en vain contre les vitres. Sauvés !

-Dans quel état sont ces enfants !

Dégoulinant de pluie, nous sommes en plus tout maculés de sable humide. Pitchou est soulevé de terre par des bras empressés et emporté au fond du hall, vers l'endroit le plus chaud et le plus maternel de la maison, la lingerie. L'on s'apprête à faire de même pour moi, quand Tante Zoé intervient :

-Le petit Lulu est à présent un grand garçon, déclare-t-elle à la ronde. Il a aidé Pitchou à revenir.

Tous les regards convergent vers moi. Un sentiment de légitime (?) fierté m'inonde de la tête aux pieds. J'ai fait pipi dans ma culotte en chemin, mais personne, pas même Virginia, ne s'en est aperçu, et nul ne peut le voir ici tant mes vêtements ruissellent. Dans un autre registre, tante Zoé lance un regard sévère à l'adresse de sa collègue Wanda, mais s'abstient de tout commentaire désobligeant à son sujet, du moins pour le moment. L'on nous dévêt sur place. On nous essuie d'abord la tête, puis le corps. On nous apporte ensuite des vêtements propres et secs, que nous enfilons avec volupté...

Et enfin le goûter ! mieux vaut tard que jamais. Le chocolat a survécu dans le panier, mais pas le pain : tout trempé, il est juste bon à donner aux cochons du voisin. D'autres tranches, fraîchement coupées, nous sont apportées de la cuisine, ainsi que du lait chaud, un bol chacun, à l'initiative de tante Yo.

-Il faut que ces enfants se réchauffent tout de suite, dit-elle, sinon ils vont attraper mal.

La calme après la tempête... La folle course du retour est suivie d'un ralentissement spectaculaire du temps. Il imite en cela nos cœurs emballés qui, peu à peu, retrouvent entre ces murs un rythme normal. Ainsi, le temps est capable de varier très sensiblement son allure (son tempo) selon le lieu et le moment et pour certaines raisons encore obscures qu'il conviendra d'élucider en temps utile - quand j'aurai une minute à moi.

Manifestement, le temps ne s'en tient pas toujours aux tic-tac imperturbable des réveils et de montres, ni à l'égrènement régulier du sable d'un vase dans l'autre du sablier, ou à celui du chapelet entre des doigts dévots. Il est des moments plus fous que d'autres, des lieux plus exposés et vulnérables aux intempéries qu'engendre cet autre temps, "le temps qu'il fait". Le temps "qui passe" peut se montrer tout à coup plus rapide, *précipitant* les évènements, et *pressant* les acteurs en scène d'accélérer le mouvement, d'emballer leurs cœurs, le cours de leurs discours et de leurs réflexions. Il est des moments où le temps semble vouloir en finir au plus vite avec l'instant présent, tourner la page de l'*aujourd'hui* pour être plus vite à *demain* ?

L'heure du souper...
-Les enfants sont très fatigués, on les couchera tout de suite après dîner, dit tante Nelle.

Retrouvant non seulement mon calme mais aussi mes esprits, je me remets à penser sérieusement à ce qui s'est passé ce jour : un laisser-aller physique et/ou mental de ma part (et de la part des autres) est impliqué dans le fait que le temps va ainsi de l'avant de manière implacable et irréversible. Il y a de notre part un consentement massif au cela-va-de-soi, un vrai consensus... En ce moment même, laisser entrer et passer dans nos organismes toutes ces choses extérieures qu'on nous propose, pour ensuite les évacuer, et laisser couler hors de nos bouches tous ces mots qui nous passent par la tête, concourent au passage du temps. Sa pression propre y est aussi pour quelque chose, sans doute même pour beaucoup ; et c'est à dessein qu'elle s'exerce sur nos êtres de façon variable. Hautes et basses pressions… Le *temps* qu'il fait et le *Temps* qui passe ont donc partie liée. Hypothèse de ma pensée (une de plus) : trop régulière la pression du Temps, on finirait par s'y habituer et par en prendre la mesure. Son intensité variable, comme aujourd'hui, vise à stimuler le peu d'entrain naturel de certains êtres à s'y soumettre ; elle parvient ainsi à contrer les velléités de résistance passive ou de mise en question active de son écoulement irréversible et fait échouer dans tous les cas toute tentative de remonter son cours. *Hier* est bel et bien passé !

Tandis que nous finissons de souper, les *grands* font leur retour : une entrée fracassante dans le grand hall ! Ils mobilisent aussitôt toute l'attention des grandes personnes et nous volent la vedette … Moins mouillés que nous l'avons été (aux premières gouttes de pluie ils se sont abrités dans l'autocar) et visiblement peu fatigués (ils ont peu marché et n'ont pas fait de sport de la journée), les *grands* n'en ont pas moins faim et tant de choses à raconter… Nos *tantes* se mettent spontanément à leur service ainsi qu'à leur écoute. Il n'y *en* a plus que pour eux …

-Bon, les *petits*, vous n'avez plus rien à faire dans le hall. Vous allez regagner votre dortoir et vous coucher sagement tout seuls.

-Dégagez, les mouflets ! nous lance André Drapier entre deux bouchées voraces. Au lit les *petits* !

Tante Xavière (de retour de son congé dominical) vient quand même nous border et nous embrasser un à un...

Aujourd'hui tire à sa fin. Distinct d'*hier*, non par le cadre où il a eu lieu, resté à peu près le *même*, ni par les personnes qui l'ont animé, toujours les *mêmes*, mais essentiellement par ce qui s'y est passé... Une fin de journée certes mouvementée, mais tout de même moins dramatique que celle d'*hier*.

J'en suis désormais convaincu : il y en aura d'autres dans le futur, des dizaines, centaines, voire milliers d'autres *jours*, plus ou moins semblables entre eux, qui basculeront ainsi d'*aujourd'hui* dans *hier* de façon automatique et s'y accumuleront jusqu'au jour où *hier*, perdant alors son caractère de jour originel, unique et singulier, deviendra un terme générique incluant des milliers, voire millions de termes échus : *hier* la fin des dinosaures : *hier* l'apparition de l'Homme ; *hier* l'Egypte pharaonique, la Grèce et la Rome antiques ; *hier* la Renaissance italienne et la révolution française ; *hier* la Troisième guerre mondiale…

Une irrésistible torpeur gagne enfin l'intérieur de ma tête. Je me sens tout entier aspiré dans l'étroit conduit qui mène à demain. C'est parti pour une vie entière...

*

Jour après jour

Les jours se suivent, se ressemblent et s'assemblent… Les jours se rassemblent d'autant mieux qu'ils se ressemblent plus… Le double rideau de mes paupières se lèvent jour après jour sur une scène à peu près identique à celle du jour précédent : mêmes décors, mêmes personnages en scène et mêmes activités aux mêmes heures ; autrement dit, mêmes cadre spatial et même emploi du temps, à quelques variantes et incidents près…

Non pas une trouée périodique de ma lueur d'être dans la nuit des temps, mais un flux temporel continu, indépendant de moi, sur quoi le jour (*i.e.* le soleil) ainsi que mes paupières successivement se lèvent, se couchent, se soulèvent, retombent... Ainsi l'idée de réalité objective non discrète s'impose jour après jour à mon esprit.

Les jours se suivent, se ressemblent, s'assemblent... À peu de choses près, les mêmes activités, aux mêmes heures, dans le même cadre de vie... La compagnie des mêmes enfants *petits* et *grands*, des mêmes adultes, *tantes* et *oncles* ; les mêmes besoins à intervalles réguliers et les mêmes assouvissement temporaires.

-Les mêmes mais par rapport à quoi ?

La question du *même* me lancine encore, mais de façon beaucoup moins vive qu'au premier jour, et surtout qu'au second. Une question d'habitude. Cette question est du reste moins fondamentale que celle qu'éveille encore en moi, périodiquement, le caractère irréversible du temps qui passe : « Où est passé *hier* ? Où passe aujourd'hui ? Pourquoi le temps ne revient-il pas en arrière ? Pourquoi ne puis-je me mouvoir aussi aisément dans le temps que dans l'espace ? »… Mon esprit *critique* n'a pas totalement renoncé à poser pareilles questions, mais c'est plus rare et moins impératif. Je me laisse désormais emporter, entraîner, sans beaucoup de réticence mentale, par l'irrésistible et irréversible mouvement de l'arrière vers l'avant, du matin au soir, de jour en jour..., qu'imprime à toutes choses et êtres le flux temporel. Trait dominant et confirmé du drôle (?) de monde où j'ai vu le jour : le temps défile sous moi (en moi, devant moi) sans que je puisse le ralentir, l'accélérer, le modifier si peu que ce soit, moins encore l'arrêter, et a fortiori l'obliger à faire faire demi-tour, c'est-à-dire inverser son cours.

Je crois avoir compris pourquoi les jours se suivent et se ressemblant tant : le soleil en est la cause. Le *même* Soleil jour après jour (et non pas un soleil nouveau chaque jour comme j'ai pu le penser au départ). Il se lève côté forêt le matin, se couche en mer le soir... Durant la nuit, il repasse sous la scène de nos activités courantes (y compris sous la mer !), dans des conditions de transfert souterrain par définition obscures. Le soleil regagne ainsi, en secret, sa position de départ au point du jour pour entamer sensiblement le même parcours qu'hier au-dessus de nos petites têtes. Et ainsi de suite, indéfiniment...

Le même Soleil jour après jour à peu de chose près, et sensiblement aux mêmes heures... Au fil des jours, des allongements et raccourcissements graduels sont quand même perceptibles, dont tante Zoé essaie de nous expliquer les causes astronomiques... Dans les tout premiers temps, mon esprit a eu du mal à accepter ce recommencement perpétuel. Je m'étonnai que le soleil ne songe pas à varier sa vitesse et/ou son trajet d'un jour sur l'autre ? Qui l'en empêche ? Un cycle jour-nuit aléatoire, pourquoi pas...? Ce serait amusant. Notre petit monde du "Nid d'Enfants" en serait certes tout chamboulé, mais aussi excité, la succession des jours étant rendue moins monotone.

-Mais qu'est-ce qu'*il* fait ? Qu'est-ce qu'*il* attend ? Que se passe-t-*il* ? *Il* a au moins une heure de retard, s'inquiète tante Nelle

Tous levés, lavés, nourris et habillés, à l'heure habituelle, nous attendons que le soleil veuille bien en faire autant.

-Ah, le voilà enfin, ce paresseux, voici le soleil ! Vite, les enfants, tous dehors ! Profitez du soleil...

À l'inverse, il pourrait nous surprendre à la plage par un plongeon prématuré et précipité en mer. Je nous vois rassembler nos petites affaires à tâtons dans le noir, et effectuer un retour périlleux jusqu'à la maison, à l'aveugle, parmi les fondrières et les chardons ! Pire encore si ce genre d'imprévu se produisait en pleine forêt parmi les ronces et les troncs d'arbres, ou lors d'une excursion en territoire totalement inconnu, voire hostile ! Autre cas de figure : le soleil fait machine arrière aux trois-quarts de sa course, remonte au zénith alors que nous nous apprêtions à goûter la fraîcheur du soir avant de nous coucher... Si le Soleil se montrait aussi fantasque dans ses évolutions, nous serions obligés d'adopter des emplois du temps plus souples, des horaires variables, et ne quitter la maison que munis de lanternes, de torches, ou de lampes de poche...

Ce réveil en fanfare à une heure du matin n'a rien d'étonnant. Le fantasque soleil a surgi en pleine nuit au-dessus des pins et pénètre la maison d'une lumière éclatante !

-Debout, les enfants, debout ! Le soleil est là. Pas une minute à perdre ! Il faut en profiter ! Vous dormirez plus tard. Dans la journée...

L'assidu Soleil par sa ronde régulière impose donc sa routine au monde de tous les jours, et non l'inverse comme je l'ai cru d'abord. Décidément non : le soleil n'est pas un lampion docile que les grandes personnes (et a fortiori les enfants) manœuvreraient à leur guise matin et soir, comme la lumière électrique ; c'est une réalité astrale relevant d'un mécanisme cyclique, routinier, naturel, qui *va de soi* sans l'intervention de quiconque ici-bas. C'est ce qu'oncle Babu a charge d'expliquer aux plus *grands* et que j'ai cru comprendre en passant à proximité de leur classe l'autre jour. La ronde des besoins vitaux de l'organisme humain (manger, boire, dormir...) ainsi que leur assouvissement, font écho au cycle solaire jour-nuit. La mécanique céleste régit peu ou prou notre vie de tous les jours...

Les jours se suivent, et la plupart se ressemblent tellement par la durée, l'emploi qu'on y fait du temps et par ce qui s'y passe en gros et en détails, qu'ils se regroupent et se (con)fondent ensuite dans mon esprit en un jour type qui les résume pratiquement tous : *hier*. De ce fait, - et sans doute est-ce la finalité de cette routine -, *hier* occupe bien moins de place dans la poche antérieure de mon vécu. C'est assurément plus commode pour aller de l'avant... La poche de vécu résiduel ainsi formée ne s'en alourdit pas moins de jour en jour, devenant de plus en plus encombrante et pénible à porter. Elle m'est une sorte de sac à dos, dont je ne me déleste totalement que la nuit en plongeant dans le sommeil profond...

Contrepartie ou simple effet de symétrie ? une autre poche se développe devant moi. Beaucoup moins gênante, et même plutôt commode : une sorte d'oreiller moelleux sur lequel je m'endors chaque soir avec l'assurance confortable de m'éveiller dans le *même* lit et le *même* monde le matin suivant. Une poche de vécu provisionnel en quelque sorte… À mesure que les jours s'entassent dans mon dos et que s'accentue mon sentiment d'antériorité, un nombre équivalent de jours se proposent d'assurer mon vécu à venir. Symétrie illusoire ?... À chaque jour qui passe, je n'en continue pas moins d'éprouver un petit pincement au cœur.

-Où tout ça me mène-t-il ?

Persistance du *même* monde d'instant en instant, de jour en jour, de semaine en semaine… Un vécu monotone ponctué quand même, de loin en loin, par les coups de tonnerre de l'étonnement primal, ces éclairs de lucidité commotionnant ma matière grise : quand par exemple Jeanjean reçoit un kaléidoscope pour son anniversaire et nous le passe de main en main afin que chacun puisse admirer par lui-même les inépuisables configurations visuelles qu'engendre l'instrument au moindre mouvement qu'on lui imprime. À chaque quart de tour de l'objet prismatique une réalité toute nouvelle m'apparaît. Pourquoi pas - à l'instar de ces images - un monde radicalement nouveau à chaque tour de roue de l'horloge du temps ? D'un instant à l'autre, d'un jour au suivant, d'une semaine à la prochaine..?

-*Ce* monde ne pourrait-il quand même m'apparaître *autre* de temps à autre ? ne serait-ce que pour stimuler mon appétit de vivre et enrichir mon vécu ? Un peu, beaucoup, radicalement *autre*...?

De mondes et d'autres... Ma pensée me propose parfois, avant de s'endormir, des *réalisations* de monde aussi plausibles et pas plus farfelues dans leurs modalités pratiques et leurs détails que celle dont nous faisons notre quotidien. Outre les variations solaires envisagées précédemment - et bien au-delà de celles-ci -, la réalité du monde pourrait se soumettre à des lois physiques et métaphysiques entièrement différentes de celles en vigueur actuellement. Des mondes au demeurant parfaitement viables, c'est-à-dire vivables, par exemple : monde à temps réversible ; monde à espace irréversible ; monde à temps cyclique (éternel retour du même) ; mondes à un seul vécu (le mien bien sûr), ou sans vécu du tout ; mondes à espace et temps intermittents, à espace élastique et/ou à tempo variable, etc. (une ou plusieurs de ces modalités pouvant opérer dans un même monde)...

Soit un monde où le temps comme l'espace serait réversible : quittant le "Nid d'Enfants" pour aller à la plage, le temps s'écoulerait d'une durée de tant... Revenant de la plage au "Nid d'Enfants", nous emprunterions ce double chemin à l'envers (remontée dans le temps et l'espace) pour retrouver au bout du compte non seulement le lieu mais aussi l'instant dont nous sommes partis, notre *point de départ* au sens strict du mot. Mais alors, quelle monotonie accrue, quelle comble de routine dans l'existence ! À moins de toujours avancer, sans jamais revenir sur mes pas...? J'écarte ce type de monde.

Autre variante possible : un monde où, à l'instar du temps, l'espace se montre irréversible. L'espace se déploie sous nos pas à mesure que nous y progressons, mais se défait dans notre dos à mesure que nous le dépassons. Plus de recul physique possible... Un espace de vie aussi exiguë que l'est l'instant présent dans la dimension temporelle. Ce serait l'aventure (*avanture*) au sens vrai du mot, pas de marche arrière. Situation guère enviable car peu *viable*…

Une sous-variante de ce qui précède me permettrait de faire la pause *sur place* de temps en temps, c'est-à-dire de stopper simultanément le tapis roulant de l'espace et celui du temps... Sans doute la meilleure *issue*, la bonne voie ?

Les infinies possibilités du Possible rendent hautement probables tous les modes de vie imaginables et les vécus correspondants. L'unique version de l'Univers qui s'impose à nos êtres ici-bas n'est sans doute pas la meilleure possible, ni la pire. Elle résulte d'une certaine étroitesse de vue congénitale, que développe et renforce un conditionnement socio-éducatif approprié. Une condition humaine somme toute acceptable…

Ces élucubrations sont excitantes mais à la longue bien fatiguantes pour ma pensée, qu'elles précipitent inéluctablement dans le sommeil. L'impasse du sommeil profond : mes neurones et synapses cérébraux refusent d'aller plus loin ; ils ne sont pas génétiquement programmés pour ça. Ils se plaisent cependant à se dégourdir à intervalles dans le sommeil paradoxal, les rêves…

-Dodo, Lulu...

Prenant le relais de ma pensée lucide et, comme elle, de grandes libertés avec l'espace et le temps, les rêves me laissent entrevoir des possibilités de mondes beaucoup moins stricts que mon étroit cadre de vie à l'état de veille ; des mondes plus excitants et passionnants, plus drôles aussi, plus fantaisistes, parfois aussi plus inquiétants. Mes déplacements y sont la plupart du temps instantanés (je m'y trouve aussi parfois cloué sur place de façon cauche-mardesque), et mes sauts dans le temps, aussi bien en arrière qu'en avant, vertigineux (gare au réveil brutal !)… Pas de temps morts entre les scènes, aucun entracte entre les actes. Pas de longues marches à pied, ni de stations assises interminables. Il n'est pas de temps morts en rêve, pas d'instant où je n'éprouve des sensations et sentiments vivaces - pas toujours agréables d'ailleurs...

Errant aux quatre coins de la Maison, je suis en quête de mon dortoir et d'un lit pour dormir. Mais je me trompe continuellement de porte... Pensant avoir enfin trouvé la bonne, je la pousse, avance à tâtons dans le noir, me glisse voluptueusement dans ce lit que j'estime être le mien. J'y tombe aussitôt de sommeil...

L'on me secoue avec vigueur. Je saute en bas du lit et me précipite sur le pot, croyant bien faire. Autant de pipi-gouttes dont j'épargne mes draps… Mais on me fait savoir qu'il ne s'agit pas de ça ; c'est autre chose : le lit où je me suis couché n'est pas le mien ; je dois le libérer séance tenante au profit de l'enfant titulaire, qu'on y installe d'ailleurs tout aussitôt. D'un coup d'œil circulaire, je me rends compte que tous les lits alentour sont occupés et réalise alors que je me suis trompé non seulement de lit, mais carrément de dortoir !

J'erre à nouveau dans les couloirs en pan de chemise. De porte en porte, de pièce en pièce, ce frustrant constat : tous les locaux ne sont pas des dortoirs, et s'ils le sont, ils affichent tous complet ! Glissant la tête à l'intérieur, j'envie les bienheureux qui, légitimement ou non - et de façon plus ou moins silencieuse ou sonore, paisible ou agitée -, y profitent d'un "juste" sommeil. À cette heure avancée de la nuit, l'état de veille forcée est la pire des injustices, être privé de sommeil la pire des punitions !

Dans un coin reculé de la Maison, je finis par dénicher une petite remise très sombre, peu engageante, toute encombrée d'objets divers et meubles hétéroclites. J'y pénètre à tâtons et découvre un lit-cage vide, que je déplie incomplètement, mais suffisamment pour m'y glisser en chien de fusil. Rien d'un nid douillet. Je m'y endors sans demander mon reste…

Nouveau réveil peu amical :
-Debout, debout là-dedans !
La lumière crue matinale met en relief autour de moi des malles valises poussiéreuses, des chaises disloquées, miroirs fêlés, etc. Ordre m'est donné de décamper au plus vite. Le local où j'ai trouvé refuge clandestinement n'est pas un dortoir mais un débarras provisoire qui, à ce titre,

doit être vidé de son contenu ce matin même. Pour ma peine (?), *on* exige ma participation et me refile deux lourds paquets d'affaires qui visiblement ne m'appartiennent pas. Mais considérant les circonstances, je n'ai ni le temps, ni la mauvaise grâce de refuser. On me pousse donc vivement hors de la pièce. Du moins y ai-je dormi mon content, je m'en félicite : « C'est toujours ça de pris ! »...

Autre besoin qui me tenaille au niveau des entrailles depuis la veille au soir : la faim. *Plein* les bras mais le ventre *vide*, j'arpente à nouveau les couloirs et inspecte les recoins de la Maison en quête de nourriture. Toujours désorienté, j'essaie de localiser le réfectoire au bruit très caractéristique et familier qui s'en dégage d'ordinaire à l'heure des repas : cette espèce de rumeur confuse qui, perçue à distance, n'est pas sans rappeler celle qui nous signale la mer en forêt ; ce ressassement sonore si utile quand on est perdu pas trop loin de la côte et que l'on peine à trouver son chemin.

La bonne porte : le grand hall tout empli de vapeurs et d'odeurs de porridge au lait. D'un rapide coup d'œil à la ronde, je constate que toutes les places à toutes les tables sont prises. Je repère quand même un petit espace entre deux bustes d'étroite envergure (Péco ? Philippe ?) et m'y insère d'autorité, épaule contre épaule, sans qu'aucun d'eux ne bronche, ni ne me dise bonjour, ni ne me présente un profil connu. De surcroît, aucun bol, ni cuillère, ni tartine devant moi... Je dois me contenter de quelques miettes à même la nappe. C'est (à peine) mieux que rien.
-*Ding, ding, ding* !
Ce coup de sonnette impératif m'est familier. Il vide

instantanément le réfectoire de ses convives. Même les couloirs attenants sont bientôt désertés au profit de locaux latéraux, dont les portes se ferment une à une. C'est tout à fait normalement l'heure de la classe... Rejoindre la *mienne* serait un bon moyen de me réinsérer à l'indécise communauté locale... Les paquets qui m'encombrent les bras et qui ne sont ni des livres, ni des cahiers, m'obligent à raser les murs… Faute de mains libres, c'est de l'épaule que j'essaie d'ouvrir les portes. L'une d'elles, mal fermée, cède à ma pression. Mais aussitôt, dans l'embrasure, un visage adulte à l'effigie d'oncle Erick (?), en plus sévère et finalement peu ressemblant, apparaît, règle en main, me toise de la tête aux pieds, tandis qu'à l'arrière-plan, la classe entière, aux visages faussement familiers (Arlette, Jeanjean, Djanim et quelques autres...?), se tournent en bloc vers moi et confirme la surprise du maître : nul ne me reconnaît ; l'on ne m'a jamais vu ici :

-Dehors, l'intrus !

J'essaie d'autres portes. Plusieurs s'ouvrent sur autant de locaux consacrés à l'étude. Contrairement à mes habitudes, j'aimerais présentement y gagner *ma* place, poser mes deux paquets sur *mon* pupitre, croiser mes sages petits bras endoloris sur ma poitrine, écouter studieusement la leçon du maître... Mais chaque intrusion nouvelle que je fais donne lieu à la même réaction unanimement surprise et outragée :

-Tu n'as rien à faire ici !

De fait (et c'est ce qui me déconcerte le plus), aucun des êtres ici présents, élèves ou enseignants, ne m'est familier. Je ne reconnais réellement personne ! Sans doute me suis-je trompé de bâtiment, de lieu, d'époque, ou carrément de monde…?

L'heure de la pause... Les salles de classe se vident au profit des couloirs ; bruissements, agitation, conversations multiples auxquelles j'essaie de me mêler. Ostracisme naturel à l'égard de quelqu'*un* qu'on ne connaît pas, ou mise en quarantaine délibérée d'un pestiféré ? l'on se tait et s'écarte à chaque approche que je tente ; j'en pleurerais... Une exception quand même : un adulte se précipite vers moi, fendu d'un large sourire, un éclair de familiarité au fond des yeux, et affichant une certaine ressemblance (certaine ?) avec oncle Babu... Intervention aussi miraculeuse que celle du monde réel, au petit matin, quand je m'éveille d'un mauvais rêve nocturne...! Ajuster au plus vite mon souvenir à cette tête connue et tenter de répondre d'un sourire gracieux à celui de l'avenant intervenant...? Mais voici qu'il me flanque sur les bras un lourd paquet supplémentaire :

-Tiens, *Lulu*, tu as oublié ça !

Lulu ? *On* m'identifie donc... Mais déjà *il* a rengainé son sourire factice et tourné les talons. Qu'il m'ait identifié au fond ne m'avance guère. Me voilà désormais les bras surchargés, au point de ne plus voir la pointe de mes souliers ; d'où ma peine accrue à me déplacer. Me défaire de tout ça provisoirement dans le placard qui me revient à la tête de mon lit ? « Tu n'y songes pas ! »... Il n'existe pour l'heure en ce monde ni dortoir, ni lit, ni a fortiori placard, qui me soient *réellement* attribués. Ici-bas je n'ai pas de *place à moi*...

Autre idée qui me vient à l'esprit d'où vient-elle ? Mettre tout ça en consigne dans la gare la plus proche, ou les expédier en toute petite vitesse jusqu'à ce monde réel où je suis en principe *persona grata* et jouis du privilège d'un gîte ? On peut toujours rêver…

Songer en priorité à m'alimenter un peu, reprendre des forces… Pour me décharger des paquets qui me paralysent, j'envisage à présent ceci : les abandonner sur place en un tas anonyme ? Mais je crains qu'aussitôt quelqu'un passant par-là trébuche dessus et, convaincu qu'ils sont à moi, me court après pour me les remettre en mains propres :

-Tiens, Lulu, c'est à toi ! tu as perdu ça !

Dernière solution : faire disparaître tout ça sur place... Le couloir est à cet instant désert (tous les ayant-droit sont à table). Opportunité supplémentaire : une pelle à long manche se trouve appuyée contre un mur, à ma portée. Je m'en empare et commence à creuser le sol en terre battue, décidé à ne pas lever le nez avant que de ma tâche soit terminée… N'offrir à personne l'occasion d'interférer verbalement :

-Qu'est-ce que tu fiches ici, Lulu ?

Jugeant le trou assez profond, j'y jette en vrac ces encombrants prétendument *miens*, les recouvre d'une triple couche de terre, répartit celle en excédent et la tasse le mieux possible sur une large surface alentour, afin que nul ne soupçonne que quelque chose est enfoui là, ne s'avise de le déterrer et, prétendant en connaître le propriétaire, ne se mette en tête de le lui restituer. Reste enfin à souhaiter que l'enfouissement soit assez profond pour qu'aucun chien ni chat, ni taupe ni renard, n'y flaire quoi que ce soit d'intéressant à manger.

-Bon débarras !

Je me frotte les mains, moins par souci d'hygiène que par satisfaction. Enfin libres, elles vont pouvoir me servir à d'autres tâches, plus alimentaires. Me voici enfin prêt à passer à table. L'heure de midi a largement sonné.

Je balaie la salle à manger d'un coup d'œil panoramique : nombreuses places vides à plusieurs tables - non pas *libres*, mais libérées par leurs occupants une fois rassasiés, car ce second repas de la journée touche à sa fin. Vais-je également l'avoir manqué ? Tout à mes travaux de terrassement, je n'ai pas entendu la cloche sonner…L'*on* débarrasse les tables aux quatre coins du réfectoire. Prenant place à l'une d'elle, je cherche du regard la personne *de service*. Des noyaux de pêche jonchent la plupart des assiettes autour de moi, c'est mauvais signe. À certaines tables on bavarde encore, mais les serviettes sont repliées ; l'on se tient à califourchon sur les bancs, prêts à quitter les lieux. Dans quelques secondes il n'y aura plus personne d'assis ici que moi. Décidé à ne pas sauter ce second repas, je noue sagement une serviette maculée autour de mon cou, pose mes deux mains bien à plat sur la table, de part et d'autre d'une assiette (sale), et lève les yeux vers la porte des cuisines... ? Une grande personne ressemblant de plus en plus à tante Xavière finit par s'avancer vers moi ; une lueur d'espoir…?
      -Tu n'as pas eu ton fruit, Lulu ? En voilà un..., dit-elle, posant une pêche fripée et à moitié pourrie dans mon assiette.
      Ce sera mon unique pitance.

      -*Ding, ding, ding* !
      À une certaine imprégnation d'urine que captent mes narines dilatées, je reconnais mon "propre" lit... Une prometteuse odeur de porridge au lait en provenance des

102

cuisines m'en détourne assez vite... D'une dizaine d'autres lits autour du mien émergent des têtes enfin familières : Dédé, Paulo, Philippe, Jeanjean, Riri !... Familières également les craquelures du plafond et plus familières encore sur les murs tapissés de Jouy, les figures de bergers, bergères, moutons, bosquet, etc..., si souvent contemplées au petit matin et même de jour pendant la sieste, depuis bientôt cinq ans, le tout gagné par la lumière d'un éternel *présent*... Un poids en moins sur ma poitrine ; un soulagement notable qu'accompagne un gargouillis bienheureux dans les profondeurs de mes entrailles... En ce monde où j'émerge le gîte et bientôt le couvert me sont assurés et cela représente à mes yeux et à mes autres sens un réel privilège. Tante Xavière fait du reste son entrée et, sourire aux lèvres, s'approche de mon lit (non sans froncer un peu les narines et ses blonds sourcils) :

-Que ce rêve te serve de leçon, Lulu !

Je me le tiens pour dit.

« Qui se ressemble, s'assemble »...

Les jours se suivent, semblables les uns aux autres à peu de chose près, s'assemblent donc sans peine, s'agglutinent et se fondent en un seul jour représentatif de plusieurs centaines d'autres ! Même les dimanches ou jours fériés, pourtant plus rares en nombre et qualité, et distincts des jours ordinaires à plus d'un titre (nourriture, distractions, festivités...), finissent par s'empiler à l'arrière du présent et ne former qu'un seul jour type... Jours d'exception : ceux qui - ni forcément fériés ni ordinaires - émergent de la masse confuse des jours passés, pour ensuite me *re*venir en mémoire sous forme d'images mentales précises et singulières. Doivent-ils ce statut singulier à leur richesse particulière en évènements et/ou en sensations inédites, ou à leur position privilégiée dans ma biographie ? Ou aux deux facteurs à la fois ? Tel reste évidemment pour moi, et à jamais, ce premier jour déjà lointain où j'ai vu le jour pour la toute première fois. Je me le *re*passe en mémoire, de temps à autre, sans qu'il y perde de son incomparable intensité inaugurale - en me gardant toutefois de l'user prématurément à force de *re*-présentations. Le second jour aussi, je m'en souviens, fut des plus mouvementés, donc mémorable. À partir du troisième, quatrième, cinquième..., je ne les distingue plus vraiment les uns des autres. Il s'en dégage quand même encore parfois des faits saillants.

Pour la plupart, les jours passent sans qu'il s'y passe de quoi marquer ma mémoire durablement et resurgir de celle-ci à ma demande, ou de façon intempestive... À noter cependant qu'un évènement peu remarquable en soi mais qui se passe rarement, voire une seule fois - par exemple cette banale visite que nous avons faite l'autre jour au port du Verdon - laisse finalement dans ma mémoire une empreinte plus distincte et durable qu'un évènement dramatique à répétition - par exemple ces piqûres d'huile "goménolée" qu'on me fait dans les fesses deux fois par semaine pour me guérir de mon incontinence d'urine (aucune de ces piqûres n'émerge dans mon esprit en tant que vécu singulier). Le summum du mémorable est évidemment le grand évènement qui ne se produit qu'une fois.

Les jours se suivent, se ressemblent et s'assemblent en un jour type... Rien ne s'y passe de bien remarquable, et pourtant ce qui s'y passe a quelque chose d'essentiel : le jour en tant que tel, autrement dit le temps chronométrique accroché à l'aiguille du cadran horloger ou à l'ombre projetée sur le cadran solaire... À défaut du disque solaire, un troupeau de nuages, des oiseaux migrateurs ou non, ainsi que des avions passent dans le ciel ; des vagues se succèdent en mer ; les marées vont et viennent ; ça n'arrête pas de la journée... et même la nuit. Mais le plus remarquable - et le plus souvent le moins remarqué - est ce qui se passe en chacun de nos organismes : passage des aliments (liquide compris) dans le tube digestif ; passage de l'air dans les poumons ; passage des idées par la tête...

En l'absence de grands évènements, programmés ou imprévus, l'essentiel de la vie d'un individu de mon espèce est marquée, ponctuée même, par le retour régulier des envies physiologiques - et leur assouvissement : envie de manger : trois fois par jour ; envie de faire caca : une fois par jour ; envie de dormir : idem... Autant d'horloges biologiques. L'envie de faire pipi obéit à un cycle plus capricieux qui n'est pas sans me poser quelques petits problèmes de continence nocturne, parfois même diurne.

L'une de mes fonctions les plus vitales, la respiration, ne donne lieu en moi, dans la majorité des cas, à aucune envie, ni aucun assouvissement, donc aucun vécu de ma part. Sauf difficulté respiratoire particulière (bronchite aiguë), le passage de l'air dans et hors de mes poumons, passe totalement inaperçu de moi. Autres passages *incognito*, celui quotidien de la veille au sommeil, et le passage inverse du sommeil à l'état de veille... Ce sont là pourtant des évènement majeurs de ma vie de tous les jours. S'il m'arrive parfois de vivre intensément l'envie de dormir (quand elle est contrariée), son assouvissement est généralement des plus furtifs : je sombre dans le sommeil sans m'en apercevoir. Quant à l'envie de m'en extraire et recouvrer l'état de veille, elle n'est vécue qu'à l'occasion de certains cauchemars, quand je fais de *réels* efforts pour m'en sortir !

Toute envie me propulse hors de moi dans l'espace, mais aussi dans le temps… Non satisfaite sur le moment, l'envie me projette en pensée dans le futur, vers un assouvissement possible et instamment souhaité. Ne rien trouver de ce côté, occasionne en moi des *renvois* nostalgiques à des satisfactions passées...

Deux types très différents de projection : déplacement de ma personne physique vers un objet externe enviable (nourriture, boisson) ; éjection par elle d'un objet indésirable (glaires, excréments)... Une envie aussi anodine qu'éternuer répond chez moi à un besoin de projection dedans→ dehors irrésistible.

-A tes souhaits !

La toux vise aussi à expectorer quelque chose qui me gêne au dedans. Qu'en est-il de l'envie de me gratter…?

Le système des envies, dégoûts et satiétés a pour fonction principale d'entretenir d'incessants et multiples échanges entre mon être et le milieu ambiant ; et par là même entre l'instant présent et le plus ou moins proche avenir d'un côté, le passé de l'autre.

Nombre de mes envies courantes - pas toutes - *répondent* à des besoins vitaux de mon organisme. Elles se distinguent aussi par la *réponse* que je leur apporte : immédiate ou différée, obligatoire ou facultative.

L'envie de manger est l'une des plus ponctuelles et des

plus vivement ressenties ; elle me prend généralement trois fois par jour, quatre en comptant l'éventuel goûter... Répondre à ce genre d'envie, c'est manifestement vouloir être en vie, autrement dit être de ce monde (espace et temps), y subsister. L'envie de vomir exprime plutôt un refus d'exister de ma part, heureusement rare.

Forme aiguë de l'envie de manger : la faim. C'est un signal de mon corps pour m'inciter à prendre ou reprendre des forces, assurer ma croissance, au moins ma subsistance (moyens de subsistances = vivres).

Je peux avoir envie de chocolat ou de bananes sans avoir faim. Si l'occasion s'en présente, je m'en gave à en vomir.

La plus *vive* des envies n'est pas toujours la plus pressante. Je me sens capable de résister à la faim pendant des heures, voire des jours entiers, non sans de vigoureuses protestations internes de ma réalité physiologique, mais sans avoir le sentiment de mettre celle-ci en danger dans l'immédiat. Ce genre de résistance n'a d'autre d'intérêt à mes yeux que d'embêter les adultes qui s'obstinent à me faire manger des choses que je n'aime pas, et qui, pour y parvenir, n'hésitent pas à me priver de ce que j'aime. Grève de la faim ! Un bras de fer entre eux et moi... qu'ils remportent tôt ou tard.

L'envie de faire pipi est chez moi très pressante. Si pressante qu'à vouloir trop la retenir je *fais* dans ma culotte le jour, et dans mes draps la nuit ! De même l'envie de vomir est rarement contenue très longtemps. Sa pression n'est pas périodique mais intempestive, alors que l'envie d'uriner me presse à intervalles plutôt réguliers et se montre dans tous les cas irrésistible.

Le catalogue de mes envies est riche et varié... À classer dans la catégorie des envies intempestives, difficiles à retenir, celle de tousser et celle d'éternuer (déjà citées).

L'envie de me gratter est chez moi tout à fait résistible si je m'en donne la peine. Elle est on ne peut plus super-ficielle et répond la plupart du temps chez moi à un besoin, ou à un embarras, plus psychique que physique, donc plus irréel que réel. Elle résulte par exemple de la gêne éprouvée en présence d'adultes quand ceux-ci me prennent en défaut ou, pire encore, quand ils me complimentent.

Me gratter est souvent machinal. Retenir un tel geste d'automate est cependant possible, il suffit d'y penser.

Envie de me gratter l'arrière du crâne quand on m'in-terroge sur la disparition de mon bonnet de plage...? Je croise avec fermeté mes petits bras sur ma petite poitrine et l'envie s'évanouit d'elle-même...

Maîtriser certains gestes de ma main, contrôler certains mots au bout de ma langue : autant d'occasions pour moi d'exercer ma volonté à l'encontre des pseudo-nécessités de la vie. M'en saisir me permet chaque fois de m'affirmer. Je parviens aussi parfois à me retenir d'éternuer ou tousser jusqu'à extinction de ces envies, mais l'effort est plus grand, le résultat très aléatoire. Un tel exploit n'a d'ailleurs pas grand intérêt sur le plan pratique.

-Envie = besoin ?
Pas forcément. Les envies de chanter, siffler ou jouer ne répondent à aucun besoin apparent de mon organisme, ni même de mon esprit, sinon celui de passer le temps.
-Besoin = envie ?
Certainement pas. Des besoins vitaux de mon organisme

trouvent satisfaction sans donner lieu à des envies no-tables, c'est-à-dire sans se faire sentir au niveau de mon vécu ordinaire. Par exemple, ce besoin essentiel et cons-tant (déjà évoqué) que j'ai d'avaler de l'air et de le rejeter, autrement dit *respirer*.

-Mais quel besoin a l'Homme, mais aussi l'animal, ou plus largement l'organisme vivant, de consommer et con-sumer de telles quantités d'air ?!

J'y satisfais sans en avoir vraiment envie, ni même m'en rendre compte, pompant l'air ambiant et le rejetant par le nez ou la bouche, sans la moindre conscience d'actionner le double soufflet de mes poumons…

Contrairement à la nourriture, l'air est à notre disposition de façon si abondante et constante qu'on a tendance à l'ignorer et le consommer sans compter… C'est seulement quand je suis essoufflé par la course ou, pire encore, quand ma tête est maintenue sous l'eau un certain temps par mégarde, ou malveillance, quand par exemple une vague ou un camarade de jeu me culbute en mer et me fait perdre pied), c'est alors que j'éprouve l'urgent besoin de respirer… et que parfois je bois une tasse ! Respirer est au fond le plus pressant de tous mes besoins naturels : une bouffée toutes les cinq-dix secondes selon mon effort physique du moment.

Aspect particulièrement critique de ma condition d'être incarné en ce bas monde : il ne s'écoule pas cinq secondes sans que le besoin d'aspirer de l'air et/ou celui de le rejeter ne se manifeste de façon impérieuse à mon organisme, exigeant d'être satisfait à l'instant même par mon appareil respiratoire. Une telle fréquence exclut que j'en prenne à chaque fois conscience sous forme d'envie et d'assou-vissement ; cela occulterait tous mes autres cycles physio-

logiques... Non, un besoin vital ne correspond pas nécessairement à une envie…

Pari stupide : Philippe prétend pouvoir compter quatre
fois de suite sur ses dix doigts sans reprendre sa respiration. André Drapier et Jeannot, qui possèdent les plus
gros poumons du "Nid d'enfants", si l'on exclut les adultes,
se lancent des défis du même genre : à qui des deux restera
le plus longtemps la tête sous l'eau sans respirer. Oncle
Babu, qui surveille la baignade des "grands" et porte un
fameux chronomètre au poignet, refuse d'arbitrer ce genre
de compétition, et leur botte les fesses afin qu'ils en finissent avec ce jeu stupide et sortent la tête de l'eau...
    -À quoi vous jouez, vous deux ?
    À quoi bon en effet retenir son souffle, puisque le besoin
de le renouveler est finalement plus fort que tout ? Espérer
supprimer ou différer de façon durable sa respiration n'a
aucun sens. Le pourrait-on d'ailleurs, que cela ne présen-
terait aucun intérêt économique : à quoi bon vouloir contrôler un besoin organique dont l'assouvissement courant
ne coûte rien d'une part (surabondance de l'air ici-bas,
surtout en bord de mer) et d'autre part s'effectue à notre
insu ? En temps normal, inspirer-expirer n'a rien d'une
corvée ni d'une opération coûteuse. Il y en a par ailleurs
suffisamment comme ça...

Respirer est du domaine de l'invécu. L'air entre en moi
et en ressort par une sorte de conduit pas très large qui
prend naissance au fond de ma gorge et plonge dans mon
thorax. Il suffirait que l'on serre ce conduit du dehors assez
longtemps, et qu'on le presse avec des mains suffisamment
puissantes ou une ficelle assez solide, pour que l'air cesse

d'y circuler et que, faute de ce souffle...

Nous jouons parfois à nous "serrer le kiki" les uns les autres, ou à nous asphyxier sous l'eau. Nous découvrons alors combien il s'en faudrait de peu que le jeu tourne au drame - un merveilleux instinct nous retient chaque fois dans la voie de l'irréparable, non sans regret...

Dans un registre moins dramatique, mais non moins angoissant, l'embarras rhinopharyngé : quand je suis enrhumé et que des mucosités visqueuses encombrent mes fosses nasales et descendent inexorablement dans ma gorge, menaçant d'obstruer celle-ci !... De jour, j'avale ces glaires ou les crache à mesure qu'ils sont sécrétés presque sans y penser ; mais de nuit l'obstruction prend parfois un tour critique, voire dramatique. Mon nez est tellement *pris* qu'il devient impossible à mon organisme d'assurer la ventilation de mes poumons autrement qu'en gardant la bouche grande ouverte. Ce qui descend de mon nez dans ma gorge (et qui pendant mon sommeil n'est évacué d'aucune façon vers le dedans ou le dehors) s'y dessèche sur place et s'y accumule en une croûte toujours plus épaisse qui, menaçant de m'étouffer, m'éveille en sursaut ! Le mal que j'ai à déglutir en cet instant préfigure de façon angoissante (et l'obscurité ambiante accentue mon angoisse) la difficulté radicale que je connaîtrai sans doute un jour de ce côté : mes soufflets pulmonaires épuisés refusant désormais de ventiler le moindre soupir ! Avec quelle attention fervente, alors, je soutiens le mince filet d'air allant et venant encore entre mon être et le dehors ! Ma vie même tient à ce fil... À part ça, respirer est la plus aisée et la plus ignorée de mes corvées physiologiques courantes.

–Tu l'as déjà dit.

Pénible, ou du moins fastidieux, le besoin d'aller aux cabinets une fois par jour pour soulager mes intestins des résidus de tout ce que j'ai mangé le jour même ou la veille. Le gros besoin : une vraie corvée !

Le vécu que j'ai personnellement du monde est de trois sortes : agréable, désagréable ou indifférent... Il m'arrive de trouver l'ingestion alimentaire agréable, alors que son pendant obligatoire, l'excrétion, m'est invariablement désagréable, en particulier la solide. Les soucis et désagréments liés à cette fonction peu ragoûtante sont nombreux et surtout récurrents dans une vie organique comme la nôtre.
    -C'est chiant ! a-t-on coutume de dire...

Pipi-caca sont des marqueurs puissants et importants de mon vécu de tous les jours. Me soulager la vessie et/ou les intestins n'a rien de très pénible en soi ; faire le vide après avoir fait le plein, quoi de plus naturel ? C'est le retour fréquent et régulier de ces corvées qui les rend fastidieuses à la longue.
    Une question en passant : le cycle ingestion→excrétion vécu quotidiennement - s'il est vital pour mon organisme (et le moteur en quelque sorte universel de la marche en avant du temps ?) - ne pourrait-il au moins se ralentir un peu ? devenir hebdomadaire, mensuel, trimestriel, et pourquoi pas annuel ?
    Certains de mes besoins physiques obéissent à des périodismes plus raisonnables : l'obligation (désagréable) de me couper les ongles, par exemple, ne revient que tous les quinze jours ; pour les cheveux, c'est moins d'une fois par

mois (on me met une barrette pour qu'ils ne me tombent pas dans les yeux). D'autres cycles vitaux sont sans doute plus courts que celui de la "corvée de chiotte", mais tellement plus discrets. Le besoin d'air, à l'origine du cycle respiratoire complet, s'impose une fréquence de l'ordre de quelques secondes ; mais - on l'a vu précédemment -, il est furtif et peu contraignant en termes de vécu... Un tel besoin se *satisfait* sans y penser, se passe de tout suivi conscient de ma part. Et nul besoin d'aller dans des endroits spéciaux pour que cela se *fasse*.

L'on respire à l'air libre un peu partout, alors que réfectoire et cabinets sont les lieux de passage obligés du cycle ingestion-déjection, du moins pour la partie solide.

Inégalité des sexes… Je note que faire pipi ne nous pose aucun problème en tant que *garçons* alors que pour les *filles* il en va autrement. Nous *faisons* cela debout par l'échancrure gauche ou droite d'un short ou d'un slip (chez les adultes mâles par la braguette d'un pantalon), n'importe où hors de la maison, en nous détournant à peine de nos activités en cours... Pour ce *faire*, je ne m'éloigne que s'il y a du monde à proximité. Pour les *filles*, l'opération est plus difficile, la situation plus délicate. L'humiliante posture accroupie et le déculottage intégral imposent à Arlette et Virginia (pour ne pas parler des tantes XYZ...) de trouver un endroit à l'abri de nos regards. En l'absence de "petit robinet" adéquat, le *petit* besoin, à l'instar du *gros* (mais plus fréquent que lui), ne peut être satisfait chez *elles* qu'en allant aux cabinets, ou derrière un buisson...

Beaucoup plus contraignante est la posture requise (aussi bien des garçons que des filles) pour satisfaire ce gros besoin qu'on appelle curieusement "grosse commission". L'accroupissement prolongé à l'abri des regards, c'est-à-dire le passage aux cabinets, est pour ce *faire* obligatoire. Il est donc commun aux deux sexes, aux *petits* comme aux *grands*, aux enfants comme aux adultes.

-C'est *chiant* comme tout ! s'obstine à répéter Jeannot à l'abri des oreilles indiscrètes (tantes Yo et Nelle détestent les "gros mots", même quand le contexte existentiel les justifie).

Le passage quotidien de chacun aux WC est noté par Tante Nelle d'une croix en regard de nos noms dans un carnet spécial… Échéance fastidieuse et particulièrement désagréable dès lors qu'on a comme moi passé l'âge des couches-culottes, ou celui, automatique, de la mise sur le pot. J'ai désormais l'entière responsabilité de la peu ragoûtante corvée, consistant à aller aux WC m'y vider les intestins une fois par jour…

J'anticipe à une heure près le moment où le gros besoin se fait sentir. N'y tenant plus de mon trop-plein intestinal, je dois aller poser mes fesses déculottées, non plus sur un récipient individuel à l'émail impeccable et sous l'œil attentif et parfois attendri d'une grande personne, mais désormais tout seul comme un grand dans une sorte de cabane au fond du jardin...

Un lieu inconfortable, malodorant, souvent malpropre, improprement appelé *d'aisance*. Je m'y enferme et y prend une posture aussi pénible que périlleuse, l'accroupissement *à la turque*. Je dois faire *ça* au milieu de ce que les autres ont *fait* avant moi et abandonné sur place : les produits intimes et souvent personnalisés de leur métabolisme alimentaire…

Question triviale que ma pensée soulève pour passer le temps quand "ça ne vient pas tout de suite" :

-Comment diable peut-on *faire* dans des formats, des consistances et des coloris bruns, marrons, jaunes de nuances si diverses d'un individu à l'autre à partir des mêmes aliments ingérés au cours des repas...?

Et la nuée d'insectes autour de moi ne contribue pas au confort de l'opération : cancrelats et mouches de toutes espèces ("mouches à merde" dit Jeannot) trouvent ici leur milieu idéal de vie et profitent de mon immobilité forcée pour me harceler...!

Et ce papier toujours insuffisant ou défectueux pour achever l'ouvrage… ! Car, une fois la chose *faite*, m'incombe aussi la tâche ingrate de m'essuyer moi-même désormais, d'effacer de mon corps jusqu'à l'ultime trace de l'indispensable défécation quotidienne, au risque alors de me salir les doigts. Rien que d'y penser m'incommode à distance et à l'avance. Hier encore, quand j'en étais à l'âge du pot, on me torchait d'une main experte, affectueuse, parfois même admirative :

-Il a fait !

-Ouf, voilà qui est fait !

Un vrai soulagement. Voici confondus sous moi en une masse homogène les divers aliments récemment ingérés : pain, fruit, fromage, carottes, porridge, etc… Le plus délicieux d'entre eux, le chocolat, quoique très minoritaire à l'entrée en bouche, impose sa couleur à l'ensemble. Pas son odeur hélas ! Essuyé de mon mieux et reculotté, j'entrevois de façon confuse une certaine analogie entre le devenir des aliments une fois passés par mon tube digestif et ce qu'il advient des diverses réalités qui se présentent à ma personne une fois passées à la moulinette de mon vécu de tous les jours : un amas uniforme de choses compactées, les souvenirs...

À la base de ces deux devenirs, ma pensée soupçonne un processus unique bien plus fondamental : le fameux passe-temps. Vivre, c'est essentiellement *passer* le temps sous toutes les formes possibles et imaginables, le faire passer, via le présent, de l'état d'avenir à celui de passé ; ou plus simplement dit : de demain à hier en passant par aujour-d'hui... S'alimenter est une composante majeure du *vivre* (aliments = vivres). Une certaine portion de monde passe chaque jour à travers moi. La nécessité d'un tel processus reste pour moi une énigme...

Ultime étape de l'excrétion solide : expulser tout cela vers l'orifice approprié en déversant dessus ce qui reste d'eau dans le broc prévu à cet usage. Opération facultative si j'en juge à ce que les autres ont laissé derrière eux ! Je m'en acquitte personnellement de façon consciencieuse, moins sans doute par attention pour ceux et celles qui vont me succéder en cet endroit que pour *chasser* plus vite de mon esprit le *vécu* de la chose.

À présent que c'est *fait*, quel bien-être dans tout mon être, au moral comme au physique ! Le délestage intestinal est au fond peu de chose comparé au soulagement éprouvé à refermer derrière moi la porte du lieu *d'aisance* (qui jus-tifie enfin son nom) et à m'en éloigner le plus vite possible.

-Une bonne chose de *faite* ! Bon *débarras* !

Jusqu'à la prochaine fois...?

Ventre vide, esprit libre, cœur léger... Effacer de mon souvenir la pénible opération. Ne pas même anticiper son inévitable retour ? Je rêve d'avoir un jour des cabinets à moi à ce point propres et confortables que les choses s'y passeraient toutes seules, avec une véritable *aisance*, pour ainsi dire sans m'en rendre compte, ni imprégner mon vécu. Allons plus loin : étant données les immenses possibilités d'incarnation et de réalisation que nous offre l'Infini, pourquoi ne pas concevoir un monde où cette nécessité vitale plutôt agréable qu'est l'ingestion de nourriture n'entraînerait pas nécessairement le fastidieux pendant de l'excrétion solide ? L'organisme évolué éliminerait les déchets contenus dans ses aliments uniquement sous forme d'exsudat liquide, ou mieux encore d'exhalaison gazeuse (mais inodore). À titre d'exemples, la miction et/ou la simple transpiration ne sont ni très pénibles, ni vraiment humiliantes…

Soulager l'intestin humain du gros et grotesque besoin de se soulager ? Objectif ambitieux que devrait se fixer nos adultes en quête de perpétuel progrès dans le domaine des conditions de vie. Y parvenir changerait du tout au tout le quotidien de l'être humain... Ne plus devoir se soumettre à l'humiliant accroupissement permettrait à chaque *un* (ou *une*) de se faire une plus haute idée de soi-même. Mais les femmes cesseraient-elles pour autant d'uriner en *mauvaise posture...* ?

Expurgé de sa séquence quotidienne la moins ragoûtante, mon vécu personnel rivalise enfin en légèreté existentielle avec les histoires qu'on nous conte en classes ou qu'on nous lit, le soir avant de nous endormir. Dans ces récits, il n'est jamais question de *ça*. Exemptée de la corvée de chiotte, la Réalité rejoint la Fiction.

Goût et dégoût... Une toute dernière proposition de ma pensée tandis que, *la chose faite*, je vais rejoindre mes camarades de jeu :

-*Cacao, caca*, pourquoi ces mots sont-ils si proches ? Pourquoi le meilleur rejoint-il ici le pire, ou se laisse-t-il rejoindre par lui ? Est-il inéluctable qu'une chose en appelle ainsi une autre, en particulier son contraire ? Te faut-il renoncer à l'*un* pour éviter l'*autre* ?

Réponse qui me vient à l'esprit sous forme d'étincelle lumineuse (*euréka* !) : sans envie ni dégoût, la vie serait sans doute plus simple et plus tranquille, mais cesserait du même coup d'être vécue en tant que telle. Or, elle est déjà si monotone...

Hypothèse qui, dans mon esprit, se mue bientôt en certitude : si je n'éprouvais un certain nombre d'envies et de dégoûts mon corps, même bien vivant, ne serait le siège d'aucun vécu. L'envie (ou goût) est une manifestation particulièrement remarquable du fait d'être en vie et de se sentir tel ; son pendant - le dégoût - l'est tout autant.

Goût et dégoût, plaisir et déplaisir sont strictement complémentaires, interdépendants. Ce sont les deux temps forts d'un balancement vital sans doute universel, faisant écho à ce qu'est, de façon plus fondamentale, le moteur à deux temps qui fait avancer le temps : vide et plein... Alternance en l'absence de laquelle on se trouve confronté au tant redouté temps mort !

-On le (ré)anime comme on peut à l'aide d'activités utiles et/ou de passe-temps futiles...

Goût-dégoût, attraction-répulsion, faim-satiété, avidité-satisfaction, veille-sommeil..., mais aussi, va-et-vient de la marée, va-et-vient d'un simple ballon entre joueurs, d'un piston dans la culasse d'un moteur à essence, va-et-vient des couverts et des plats entre la cuisine et le réfectoire, aller-retour plage-maison, l'Amélie-le Verdon etc... Ces diverses manifestations pendulaires sont à la base de tout vécu digne de ce nom. L'immobilité entre deux pôles aboutit à l'indifférence et rejoint cette indifférenciation totale qu'est l'invécu…. Remarque : la forme élaborée du va-et-vient est le mouvement circulaire, ou cycle, que décrit par exemple le soleil dans le ciel et qu'illustrent bien sur la plage nos rondes enfantines.

Réflexion d'apparent bon sens :
-À quoi bon se remplir si c'est pour se vider…?
Explication possible : toute envie manifeste le désir d'un passage du vide au plein, ou l'inverse, et se trouve satisfaite par ce passage. Le plein veut faire le vide, et le vide le plein, quoi de plus naturel ?
Le phénomène serait universel. Qu'il se manifeste de façon toute ponctuelle par des envies dûment vécues n'en est pas moins curieux et singulier. Est-ce utile ? N'est-ce pas superflu ? Quel besoin a le besoin de donner lieu à du vécu…? (Variante : …de se traduire parfois et quelque part par une envie pressante, alors que par ailleurs il se montre des plus discrets et même secret ?).
-Une façon pour ton corps de se signaler à toi, de te donner signe de vie...

Suggestion du langage : l'envie est signe de vie. Mais toute vie ne donne pas lieu à de tels signes. On peut même concevoir une vie sans envies, ou sans ces autres signes de vie que sont la souffrance et le plaisir. Je suis personnellement bien placé pour savoir que, dans des conditions physiologiques normales, la plus grande partie de ma réalité corporelle ne me donne aucun signe de vie ; des régions entières de mon ventre et de mon thorax sont la plupart du temps tout à fait tranquilles ; ce que le docteur Priolleau, médecin attitré du "Nid d'enfants", considère comme un signe de bonne santé.

-Docteur, Lulu n'a plus d'appétit, il n'a envie de rien.

-Ah, ça, c'est mauvais signe... Cet enfant donne des signes évidents de carence en vitamine D. Je vais lui prescrire une série de piqûres.

-Merci, docteur…

Or je n'éprouve aucune envie de vitamine D, surtout pas sous forme de piqûres !

Mais plus curieux encore le fait que des besoins vitaux fondamentaux, comme la faim ou la soif, donnent lieu à du vécu chez certains organismes vivants et pas chez d'autres...? L'aloès du jardin a visiblement soif, a besoin d'eau. Peut-on dire pour autant qu'il en a envie ? Ce serait lui prêter un certain vécu personnel - idée généralement considérée comme farfelue. Cela n'empêche pas Tante W, X, Y, ou Z de donner à boire à la plante déshydratée. Elles se mettent à sa place, ont soif pour elle...

En bonne logique (égologique), il ne m'est pas possible de savoir avec certitude si derrière telle ou telle manifestation de vie extérieure à ma propre personne intervient ou non quelque forme de vécu. Truisme élaboré par ma pensée :

-Ce qui n'est pas vécu par toi échappe à ton vécu… La soif de l'aloès par exemple.

Celle de tel ou telle de mes camarades ne l'est pas plus. Rien ne m'assure que derrière tel signe de vie, telle envie exprimée verbalement par autrui, il y a du vécu au sens où je le vis moi-même intimement et singulièrement ? En se tortillant, Pitchou donne l'impression d'avoir envie de faire pipi, ou même caca, des envies que je connais bien, mais que, pour le moment, je ne partage pas, et dont je n'ai aucun moyen de vérifier qu'elles sont bien réelles, dûment vécues par l'intéressé, c'est-à-dire en toute conscience. Si proche de moi le vécu de Pitchou et cependant invérifiable...

Constat majeur et sidérant : si proches de moi Arlette, Djanim, Virginia, Philippe, Péco, etc..., et cependant jamais vécus par moi de l'intérieur. Je n'y avais jamais pensé : que sais-je au fond de ce qui se passe chez (en) mes compagnons de jeu et d'existence à longueur de journée ? Strictement rien. Et à vrai dire, je ne m'en préoccupe pas le moins du monde, refusant même de reconnaître que je ne sais rien d'eux, que j'ignore à peu près tout *à leurs sujets*. Il est vrai que pour avoir une idée exacte de ce que sentent, ressentent et pensent au fond d'eux-mêmes mes congénères, il faudrait que, cessant un instant de m'occuper (de) moi-même intérieurement, je pénètre en eux. Une opération hasardeuse qui ne me semble a priori ni possible, ni souhaitable. Je risquerais d'y perdre ma propre place, comme au "Jeu des quatre coins" ! Réciproquement, les *autres* ne semblent guère préoccupés par ce qui se passe en moi, ignorant notamment (autant que je sache) les pensées saugrenues et/ou subversives qui, de temps à autre, me passent par la tête au sujet de tout ça. S'instaure ainsi entre eux et moi une sorte d'accord tacite, de communion dans l'ignorance mutuelle ; un *modus vivendi* bien commode en ceci sans doute qu'il facilite la vie en société, peut-être même la rend seul possible ?

-Manger pour vivre et non vivre pour manger ! aiment à répéter certains adultes du "Nid d'Enfants" à l'adresse des gourmands et des goinfres que nous sommes pour la plupart. Cela ne m'avance guère…

Nombreux les couples d'opposés qui me sont familiers : plaisir-souffrance, bonheur-malheur, joie-tristesse, ennui-excitation, veille-sommeil, jour-nuit, rêve-réel, blanc-noir, vide-plein, dedans-dehors, moi-non moi, etc... C'est le passage de l'un à l'autre et de l'autre à l'un qui engendre l'étincelle de vécu, ou lueur de conscience. De toute évidence : sans ces oscillations incessantes entre pôles opposés (et complémentaires, répétons-le), et même si bon nombre d'entre elles ne sont pas réellement vécues par l'être-au-monde que je suis à l'état de veille, le monde stagnerait dans un invécu total confinant au néant ! Il ne peut y avoir de vécu que contrasté. Quelquefois aux limites du possible et du supportable...
Question pendante : la part de mon vécu personnel dans le grand vécu collectif, ma participation au monde ? Essentielle, nécessaire, accessoire, superflue...?

-A table, les enfants à table !
Si certaines soupes du soir (potiron, tapioca) et petits déjeuners matinaux (porridge) *passent* en moi sans autre agrément que l'idée d'en tirer des forces, quel délice en revanche pour mon goût personnel la panade au lait qu'on nous sert deux soirs par semaine (mardi et vendredi) et le breuvage chocolaté du dimanche matin ! Et que dire du plaisir sans réserve et sans cesse renouvelé que me procure quotidiennement, à l'heure du goûter, le contact de ma langue et de mon palais avec la barre de chocolat toute prête à fondre et se répandre au plus profond de mon être ! À voir et à entendre ce qui se passe et qui se dit autour de

moi, je ne suis pas le seul à goûter ces bien-faits. Goûts communs, plaisirs partagés... À quelques particularismes près, nous communions ici dans les mêmes plaisirs de bouche. Et dans les mêmes envies...

Tante Wanda nous a expliqué l'autre jour ce que représente le repas dit *de communion* pour les catholiques : un sommet de convivialité - au "Nid d'enfants" on est plutôt agnostique. Comparée à d'autres envies qui, par leur occurrence variable d'un être à l'autre, sont plus personnelles (celles de *faire* pipi, caca, ou d'éternuer... ou même celle de boire), l'envie de manger est d'autant plus commune aux convives que nous sommes qu'elle prend la plupart d'entre nous aux mêmes heures de la journée. L'on communie trois-quatre fois par jour dans une même faim, dans les plaisirs variés de l'empiffrage, puis dans la satiété plus ou moins béate qui en résulte. Plus que les jeux ou que la classe, les repas sont pour nous la grande occasion d'être, d'agir et réagir ensemble, un grand moment de communion... Je devine et partage alors dans ses moindres détails le vécu de mes compagnons de table. En de telles occasions, aussi fréquentes que régulières, je n'ai aucune peine à m'identifier à mes petits camarades, c'est-à-dire à me départir de ma subjectivité native et à me persuader qu'autrui est doté d'un vécu intérieur en tous points identique au mien...

Autres occasions de communion synchrone susceptibles de faire naître et développer en moi, à des degrés divers, l'idée d'un vécu humainement partagé, intersubjectif : le froid, la chaleur excessive, la peur, la fatigue, l'attente, l'impatience, la joie de la baignade, le cinéma du samedi soir, etc...

Remarque : nous tombons tous de sommeil à peu près en même temps – au moment même où la nuit tombe -, mais l'invécu où nous sombrons généralement très vite ne peut être l'occasion d'une communion quelconque. Les rêves, pour leur part sont autant que je sache strictement personnels et très difficiles à partager verbalement. Les mots ne s'y prêtent pas, ou mal…

Corvées de cuisine... Quelle corvée représente à mes yeux la préparation en coulisses de ces aliments, bons ou mauvais, qu'on nous sert à table et qui sont destinés à transiter par nos organismes. Dans cette partie de la maison qu'est la cuisine, il règne à certaines heures une activité intense dont je suis jusqu'ici heureusement dispensé, voire délibérément exclu. Hormis deux intrusions autorisées à l'heure des repas - l'une pour aller chercher mon couvert personnel (gobelet, cuillère, fourchette, serviette), l'autre pour l'y reporter - je n'ai "rien à faire dans la cuisine", et m'en félicite... Ce qui s'y mijote se *fait* sans moi, et c'est tant mieux. J'ai suffisamment à faire comme ça avec mes jouets, mes camarades de jeu, ainsi que mes fonctions vitales et les pensées qui me passent par la tête... Difficile cependant de ne pas songer de temps à autre à ce qui *se passe* en cuisine et aux êtres qui en ont la responsabilité. Je soupçonne que *cela* ne se fait pas tout seul ; qu'épluchage, cuisson, vaisselle sont des sacrées corvées, mais sans doute peu de chose en comparaison de ce qui se fait en amont : les courses quotidiennes au bourg voisin - y participent les plus grands d'entre les *grands*, choisis ou désignés à tour de rôle ; un jour viendra mon tour mais rien ne presse - ; plus en amont encore, cet ensemble de travaux laborieux mais essentiels, et plutôt mystérieux, dont je prends connaissance grâce aux livres de classe : la moisson, la pêche en mer, la culture de la banane, la mise en boîtes des petits pois, etc... Tout ça ne se fait pas tout seul, j'en doute de moins en moins.

La transformation des choses de la terre (et de la mer) en aliments comestibles à l'intention de nos petites personnes (pour qu'elles grandissent, se développent et prennent du poids) relève encore pour moi - au moins provisoirement - de l'invécu quasi total. Aucune responsabilité de ma part dans la préparation, l'achat des vivres, et moins encore dans leur production ou leur fabrication. Or, ces opérations mobilisent - à ce qu'on dit - des secteurs entiers de la collectivité humaine proche et lointaine. On nous laisse entendre que ces activités nourricières tiennent une place prépondérante dans le vécu de certaines grandes personnes, une place équivalente à celle de nos activités ludiques actuelles, et qu'elles pourraient devenir les nôtres un jour ou l'autre... Je préfère ne pas l'envisager pour le moment. Le peu de vocation professionnelle qui germe dans mon esprit oscille entre chauffeur de car et conducteur de train. « Tut, tut ! »

-Moi, dit Jeannot, ce sera marin. Mais pas pêcheur.

-Moi aviateur, dit Philippe.

-Moi explorateur, dit Djanim.

-Moi ingénieur ou architecte, dit Péco pour se mettre en valeur.

-Moi, je serai boucher ! lance André Drapier assez fort pour être entendu des végétariennes endurcies que sont Tantes Yo et Nelle, ce qui provoque chez elles le froncement de sourcils escompté. Paroles de pure provocation de la part d'André, car, pas plus qu'aucun d'entre nous (pas plus qu'aucun enfant normal à notre âge), il n'envisage

125

d'exercer plus tard une profession bassement terre-à-terre, alimentaire, ni même utilitaire. Sa vocation secrète est de devenir un grand boxeur comme Carpentier, ou un grand lutteur comme Marcel Thill.

Ainsi incombe-t-il à la collectivité au sens large, de pourvoir aux besoins que manifestent au moins trois fois par jour par nos estomacs au nom de nos corps en pleine croissance. Et cela fait sans doute écho à des exigences plus fondamentales inhérentes au fait général d'être au monde… Les aliments les plus variés (parfois même de la viande) tombent tout cuits ou tout crus dans nos assiettes. Voilà qui mérite donc d'être savouré (vécu) de façon plus intense. En ce qui me concerne, la charge de faire passer ces substances dans ma bouche et de les y mâcher m'incombe désormais totalement :

-Lulu mange tout seul, ce n'est plus un bébé.

-Lulu, mange tes carottes ! Pense aux gens qui se sont donné la peine de les semer, les cultiver, les récolter, les gratter et les faire cuire. (Je n'aime pas les carottes)...

Autre son de cloche plus lointain :

-Lulu, mange ta soupe ; songe aux petits Chinois qui ne mangent pas à leur faim !

Ainsi ma responsabilité en fait de subsistance se limite-t-elle *pour le moment* à ingérer et digérer les denrées qui me sont offertes jour après jour, trois ou quatre fois par jour, de façon tout à fait gracieuse pour me maintenir en vie et me développer. Et ce depuis le premier jour de ma venue au monde… Hormis l'entrée en bouche et la sortie anale, le transit digestif se passe en moi incognito, à mon insu, sans que j'y sois pour rien, dans des coulisses organiques où mon vécu ne pénètre pratiquement jamais (ou très rarement et de façon épisodique, quand précisément "ça ne va pas", "ça ne passe pas", "ça passe mal")... Entre l'ingestion et l'excrétion alimentaires, opérations dûment vécues par mon esprit, s'intercale toute une chaîne de processus secrets, successifs ou simultanés, qui se déroulent - sauf accident - dans l'invécu le plus total ; des opérations souterraines dont je n'ai nullement à connaître ; et c'est très bien ainsi. Car si je devais m'en occuper personnellement, toute cette *cuisine* stomacale et intestinale me serait aussi laborieuse et fastidieuse dans sa routine que celle évoquée en amont.

Le corps qui m'est imparti est loin d'être occupé, irrigué, baigné en son entier par les effluves attentionnelles émanant de ma lueur d'être. Celle-ci s'en tient la plupart du temps à ma boîte crânienne, visite parfois certaines régions de mon bas-ventre ou de mon épiderme, rarement plus. Outre la digestion, le meilleur exemple (déjà cité) de fonction échappant à son contrôle est la respiration. Quant à ce qui se passe hors de moi-même, et notamment à l'intérieur de mes semblables, je préfère ne pas y penser. Tout ce qui se passe en moi et alentour ne pourrait de toutes façons relever de mon vécu personnel. Celui-ci est déjà passablement *chargé* en réalités de toutes sortes et *occupé* par des activités de toutes natures plus ou moins passionnantes. Pour en revenir à la respiration, qu'en serait-il de ma vie de tous les instants si cette fonction vitale éminemment automatique (qu'on apprend toutefois à maîtriser pendant de courtes séances de gymnastique) passait sous mon entier contrôle (et donc ma responsabilité) à titre définitif ? si je devais passer le plus clair de mon temps à maintenir mes poumons en activité ? Un angoissant sentiment me tient parfois éveillé la nuit :

l'automatisme respiratoire est débrayé ! Je dois, sous peine de mort, déclencher sciemment, successivement, laborieusement, chaque inspiration et expiration d'air de mes poumons. Ce n'est plus une vie !

À l'inverse, certaines fonctions physiologiques échappent à mon contrôle, qui, normalement, ne le devraient pas. Des fonctions naturelles qui, chez bon nombre des êtres de mon âge et de mon espèce, se trouvent depuis longtemps maîtrisées, ne le sont toujours pas chez moi. Je veux parler ici une nouvelle fois de la miction. La plupart des "petits" (même Pitchou plus petit que moi) réalisent désormais l'exploit (qui n'en est plus un) de ne plus faire pipi dans leur culotte durant le jour ! Mieux encore, les plus *avancés* d'entre eux parviennent à se retenir de toute émission d'urine au lit, au plus profond de leur sommeil, c'est-à-dire dans l'invécu le plus total. Comment *font*-ils pour ne pas *faire* ? Honte à moi !

*

-Soif !

L'une de mes grandes voluptés en ce bas-monde et en ce début de vie est d'étancher ma soif. Sensation vitale plus intense et souvent plus plaisante que l'ingestion alimentaire (il est des aliments que je n'aime pas du tout). Le plaisir de boire se renouvelle à chaque goulée. La déglutition d'un liquide frais quand j'ai la gorge sèche est pour moi un moment crucial. L'idéal serait de faire durer le plaisir… Avaler de l'eau encore et encore, jusqu'à ressentir ce ballottement presque encombrant du liquide absorbé au creux de mon estomac. Un unique verre d'eau ne me satisfait pas... Dix goulées, et le verre est déjà vide !

Espacer les goulées ? C'est en réduire l'intensité dans des proportions considérables. Choisir donc entre une volupté intense mais brève et une sorte d'étanchement raisonnable, au rabais. Pour m'enivrer pleinement du plaisir d'étancher ma soif, il me faudrait le flux continu d'un robinet (« On ne boit pas au robinet ! »), ou celui d'une fontaine, plutôt que celui saccadé de la pompe du jardin. Je rêve aussi parfois d'un récipient de grande contenance genre seau, bassine ou broc, mis à ma libre disposition...

Nous ne communions pas dans la soif comme nous le faisons communément dans la faim, ou le sommeil. Il est de longues périodes froides et humides où personne au "Nid d'Enfants" n'exprime (n'éprouve ?) l'envie de boire, pas même Djanim. L'on n'en boit pas moins au moment des repas la ration d'eau quotidienne nécessaire à la survie de nos organismes. Pour que nous ayons soif tous en même temps, il faut que celui-ci soit d'une exceptionnelle sécheresse et chaleur. Pour étancher cette soif collective, au retour par exemple d'une éprouvante promenade, nous nous pressons en masse autour de la pompe du jardin. Et dans la bousculade qui en résulte, les *grands* se font *fort* d'imposer leur préséance...

En temps normal, la soif est affaire personnelle. Chacun y va de son envie de boire particulière, régulière ou intempestive, imprévisible, à des moments qui ne sont pas forcément ceux des autres, ni toujours ceux des repas. Djanim, par exemple, sur-nourri et sans doute affecté d'un début de diabète congénital, a très souvent soif en milieu de matinée. Moi jamais...

-On ne boit pas entre les repas, est l'antienne de la Maison.

129

L'on s'abreuve suffisamment à table pour n'avoir pas besoin de boire en dehors. Mais la règle n'est pas stricte. L'eau comme l'air étant surabondante et peu coûteuse sur notre planète, on ne s'en prive pas. Ainsi, Djanim, neveu de Tante Yo, la directrice, et fils de Tante Nelle, sous-directrice, nous quitte-t-il en plein jeu chaque matin vers dix heures pour se rendre à la cuisine et y boire un grand verre d'eau, parfois agrémentée d'une goutte de coco. J'aime moi-même beaucoup le coco, mais m'abstiens de toute remarque envieuse ou même critique à ce sujet, n'ayant personnellement pas soif vers ces heures-là…

Ma soif se manifeste de façon cruelle et inopportune au milieu de la nuit, à un moment où je n'ai nul moyen de l'étancher. La soif, aussi bien que la faim, fait sortir mon être de son gîte intime (rêves ou pensées) ; la soif nocturne me met littéralement *hors de moi*... Du plus profond de mon sommeil, me voici tout à coup ramené à la surface du monde, ouvert sur le dehors, tous les sens en éveil, l'œil et l'esprit aux aguets, le corps entier tendu vers quelque source liquide inaccessible, ou improbable... Cette soif nocturne provient naturellement (docteur *dixit*) de ce que je dors la bouche ouverte : cloison du nez déviée qu'il faudra tôt ou tard opérer ! Lorsque les nuits sont chaudes comme en ce moment, ma langue et mes muqueuses buccales se trouvent inévitablement desséchées. L'air ambiant pénètre en moi sans passer par le filtre humidificateur d'un nez normal, propage donc sa dessiccation jusqu'au fond de ma gorge et plus profondément encore au plus intime de mes poumons, ce qui rend ma respiration de plus en plus difficile et finit par me réveiller !

Insomnie... Éveil nocturne intempestif... Épreuve en soi déjà inconfortable, et des plus frustrantes : à quoi bon mes pupilles dilatées dans le noir ? Noir absolu à première vue : mon regard n'y décèle pas de quoi combler son habituel et insatiable appétit de formes, couleurs et contrastes visuels. M'obstinant à fouiller les ténèbres, je finis quand même par en extraire un rai de lumière infiltré sous une porte ou par l'interstice d'un volet fermé. Effet classique de l'accoutumance oculaire : l'espace où je me tiens allongé dans mon petit lit, retrouve à mes yeux peu à peu ses grandes lignes et masses, sinon tous ses détails…

Mais ma soif n'est pas d'ordre visuel. Remontant, via mon tube digestif, des profondeurs les plus obscures de mon corps, - là où sévit une carence hydrique diffuse mais incontestable -, elle doit admettre qu'aucune vision directe ne saurait l'étancher dans mon voisinage immédiat : hormis une éventuelle urine au fond des pots de chambre (dont il vaut mieux ne pas parler), pas une goutte de liquide entre les quatre murs de mon dortoir. Pour *répondre* à la soif, il me faut donc *agir* sur un autre plan, dans un autre espace, celui du vagabondage mental… Ma pensée se propose de le faire bénévolement. Se substituant à mon regard bredouille, elle transperce sans aucune peine le mur d'en face, entre dans la cuisine mitoyenne, y localise un broc d'étain toujours plein d'eau à côté de l'évier... Ou mieux encore, sur sa lancée, se met en tête (!) de traverser un second mur et se retrouve dehors, derrière la maison, là où la pompe en fonte, amorcée, n'attend qu'un geste de ma part - de haut en bas et de bas en haut - pour cracher d'abondance son eau fraîche au fond de mon gosier. De ma gorge, elle descend dans mon estomac, s'infiltre dans les moindres cavités cellulaires de mon organisme et les imbibe jusqu'à plus soif...! Telle est la voie facile ouverte par ma pensée...

Reste à convaincre ma personne physique, toujours couché, de s'y engager, c'est-à-dire, dans un premier temps, de poser un pied par terre, puis l'autre... jusqu'à la porte du dortoir (pas question en effet pour ma réalité de chair et d'os de passer directement à travers une cloison aussi "matérielle" qu'elle)…

-Lulu, qu'est-ce que tu fais debout à cette heure-ci ?

-J'ai soif !

-Soif ? Qu'est-ce que tu nous chantes là !? Depuis quand se lève-t-on la nuit pour boire !? Tu trouves que tu ne fais pas assez pipi au lit comme ça ? Va sur le pot, et recouche toi...

Rappel à l'ordre cruel des choses : la sécheresse de ma gorge au cœur de la nuit est d'autant plus mal venue que je vais très probablement me réveiller *mouillé* au petit matin. Me voici donc cloué au lit sous l'effet de contraintes plus "morales" que physiques, la langue collée à mon palais.

Mon imagination se résout alors à prendre le relais de ma pensée et les commndes de mon activité cérébrale… Je pose un pied puis l'autre sur le plancher rugueux et gagne sans bruit la cuisine - cela ne me demande pas beaucoup d'imagination. Le verre d'eau que j'avale *mentalement* me procure un soulagement immédiat, mais de courte durée. Pour que l'étanchement ne soit pas discontinu, il faudrait que je m'abreuve au broc directement. Sans aller si loin dans l'escapade imaginaire (et les risques d'interception adulte que cela comporte), pourquoi ne pas la cantonner dans les limites du raisonnable, à savoir ici-même, au plus près de mon lit ? Tant qu'à faire appel à mon imagination, autant utiliser la capacité qu'elle a de se mouvoir aussi bien dans le temps que dans l'espace... Retour donc en arrière : hier soir, avant de me coucher, j'ai disposé un broc plein d'eau au pied de mon lit - à côté du pot de chambre ! Éveillé par la soif, je n'ai qu'à me glisser par terre, m'allonger sur le dos, incliner le haut du récipient jusqu'à mes lèvres entrouvertes, pour que s'écoule en moi d'abord un simple filet d'eau (éviter d'en répandre alentour), puis, une fois le bec du broc bien centré dans ma bouche et de plus en plus incliné au-dessus d'elle, un flot toujours plus abondant, ininterrompu du généreux liquide jusqu'à ma glotte (une gorgée en appelle une autre automatiquement). Et ce jusqu'à la dernière goutte !

-Jusqu'à la dernière goutte ? Voilà bien une promesse d'assoiffé...

L'envie non satisfaite, ou seulement satisfaite de façon virtuelle, tourne parfois chez moi à l'excès d'imagination et aux promesses irréfléchies :

-Moi, Lucien Ménard, je m'engage sur l'honneur à vider complètement tout récipient plein d'eau qu'on voudra mettre à ma disposition, quelle que soit sa contenance !

Au stade extrême de ma carence hydrique, une citerne d'eau à étancher ne m'effraie pas ! En périodes de grande disette et privations, ma capacité d'absorption imaginaire est phénoménale : manquant par exemple de magnésium, il m'arrive d'avaler mentalement des régimes entiers de bananes et des plaques entières de chocolat !

À peine engloutie l'ultime goutte d'eau virtuelle stockée au pied de mon lit, ma soif a resurgit, aussi vive qu'auparavant. Du moins est-elle passée au second plan de mon vécu le temps qu'a duré mon abreuvement fictif - le temps irréel requis pour vider complètement le broc d'eau. L'effacement provisoire de ma soif a donc été réel... Imaginer alors un second broc, puis un troisième, un quatrième…? La chose est facile. Cela s'appelle *tromper sa soif*, ou plutôt se tromper soi-même à ce sujet. Le défaut de cet abreuvement imaginaire est qu'il ne pénètre pas les profondeurs cellulaires de mon organisme et ne peut donc me désaltérer durablement. C'est donc bien la persistance d'un assouvissement (suite à une envie) ou d'un apaisement (suite à un besoin), c'est-à-dire l'alternance effective entre temps vif et temps mort, inhérente à tout processus vivant, qui me permet de distinguer les phases réelles des phases imaginaires de mon vécu.

-Un jour je serai "grand" et maître de mon destin. Je disposerai chaque soir autour de mon lit, autant de brocs réels pleins d'eau réelle (éventuellement parfumée au coco) nécessaires pour étancher la plus inextinguible des soifs nocturnes ! Je glisserai par la même occasion sous mon oreiller une plaque ou deux de chocolat...

Je me retrouve baignant dans mon pipi et dans la honte jusqu'aux aisselles ! Aller savoir pourquoi l'envie de *faire* ne parvient pas à me tirer de mon sommeil, comme fait si bien (?) la soif. Qu'est-ce qui empêche mon trop-plein urinaire de se soulager ans des conditions convenables pour mon corps et honorables pour ma personne sociale ? Le pot de chambre est posté chaque nuit au pied de mon lit ! Or, chaque matin ou presque, je m'éveille avec les reins, les fesses, le haut des cuisses entièrement ceints du cataplasme humide, à peine tiède, que forment à ce niveau mes draps et ma chemise de nuit. Et il en est ainsi depuis mon premier matin en ce monde ; et cela me désespère toujours autant ! Cet *enveloppement* malodorant, bientôt froid, est l'un de mes principaux contacts avec l'extérieur ; on pourrait trouver mieux ! Les désagréments que j'en éprouve "au niveau de mon vécu" sont plus durables que ceux du soleil sur ma tête ou de la pluie sur mon visage - aussi durables (mais quand même moins douloureux) que l'impact des piqûres qu'on me fait dans les fesses ou l'omoplate sous divers prétextes médicaux, dont celui justement de *me* guérir de mon incontinence...

Impossible de m'arracher à ma literie mouillée avant l'heure du lever, et pas facile d'en distraire ma pensée dans l'intervalle. Me réfugier dans le sommeil ou dans les rêves ? Prendre contact en pensée et/ou en imagination avec des choses, des circonstances, des perspectives plus réjouissantes ? Je rêve parfois de pouvoir - à l'instar du cheval fumant sous la pluie - générer une chaleur animale suffisante pour assécher mon lit avant le *ding-ding* matinal. Mais c'est l'inverse qui se produit : ma chaleur corporelle se dissipe dans mon linge mouillé (gagnant même parfois ma paillasse malgré l'alèse) et s'équilibre avec la température ambiante. En hiver, le "Nid d'enfants" est mal chauffé ; le froid transit mon être jusqu'à la moelle des os...

 Autre moyen peut-être plus efficace de me donner le change ? Émettre à partir de mon crâne des pensée de haut vol capables de relativiser la peu plaisante mais somme toute pas très grave situation découlant de ma faiblesse vésicale :

 - L'on n'en meurt pas ! Dis-toi par exemple que si la majorité des enfants de ton âge faisaient comme toi pipi au lit chaque nuit, la chose serait unanimement tenue pour normale et le désagrément que tu en éprouves au réveil bien moins sensible sur le plan moral, sinon physique. Un embarras commun à plusieurs personnes est moins mal vécu par chacune d'elles qu'une gêne strictement personnelle. Le *partage* intervient dans les deux sens du mot…

Quand au terme d'une longue promenade en forêt les *petits* que nous sommes traînons la patte sur le chemin du retour, la peine articulaire et musculaire éprouvée par chacun dans son corps est bien réelle, parfois à la limite du supportable, mais qu'elle soit *partagée* entre tous la rend plus légère, l'ampute en particulier de ses prolongements fâcheux sur le plan *moral*. Plutôt que de la honte, c'est un sentiment d'héroïque et joyeuse complicité que m'inspire (ainsi qu'aux autres ?) la fatigue collective. Un sentiment de légitime fierté nous pousse à franchir les derniers hectomètres en bombant le torse, parfois même en chantant à tue-tête : «Nous sommes les carabiniers… » ou «La meilleure façon de marcher… ».

-La fatigue partagée : une occasion de communion parmi d'autres… Le pipi-au-lit pourrait en faire partie ?

-Ce n'est pas le cas.

Autre argumentation de ma pensée pour désamorcer en moi tout sentiment de honte à ce sujet :

-L'état de *pisse-au-lit* dans lequel tu persistes contrairement aux enfants de ton âge, est pour toi un moyen de me distinguer d'eux.

C'est du reste ce que suggèrent en aparté certains pédopsychiatres aux adultes qu'inquiète et décourage mon incontinence persistante :

-Cette façon de *faire* (au lit) est pour lui une façon comme une autre - et bien sûr inconsciente - de se différencier des autres enfants ; un moyen comme un autre de se singulariser envers et contre toute communion matinale avec ses semblables...?

Pour l'heure, cette douteuse singularité m'ouvre du côté de l'aube des perspectives peu engageantes : une fois sonnée l'heure du réveil, je m'extrais donc de ma literie mouillée et diffuse dans l'espace entier du dortoir cette bouffée malodorante qui prend au nez et fait faire la grimace aux mieux intentionnés des adultes qui m'entourent, sans parler de mes petits camarades. Bien qu'il soit la plupart du temps muet, le reproche m'assourdit chaque matin :

-Encore !

Le fait que tante Xavière prenne cela à cœur comme un désastre personnel m'est en fin de compte plus éprouvant que le dégoût et la réprobation affichés par le plus grand nombre.

Volontaire, involontaire...? Exprès, pas exprès...? Vécu, invécu...? Continence, incontinence...? Cet axe alternatif de réflexion a pour effet bénéfique de m'arracher quelques instants au cataplasme humide et froid à quoi se ramène ma réalité la plus immédiate... Récapitulons : chez moi, la respiration ressortit presque toujours au domaine de l'invécu ; l'ingestion d'aliments et l'absorption de boisson sont dûment vécues ; leur assimilation en majeure partie invécue ; leur élimination enfin, pour partie vécue, pour partie invécue. Comme tout cela est compliqué et manque de cohérence ! Pourquoi certains besoins donnent-ils lieu à une envie (donc à un vécu caractérisé), et d'autres pas ? Pourquoi certaines envies me tirent-elles de mon sommeil, d'autres pas ? Plus généralement, pourquoi un petit nombre de phases de ma vie corporelle sont-elles vécues par moi, mais pas le plus grand nombre...? Cela revient à me poser une nouvelle fois la grande question :

-Pourquoi du vécu et non pas seulement de l'invécu ?

Ou à l'inverse :

-Pourquoi pas un vécu total, permanent, unifié, sans la moindre poche d'invécu ? Ce serait tellement plus simple.

-Plus simple pour qui ? intervient ma pensée…

Plus simple pour une pensée qui prend en considération ces questions, et qui, par nature, est éprise de simplicité logique... Mais ma pensée est-elle autre chose qu'une *simple* émanation de ce vécu complexe, imparfait, multiple et pas très cohérent qui prévaut en ce monde ? un avatar de cette réalité vivante qui aime *se* compliquer la vie…?

Invécu = oubli de soi... L'instant où je *m'oublie* au lit (parfois dans ma culotte) est un exemple particulièrement regrettable d'invécu personnel. Quoi qu'en puissent dire et penser certaines grandes personnes, ce lâcher nocturne entre mes draps intervient dans mon sommeil le plus profond, donc à mon insu, et tout à fait contre mon gré. Car, si d'une certaine façon cela me singularise (ce qui reste à démontrer), cela va de façon bien plus manifeste à l'encontre de mon confort physique le plus élémentaire et de mon intérêt social bien compris.

Incontinence = inconscience ? Pas forcément… Chez moi, l'intempestif lâcher d'urine survient parfois dans le demi-sommeil des rêves ; un état de semi-vécu comateux où ma volonté proprement dite n'intervient guère. Il m'arrive trop souvent de rêver je fais l'effort de retenir mon envie nocturne et que j'y parviens sans peine, affirmant ainsi mon autorité sur le déroulement du rêve, mais pas celui de la réalité !

Autre cas de figure plus subtil : prétendant me sortir de

mon lit, le rêve, retors m'incite à aller me soulager en quelque lieu approprié magiquement suscité par ses soins, urinoir, coin de mur ou tronc d'arbre, ou même, très discrètement, dans l'eau de mer à l'occasion de la baignade... Trompé de cette magistrale façon par le rêve, j'ouvre ma prostate et me réveille trempé !

…ou encore sec. Éveillé juste à temps, je me précipite sur le pot et me soulage incontinent. Mais le pot, le lit et la chambre s'avèrent alors relever eux-mêmes du rêve, on n'en sort pas ! Rêve ou réalité, comment savoir…?

-L'état honteusement mouillé qui est le tien tous les matins ou presque n'est peut-être qu'un mauvais rêve dont tu finiras bien par t'éveiller un jour ? Ta vie entière, au demeurant, n'est peut-être qu'un songe...? Rêve ou réalité, quelle différence au fond en matière de vécu ?

Pour moi la différence est nette. Elle se situe au niveau de la *durée* et de la *dureté*, caractères beaucoup plus tangibles et rigides en réalité qu'en rêve. Autre différence peut-être plus essentielle : la différence rêve-réel n'est réellement perçue qu'à l'état de veille ; en rêve, la question ne se pose pas, le doute n'est pas permis ; la croyance en la réalité du rêve est sur le moment aussi forte qu'en la réalité vécue à l'état de veille (à cette différence près, quand même avantageuse, que je peux m'éveiller en sursaut d'un mauvais rêve, alors que, jusqu'à nouvel ordre et en dépit de mes efforts, cela m'est impossible d'un mauvais réel)…

Tout ça pour dire que mon incontinence nocturne échappe à ma volonté et pouvoir déclarer haut et fort :

-Je le *fais* pas exprès !

À quoi les grandes personnes objectent rituellement ceci (dans des circonstances certes plus appropriées) :

-Fallait faire exprès de pas le faire…

Tout détaché que je puisse être des réalités de ce monde au stade de la prime enfance, je me dispenserais *volontiers* des effets tout à fait désagréables et désobligeants que produit le pipi-au-lit nocturne au niveau des plus immédiats de mes sens (odorat et toucher), et me passerais plus volontiers encore de l'exaspération ou du découragement que cela provoque chez les êtres qui m'entourent :

-Il a encore fait !

-C'est décourageant à la longue...

-Ma parole, il le fait exprès !

-Il le fait pas exprès, voyons…

-Qu'en savez-vous ? Comment font donc les autres enfants qui ne *font* pas, je vous le demande ?

-Je l'ai *pas* fait exprès...

-*Pas exprès*, ce n'est pas une excuse, Lulu. Il faut faire *exprès* de pas le faire !

Et puis cela me déprécie aux yeux de tous mes camarades, petits et grands, filles et garçons :

-*Pisse-au-lit* !

-Lulu, *pisse-au-lit* ! Lulu, *pisse-au-lit* !...

Les filles sont particulièrement sensibles à ce sujet, donc sévères à mon endroit. Ma bonne amie Virginia, pourtant compatissante, n'a pu s'empêcher de me dire un jour :

-Je ne coucherai jamais avec toi !

Fuite :

-Il ne manquait plus que ça !

Je viens de faire sous moi, ma culotte est trempée. Je l'ai *fait* vraiment sans y penser, j'en suis le premier consterné. Mais cela ne change pas grand-chose à la chose, hélas !

Court-circuitant mon cerveau l'envie de faire pipi a contacté directement ma vessie, en a ouvert la valve sans me demander mon avis. Et tout ça en plein jour !

-*Il* l'a fait exprès, ma parole !

-*Il* l'a pas fait exprès, persistent à dire quelques inconditionnelles de ma personne, comme tante Xavière.

-Il faut faire exprès de *ne pas* le faire ! est à nouveau l'imparable injonction que m'assènent d'autres personnes qui, n'ayant aucun faible pour moi, entendent m'éduquer comme l'ensemble des autres enfants.

-Je le ferai plus, promets-je imprudemment.

Le fâcheux accident s'est donc produit à mon insu. Cela s'est littéralement passé *de* moi, *sous* moi, dans l'invécu le plus total. Je me souviens qu'à ce moment crucial mon esprit était absorbé par une vive discussion avec mes deux meilleurs copains, Philippe et Djanim, au sujet de..., à propos de…? Le souvenir m'échappe.

Un semblant de justification :

-Est-ce raisonnable que des fonctions vitales situées sous ma ceinture aient à remonter chaque fois jusqu'au haut-comandement cérébral pour s'enquérir de ce qu'il est bon (ou mauvais) de faire ou ne pas faire ? Il me passe déjà tant de choses par la tête, en particulier dans sa partie frontale.. Il s'en passe également beaucoup en divers autres points de ma réalité physique, dont la plus grande partie à mon insu. Des choses où mon vécu intervient pas ou peu, et c'est bien mieux comme ça. Mon cœur bat de lui-même ; mes paupières aussi ; ma respiration - répétons-le - échappe le plus souvent à mon contrôle…

Autre argument déculpabilisant :

-Pourquoi ne fait-on pas sous soi comme les chevaux ? Ils font *ça* en marchant, même la *grosse commission*, et ne sont pas les seuls animaux à faire ainsi. Et personne n'y trouve à redire, au contraire. Le crottin des chevaux est dévotement recueilli sur la route par tante Nelle pour ses massifs de fleurs. Faire *ça* à l'abri des regards : une spécialité humaine ? Une question de convenance, une convention propre à notre espèce ? Une question à creuser…

-Lulu s'est oublié !

On ne saurait mieux dire. En cet instant mon attention a été captivée par la réalité externe (ou quelque irréalité interne ?) au point que j'en ai totalement occulté ma réalité corporelle et la procédure convenable à mettre en œuvre pour la soulager d'un trop-plein d'urine tout à fait prévisible. Cela s'est *fait* en quelque sorte *en mon absence* !

Mais il est des *oublis* bien plus graves et moins excusables que ce lâcher intempestif de quelques petites gouttes de liquide organique qui, tôt ou tard, de toutes façons, devaient trouver un exutoire… Beaucoup moins pardonnable (car résistible si je m'en donnais la peine), mon laisser-aller à des envies ne relevant d'aucun besoin avéré, telle par exemple l'envie de me gratter, siffler, chanter, parler, jouer, ou simplement laisser mon regard errer ici et là par simple curiosité...? Me laisser absorber ainsi pendant des heures par des jeux et activités de toutes sortes, solitaires ou collectifs, plus ou moins futiles, c'est *perdre de vue* l'essentiel, à savoir ma source lumineuse de vécu intérieur ; c'est la laisser se répandre à tout va et à tout bout de champ dans le monde extérieur (extraversion), autrement dit la laisser *se* distraire, *se* disperser, pour finalement *se* résorber dans la réalité ambiante.

À bien considérer comment *cela* se passe entre le monde et moi, ou plus exactement ce qui *de* moi passe *en* lui, force m'est de reconnaître que je fuis d'un peu partout. Yeux, bouche, oreilles, narines etc..., sont autant d'orifices par lesquels mon être intime s'écoule à destination et au profit du monde, jour après jour... En pure perte ?

-À trop s'oublier, on risque tout bonnement de cesser d'*être*.

Puis-je cependant mettre sur le même plan les flux psychiques et les fluides corporels qui, à l'état de veille, se donnent libre cours *en* moi et *hors* de moi ?

J'ai le sentiment, vague mais plutôt angoissant, que la fuite incessante du moment présent est en relation directe avec les innombrables fuites externes en tous sens ainsi que les laisser-aller en tous genres, qui se produisent à mes dépens. Cause ou effet ? La fuite du temps découle-t-elle de mes fuites organiques, sensorielles et mentales, ou se concrétise-t-elle à travers celles-ci ? Le vécu angoissé que j'ai parfois du temps-qui-passe est-il la synthèse sensible de ces innombrables fuites non prises en considération par mon esprit *sur le moment...*?

Plus je me répands au dehors, en paroles, regards, pensées, soucis, regrets, projets, pipi, caca, etc..., plus importante est la dissipation de ma substance intime, c'est-à-dire du plus *clair* de mon temps (ma *lueur* d'être) au sein et au profit du monde qui m'entoure.

-Voilà qui semble *aller de soi...*

Du seul fait d'être en vie, je *perds* littéralement mon temps à tout instant par toutes mes ouvertures, psychiques comme physiques.

-Et *ce* n'est pas perdu pour tout le monde...

Aurais-je donc intérêt à surveiller de plus près et contrôler plus efficacement les nombreux orifices donnant lieu à ces fuites, sphincter ou pas ?

-Un peu de retenue ne peut qu'élever le niveau d'être en toi : c'est là une évidence hydrologique...

Il importe en tout cas que mes efforts de rétention s'appliquent à bon escient et non pas en pure perte (ce qui aggraverait mon état). Pas question, par exemple, de peiner à me retenir de faire pipi ou même trop longtemps caca, c'est très vite intenable ; mon corps se tortille et menace de *faire* ça sur place, pis encore en public !

Pas question non plus de vouloir maîtriser mes écoulements de sueur, qui, par forte chaleur, se produisent d'eux-mêmes un peu partout à la surface de ma peau au travers de je ne sais quels pores invisibles à l'œil nu.

D'autres fuites sont a priori plus faciles à contrôler, par exemple le flux réflexif dans ma tête. Plus facile encore, la fermeture de l'œil, et même des yeux ou de la bouche ; un peu plus difficile le nez, les oreilles... Globalement, je peux stopper une bonne partie de l'épanchement attentionnel externe (extraversion) auquel mon être se laisse aller de jour, et quelquefois la nuit, en toute *incontinence*. Bouche cousue, paupières closes, oreilles occluses par mes index, j'entends donc limiter de façon sensible ce genre de fuites, économiser de l'énergie, épargner mon être, même en marchant...

-Regarde donc devant toi, Lulu, quand tu marches !

-Si tu avances les yeux fermés, Lulu, tu vas encore tomber !

-Lulu, tu nous entends, tu nous écoutes au moins ?

-Les yeux fermés, les doigts dans les oreilles, que signifie cette nouvelle manière d'être, Lulu...?

(-Qu'est-ce que ces enfants ne vont pas inventer !)

L'exercice d'occlusion volontaire m'est plus facile quand je suis tout seul immobile dans mon coin qu'en mouvement au sein d'une compagnie nombreuse. Mais faute d'une troisième main pour pincer mes narines (au risque alors de ne plus respirer du tout...?), l'opération reste partielle. Une subtile odeur de panade au lait en provenance des cuisines en profite pour s'insinuer en moi, éveiller, captiver, mobiliser toute mon attention, remuer mes entrailles, faire saliver ma bouche :

-À table, les enfants à table !

Et le cycle recommence...

Il s'en passe quand même des choses dans un jour ordinaire d'une vie ordinaire où, normalement, "il ne se passe rien"...

Parmi les grandes inclinations physiologiques auxquelles je me laisse périodiquement aller en ce bas-monde, le sommeil, précédé le plus souvent par l'envie de dormir, figure en bonne place Est-ce un besoin réel ?

Ce n'est pas à proprement parler une envie. L'envie est en effet une manifestation d'intense vécu, alors que le sommeil profond relève de l'invécu. L'envie de dormir exprime donc plutôt ton besoin personnel de m'affranchir provisoirement de toute envie, de tout désir, de tout vécu.

Une aspiration à l'invécu...?

J'éprouve une réelle volupté, et nulle angoisse, à me laisser glisser chaque soir dans le sommeil paradoxal et/ou profond. J'abandonne mon être au non-être en toute confiance, intimement convaincu que cet état est provisoire, une simple transition entre deux états de veille. D'où me vient cette conviction ?

-De l'expérience acquise au fil de tes précédentes nuit, bien sûr.

Maints réveils matinaux ont *endormi* les craintes que je pouvais nourrir à ce sujet dans les tout premiers temps de ma venue au monde. Non, la nuit qui tombe n'est pas encore définitive. Ce n'est pas un linceul ; *tomber* de (dans le) sommeil n'est pas *mettre un pied dans la tombe*. Le rideau de la scène du monde ne tombe que provisoirement sur mon cadre de vie, une prochaine *re*présentation est prévue dès demain, "en matinée"…

Toute envie est projection, même celle de dormir. Projection de soi hors de soi bien plus temporelle que spatiale… Immobile dans mon lit, je me projette, ou plus exactement me laisse tomber, de l'état de veille dans le sommeil et, par-delà ce bloc d'invécu, dans le réveil. Je dévale presque à pic une huitaine d'heures jusqu'au lendemain, sans crainte qu'un si grand bond me projette, par-delà le réveil programmé, dans l'abîme du dernier sommeil !

Mon statut d'être singulier n'est pas de tout repos. N'empêche que me dissoudre ainsi presque chaque soir dans le sommeil en toute quiétude et familiarité, sans *examen de conscience* digne de ce nom équivaut à me préparer, m'*entraîner*, me résigner peu ou prou à la dissolution totale dans le dernier sommeil ; c'est ni plus ni moins renoncer d'avance à l'éternité de l'âme.

-Libre à toi.

L'envie de dormir nous est plutôt commune. Elle nous prend presque tous en même temps chaque soir après le coucher du soleil. Comme si le monde, en l'absence spectateur, décidait de *baisser* la lumière et le rideau de scène...

Selon l'opinion commune, ou sens commun, prévalant au "Nid d'Enfants" (comme sans doute ailleurs), la lumière faiblit sur le monde, mais cela n'affecte pas le moins du monde la réalité intrinsèque du cadre spatial. Le monde en soi (c'est-à-dire aussi bien le ciel, la mer, la terre que nos maisons et nos corps personnels) persistent en l'état dans le noir. Privé de la lumière du jour, le monde n'y perd rien de sa consistance, ni de sa configuration quadri-dimensionnelle de base : durée et dureté. Cette façon de (conce)voir les choses fait l'objet parmi nous d'un très large consensus. Or, en bonne logique égologique, c'est-à-dire de mon strict point de vue, elle n'est qu'un postulat fondé sur des "on-dit" ? *On* m'affirme que le monde subsiste pendant mon sommeil ; je le crois volontiers, *sur paroles*, sans chercher à le vérifier par moi-même, ni pouvoir le faire à vrai dire... La chose est proprement invérifiable, dans la mesure où je ne peux être à la fois dormeur et spectateur du monde.

Ce matin, tante Z dit qu'elle n'a pas fermé l'œil de la nuit et peut donc témoigner que pendant notre sommeil le monde n'a nullement cessé d'exister, c'est-à-dire d'être tangible, audible et même, dans une certaine mesure (en l'absence du soleil mais grâce à la lune), visible. N'ayant pas partagé sa veille, je ne peux (égo)logiquement accorder à ses dires un crédit total. Tante Z peut nous raconter des "histoires" (c'est dans ses attributions chaque soir, pourquoi pas chaque matin ?), ou s'abuser elle-même à ce sujet.

-Ne rêve-t-on parfois qu'on reste éveillé toute la nuit ?

Cela m'est arrivé... Que le Réel profite de nos relâchements individuels pour s'offrir un moment de détente au niveau de ses quatre dimensions, à savoir une détente sensible de sa durée et de sa dureté, qui l'en blâmerait ?

Un monde identique à lui-même de jour comme de nuit et d'un jour sur l'autre, persistant dans le noir tandis que nous dormons ?... Eveillé de façon intempestive au milieu de la nuit, je tiens à vérifier par moi-même cette hypothèse : je découvre sous moi l'habituelle paillasse un peu humide, les mêmes deux rangées de lits de part et d'autre du dortoir, le même plafond et les mêmes murs avec leurs deux fenêtres (volets fermés). Tout cela surgit peu à peu de l'obscurité ambiante à la lueur de quelque veilleuse nocturne... Je glisse hors de mon lit et m'avance sur la pointe des pieds jusqu'à l'un des volets que j'entrouvre : le jardin, désert et silencieux, m'apparaît parfaitement déployé, identique à lui-même, avec ses balançoires, ses arbres, sa palissade, tous ses accessoires en place dans l'attente de nos ébats ; même le camion de Pitchou traîne encore dans l'allée centrale. À noter que les fleurs en massif, que Tante Nelle nous enjoint de ne pas piétiner en courant ou en jouant, sont sans couleurs, mais non sans relief ; la silhouette du *lieu d'aisance* là-bas, entre les troncs, au bout de mon regard, paraît bien falote, flottante, mais conforme à sa disposition diurne ; je sais en outre que le lampion blafard suspendu à la cime des pins n'est pas une pâle copie du Soleil mais son pendant nocturne, la Lune, hors de portée des jets de pierre les plus longs que nos champions pourrait lui décocher, de jour, avec une fronde... Conclusion : le monde n'est pas économe de sa réalité. Celle-ci reste en vigueur, quoique en veilleuse, aux heures creuses de la nuit, vingt-quatre heures sur vingt-quatre...

J'en profite pour soulager ma vessie dans le pot placé à cet effet au pied de mon lit. Le silence ambiant donne à mon jet d'urine un relief sonore saisissant ! Je m'attends à voir se dresser des têtes sur les oreillers voisins, ou s'ouvrir la porte du dortoir sur quelque grande personne alertée par le bruit que je fais. Il n'en est rien. Tous et toutes sont en proie au néant le plus compact, tandis que le monde bien*veillant* (ou veilleur) leur assure un cadre de vie permanent. Je me recouche et ferme les yeux, assuré de la persistance du monde. On peut lui faire confiance...

La persistance du monde en notre absence va-t-elle autant de soi qu'il y paraît et que nous inclinons dans l'ensemble à le croire ?

-Qu'est-ce qui te prouve que le monde ne s'est pas (re)-mis en place, précipitamment, à l'instant où tu rouvrais les yeux et qu'il ne va pas profiter de ce que tu les refermes pour s'abolir derechef, se remettre bien vite en congé de réalité ? Qui l'en empêche, qui l'en blâmerait…?

Il ne me suffit pas de déclarer cette hypothèse absurde pour qu'elle lâche prise. Est-il si normal de retrouver le monde en place à chaque réveil, sous le soleil, tous les matins...? Persiste-t-il autant qu'il en a l'air...? Ma pensée retourne la question dans tous les sens :

-Peut-être le monde disparaît-il de temps à autre, nous avec, et de ce fait sans qu'*on* soit en mesure de s'en apercevoir ? Et non seulement de nuit, mais à toute heure du jour, à tout instant, à chaque battement de cil, à chaque clignement d'yeux... Comment le vérifier ? Les intermittences du monde étant du domaine de l'invécu, elles pourraient être effectives et même nombreuses, voire innombrables, sans que nous-mêmes, veilleurs intermittents, en sachions jamais rien, ni ne puissions rien en savoir. Au nom de quoi et en regard de quoi attribuer à qui ou quoi que ce soit une continuité sans failles ? Seul un spectateur extérieur au monde et à nous-mêmes pourrait en juger. Dieu en personne ?

Question en suspens :
-À quel besoin vital peut bien répondre le sommeil ? Pourquoi mon insondable plongée nocturne hors de l'état de veille...?
Le plus énigmatique dans cette question apparaît peut-être mieux dans sa forme inversée :
-Pourquoi l'état de veille...?
Autrement dit, qu'est-ce donc qui nous pousse (moi et les autres êtres doués de vécu) à émerger chaque jour à la surface du monde ? Est-ce le monde qui l'exige ? Ou encore : quel besoin a le monde d'être vécu de façon aussi lacunaire, sous forme de *jours* trouant la nuit des temps, ces jours plus ou moins longs et larges engendrés par l'activité laser conjuguée de nos multiples mais fragiles lueurs d'être ? Le monde ne peut-il *réellement* s'en passer, *i.e.* passer incognito dans l'invécu le plus total ?

Veille-sommeil : les deux temps d'une respiration binaire qui *nous* est imposée mais nous dépasse tous... Celle d'un super-organisme dont chaque *un* n'est ici-bas qu'un infime composant de base... Pour m'en tenir à mon vécu personnel, l'abolition nocturne du monde, ou simplement son fléchissement dans cette irréalité dont mes rêves se font l'écho, est non moins, ni plus vérifiable que sa persistance en l'état durant la nuit. Ma conviction la plus intime et la plus ferme ne peut rien contre une telle évidence logique : hors vérification personnelle, il n'est rien que je puisse tenir pour certain, pas même l'idée de base selon laquelle mes semblables sont en tous points semblables à moi, au-dedans comme au dehors, et notamment en tant que possesseurs d'une lueur d'être intérieure identique à la mienne, donc immergés comme moi dans un bulle de vécu plus ou moins partagée. C'est à prendre ou à laisser…

Permanence ou intermittence du monde ? Sauf à transiger avec la rigueur native inspirant ma pensée, la question reste donc indécidable. Accepter intellectuellement l'idée d'un monde continu revient à renoncer à la plus élémentaire et plus pure des logiques, celle fondée sur la seule réalité dont j'ai la certitude intime en ce monde, à savoir mon être singulier ici-maintenant ; c'est du même coup me rallier paresseusement (et peureusement ?) à la logique commune, impersonnelle, abstraite émanant de l'intersubjectivité dominante, le bon sens qui prévaut partout et de tout temps, sens commun que l'*on* cherche le plus naturellement du monde à m'inculquer :

-Le doute n'est pas permis. Voyons, Lulu, la question ne se pose pas ! Le monde persiste en ton absence, en *notre* absence, en l'absence même de toute espèce de vécu(s), que cette absence soit humaine ou plus largement animale, partielle ou totale, provisoire ou définitive. Le monde existe hors et indépendamment de nous, de nos vécus, lesquels, en revanche, sont *sujets* à toutes sortes de défaillances, faiblesses, intermittences, etc...

-À ce qu'*on* dit…

Leur renoncement au doute quant à la réalité du monde (et sur bien d'autres points) m'est parfois suspecte. Elle pourrait être feinte ? Croire que les autres croient au fond d'eux-mêmes ce qu'ils veulent bien laisser (trans)paraître jusqu'à moi de leurs croyances et de leur être intime ne repose sur rien qui me soit personnellement tangible. C'est de ma part un pur acte de foi. Il est vrai que c'est bien commode, et même confortable. N'est-ce pas cela qui me permet de me glisser chaque soir en toute confiance et avec volupté dans le semi-vécu des rêves et l'invécu total du sommeil profond ?

-N'empêche (ultime contestation et admonestation de ma pensée tandis qu'elle se dilue une nouvelle fois avec mon consentement dans l'inconscience)... n'empêche qu'admettre en série des postulats sans preuve par pure commodité et paresse d'esprit revient à te démettre d'une part majeure de tes prérogatives et responsabilités originelles. Renoncer à l'emploi du doute sur des points aussi essentiels que le persistance du monde à l'identique, ou que la sincérité d'autrui dans ce qu'il te déclare ou te laisse entendre à ce sujet - et tous autres sujets inhérents à ta propre subjectivité - est de ta part un acte capital et décisif de soumission aux pressions du milieu et d'allégeance au *Monde* (dans les deux sens du mot). L'acte de foi n'est jamais qu'une forme spirituelle de laisser-aller…

-Et si c'était cela être *au* monde ? Dès lors que le doute t'est permis, refuser d'en user par commodité psycho-sociale relève d'un renoncement profond, c'est de ta part une manière d'abdication !

Ma soumission à la pesanteur, mon laisser-aller à l'en-

152

traînement du temps et mon inclination à des croyances invérifiables participent d'un même phénomène premier, à savoir être-*au*-monde ; ce ne sont qu'épiphénomènes de ma chute originelle dans l'incarnation. Peut-il en *être* autrement ?

Conformément au mythe biblique (dont il est peu question au "Nid d'enfants" où l'agnostisme règne), la chute originelle concrétise une soumission de l'être-*au*-monde *à* l'attraction terrestre, c'est-à-dire *à* la pesanteur. La "gravité" de ma situation personnelle en ce monde résulte pour beaucoup de l'état de pesanteur auquel mon corps est soumis. Il en résulte une gêne physique que j'endure d'autant plus facilement que je la crois universelle ou presque, c'est-à-dire partagée par l'ensemble de mes congénères, adultes compris, et nombre d'animaux dépourvus d'ailes. En aurais-je honte comme de mon incontinence nocturne si j'étais le seul à en être affecté ?

-Lulu, qu'est-ce que tu fais encore cloué au sol ? Ne peux-tu pas prendre ton envol comme tes petits camarades oiseaux ?

La pesanteur semble ici-bas non seulement universelle mais permanente et d'intensité constante. Raison sans doute pour laquelle nous n'en parlons pratiquement jamais entre nous, et n'y pensons même pas chacun pour soi (c'est personnellement mon cas). Elle va de soi... Dans ma vie de tous les jours, je prête aussi peu d'attention à la pesanteur qu'à cette autre force universelle et constante qu'est l'entraînement irréversible du temps, ou à ces processus vitaux mais combien monotones (quand tout se passe bien) que sont en moi le battement de cœur et la ventilation de mes poumons. Ils vont *d'eux-mêmes*...

Paradoxe : occultant de façon quasi permanente l'action de la pesanteur sur nos corps nous ne ratons aucune occasion de l'affronter physiquement ; ce faisant, nous soulignons sa réalité. C'est plus fort que nous. Une autre force est sans doute à l'œuvre *ici-bas*, qui nous *pousse* (à l'instar des végétaux) à contrer la pesanteur, à la défier, voire à l'utiliser… Soit par exemple le dévalement de dune sur le derrière. Notre passe-temps favori ces temps-ci au bord de la mer. L'exercice à la fois le plus simple et le plus grisant que nous connaissions. Nous y usons nos fonds de culotte…

Tout ce qui nous affranchit des contraintes associées à la pesanteur, de même qu'à l'entraînement du temps, relève pour nous de la magie, ou du rêve, nous procure une sorte d'ivresse momentanée. L'on tire sans doute une volupté de même nature à domestiquer la force du vent pour faire monter un cerf-volant au fond du ciel ou avancer un voilier sur l'eau, mais nous sommes encore un peu jeunes pour ces exercices-là…

Le cinéma nous offre le spectacle de gens qui, en hiver, à la montagne, dévalent d'immenses pentes blanches à ski. Rien qu'à les regarder, on devine et partage leur ivresse passagère ! Nous nous contentons ici de dévaler la dune... Des générations d'enfants l'ont fait avant nous et le feront après. Une pratique instinctive propre à notre espèce...? Une façon sans pareille de nous *jouer* de la pesanteur, c'est-à-dire de jouer avec elle comme avec un gros animal apprivoisé. Au lieu de *la* subir comme il advient lors de tout déplacement horizontal et, a fortiori, ascensionnel, nous l'utilisons ici pour notre plus grand plaisir. M'élançant sur les fesses du haut de la dune vers la plage, je franchis une vingtaine de mètres à toute vitesse et sans effort. C'est là pour mon corps malingre, mais aussi pour mon esprit, une revanche autant qu'une libération.

Affranchissement trompeur, car passager. En réalité, la contrainte permanente exercée sur nos corps par la pesanteur n'est que suspendue et l'effort physique qu'elle requiert simplement différé. En effet, si nous voulons à présent poursuivre notre exercice et renouveler l'intense mais bref plaisir du dévalement, nous devons remonter la pente, c'est-à-dire redoubler d'efforts en sens inverse. En termes d'énergie, l'opération est sans doute à gain nul. Mais moralement, quel bénéfice ! Tromper la pesanteur, ou plus exactement, nous tromper un instant à son sujet est ressenti de façon positive.

En nous livrant aux joies du dévalement, ou à d'autres descentes ou glissades de même type, nous feignons de considérer la pesanteur comme une force inoffensive, et mieux encore, domestiquée, s'exerçant en ce monde pour notre seul plaisir, alors qu'en fait - et au fond de nous-mêmes nous en restons convaincus sinon conscients -, elle ne cesse un instant de faire peser sur nous de très réelles menaces, probablement mortelles à long terme. Que grâce à elle un objet lourd nous tombe dessus, ou que nous chutions d'une certaine hauteur, les entrechocs qui en résultent au niveau de nos corps sont *durement* ressentis par tout ou partie de ceux-ci. Il arrive que ce soit fatal.

Interdit de grimper aux arbres… Nous le faisons quand même en cachette, à l'insu de nos monitrices. Curieusement, et à la différence de la dune dont l'escalade est pénible mais le dévalement voluptueux, il est plus facile de grimper à un arbre que d'en descendre… À moins de se laisser chuter jusqu'au sol, comme l'a fait accidentellement l'autre jour en forêt le petit Dédé ! La branche a cassé sous son poids à dix mètres de hauteur ; Dédé s'est retrouvé par terre, sur le derrière ! On s'est précipité vers lui, inquiets. Il nous a accueillis d'un large sourire. Nous étions presque rassurés à son sujet, quand, tout à coup, il s'est mis à tourner de l'œil, littéralement, ses deux globes oculaires basculant vers le haut jusqu'au blanc ! Il s'est affalé sur le flanc dans les aiguilles de pin et s'est mis à gémir comme un petit chien... Les plus grands d'entre nous, sous les ordres de Tante Xavière, ont fabriqué une sorte de brancard avec des branches, des vestes, des blouses, pour ramener Dédé à la maison. De là, il a été transporté d'urgence à l'hôpital de Lesparre en ambulance…

La pesanteur ne nous rate pas. Faussement apprivoisée, elle nous guette par en-dessous. Bête énorme au corps visqueux et adhésif, tapie sous l'écorce terrestre - espèce de pieuvre ou de méduse géante -, elle ne cesse de lancer vers nous d'invisibles tentacules à multiples ventouses pour entraver nos moindres mouvements et nous plaquer au sol ! En attendant de nous y maintenir durablement et nous y ensevelir définitivement...? Nul doute qu'elle finira par avoir le dessus sur les plus vigoureux d'entre nous et nous terrasser tous l'un après l'autre, sur place et à jamais. Une multitude de croix comptabilise déjà ses victoires, qui sont également celles du temps.

-Pourquoi appelle-t-on ça une "tombe" ? demande Péco.
-Parce qu'on ne peut *tomber* plus bas, explique Philippe.
Nous enterrons un oiseau mort rejeté sur la plage à marée haute. Au moment de creuser la "tombe" et de la combler, chacun de nous y va de son petit coup de pelle et de ses

interrogations. Puis on installe dessus un tumulus de gros galets et l'on y plante deux petits bouts de bois en croix ,

-…Et qu'on finira tous par y *tomber* ! ajoute Arlette.

Pour l'heure, nous faisons fi de ces menaces. Chaque opportunité de dévalement est vécue comme un défi au sort commun … Tromper la pesanteur, c'est comme tromper le temps au moyen d'un quelconque passe-temps : c'est tout bonnement "tromper la mort" !

-Ces enfants sont infatigables !

D'autant moins fatiguant l'exercice et d'autant plus positif le bilan énergétique que la dune est plus basse, moins abrupte, à quelques mètres à gauche du point d'amorce de notre dévalement. Effectuer un petit détour latéral, nous permet donc de *remonter la pente* à moindres frais et reprendre position là-haut pour dévaler de la plus grande hauteur possible.

Il n'est pas ces temps-ci de séjour à la plage où chacun de nous n'enchaîne des dizaines de dévalements à la suite, et nous sommes une quinzaine d'enfants à pratiquer ce passe-temps naturel. Les adultes pour leur part, bien plus massifs que nous (offrant donc plus de prise à la pesanteur), évitent les mouvements inutiles et l'exercice physique gratuit. Debout, assis, ou avachis à même le sable, tantes X, Y, Z, oncles Erick et Babu, et autres *tantes* et *oncles* de passage au "Nid d'Enfants"..., se contentent d'avoir un œil sur nous et ne jamais nous perdre de vue. C'est là leur principale occupation. Du reste à les entendre, une bien *lourde* tâche déjà que celle de surveiller notre petite troupe d'enfants turbulents. Sous forme d'attention, une dépense d'énergie considérable… Le *poids* des responsabilités s'ajoute pour eux aux effets de la pesanteur (ainsi qu'au poids des ans sans doute ?). L'on ne les voit donc jamais s'agiter pour rien, courir et sauter sans raison, se dépenser comme nous faisons gratuitement sur la plage, et moins encore descendre la dune sur le derrière, pour le seul plaisir. Ils s'économisent…

Quel plaisir que dévaler la dune ! Quoi qu'il nous en coûte de la remonter à quatre pattes, sa descente nous procure une ivresse indéfiniment renouvelée, à laquelle nous ne renonçons que devant la promesse d'un plaisir de degré comparable ou supérieur. Pour certains d'entre nous c'est la baignade en mer ; pour le plus grand nombre, le moment du goûter : la perspective gustative d'une barre de chocolat fondant dans notre bouche et sa lente descente, mêlée au pain, dans les conduits internes de notre organisme. Volupté d'un tel avalement… Un dévalement interne en quelque sorte... Hors de nous ou en nous, l'essentiel est que quelque chose se passe, et se passe bien ! *Dévalement* et *avalement* sont des processus de même nature....

Nous crânons volontiers à la face du ciel - c'est-à-dire *au mépris* de la pesanteur. Nous ne sommes pas les seuls, ni les plus performants. Les oiseaux sont en ce domaine insurpassables. Alors que nous quittons péniblement le sol et y retombons lourdement, les oiseaux s'envolent avec grâce et se posent en douceur.

Aussi inapparent que cela puisse paraître à première vue, les végétaux dans leur ensemble se montrent aussi plus audacieux que nous verticalement parlant. *Poussant* vers le haut leur vie durant, ils se tiennent bien droits, sans jamais s'allonger ni s'asseoir ; quand on les voit couchés c'est qu'ils sont morts ! Ils payent d'ailleurs leur prétention verticale d'une absence à peu près totale de mobilité dans le plan horizontal, ce qui les rend particulièrement vulnérables aux intempéries et catastrophes naturelles, ou criminelles en tous genres. Les pins que nous voyons en retrait de la ligne de dunes se trouvent exposés sans défense au vent salé du Large. Devant l'avancée inexorable de la mer, ils ne peuvent, comme font les espèces animales, plier bagages et se replier dans les terres pour se mettre à l'abri… Mêmes impuissance et paralysie des pins face à la ligne de feu lorsque des incendies naturels ou criminels se déclarent en forêt. Rangée après rangée, ces arbres meurent littéralement debout, sur place (comme les grenadiers de la vieille garde à Waterloo) !

L'être humain que nous sommes meurt le plus souvent allongé par terre, voire couché dans son lit..., et finit dans la tombe ! Mais aussi, quelle idée saugrenue que la station debout adoptée par notre espèce ! Cette façon de marcher sur deux pattes en constant déséquilibre constitue un défi au bon sens autant qu'à la pesanteur ! Les autres animaux terrestres (observés de nos propres yeux ou par images interposées) se tiennent et se déplacent majoritairement à l'horizontale sur leurs quatre ou mille pattes, et se montrent à cet égard bien plus sensés que nous. Le plus *malin* d'entre eux est sans conteste le serpent. Même en mouvement, la totalité de son corps reste en contact étroit avec le sol. L'Homme est vraiment l'animal sur deux pattes. Une façon comme une autre de se distinguer... Mais aux yeux de qui...? De se faire remarquer..., par qui ?

Étonnant et même désolant le fait de ne plus ressentir

soi-même autant qu'il le faudrait ce qu'a d'insolent et surtout d'insolite par rapport à l'ensemble de la Création la station debout adoptée par notre espèce dans un lointain passé, et transmise de génération en génération jusqu'à nous. L'on s'habitue à tout... En position debout, tout le poids de notre corps repose sur le peu de surface développée par la plante des pieds, et souvent un seul pied à la fois, en alternance (cas de la marche ou de la course). Pis encore (ou mieux ?), certains d'entre nous, et particulièrement les filles, prennent un évident plaisir à se maintenir sur une seule jambe et à se déplacer ainsi en sautillant, d'un rectangle à l'autre ; c'est le jeu de la "marelle". Un pied-de-nez de plus adressé à la pesanteur... Autre spécialité féminine : le saut à la corde.

En marchant sur les mains, tête en bas, jambes pointées vers le ciel, André Drapier fait plus que défier la pesanteur, il la provoque !

-S'il y attrape un jour un tour de reins ce sera tant pis pour lui ! commente oncle Babu...

À propos de serpent, tante Zoé nous a récemment appris que l'un d'entre eux, le *cobra*, peut rester dressé pendant de longs moments sur l'extrémité postérieure de son corps, envoûté par le son d'une flûte. L'on voit souvent cela au cinéma. Ah, le pouvoir de la musique !

La dune de l'Amélie est connue pour sa hauteur... Par endroits, elle surplombe la plage d'un à-pic vertigineux, où l'on évite de s'engager ; la descente y prendrait des allures de chute libre ! La pente choisie par nos experts l'est de façon à nous permettre une glissade aussi longue et rapide que possible sans choc brutal à l'arrivée. Il revient à de grands garçons astucieux, expérimentés et entreprenants comme André Drapier, Bernard Picot, ou Jeanjean, de repérer, ouvrir et tracer de leurs fesses intrépides le couloir de descente idéal, ni trop abrupt ni trop amorti, où nous pourrons ensuite, *grands* et *petits*, nous engager l'un après l'autre en une noria continue...

Un mot du sable : élément essentiel dans ce genre d'exercice. (Sans doute la neige lui est-elle supérieure en termes de glissement, mais elle a la réputation d'être froide). Indispensable sable... À bien y regarder, c'est lui, plus que nos corps, qui participe au dévalement. Sans lui, qu'en serait-il de nos fonds de culotte et même de la peau de nos fesses après tant de frottements ? Je me vois mal dévaler par exemple un versant granitique. Le sable de la dune glisse avec nous, sous nous. Il nous accompagne sur tout ou partie de la pente mais, contrairement à nos corps, ne la remonte pas ; de sorte qu'au bout d'un certain nombre de dévalements, une bonne partie du sable initialement stocké en haut se retrouve en bas. La dune s'affaisse d'autant, et sa pente de plus en plus *douce* finit par être impropre à la glissade. Pour prolonger notre plaisir, nous devons donc *ouvrir* une nouvelle piste, et bientôt délaisser celle-ci au profit (?) une troisième, une quatrième, etc..., une demi-douzaine par séance, autrement dit par jour ! De jour en jour, la dune, vue de la plage, se trouve ainsi marquée (*abîmée* disent certains) d'un nombre croissant de sillons verticaux plus ou moins parallèles - entailles sombres qui la défigurent... Et la fragilisent ?

C'est l'avis du garde-champêtre. Il arrive, solitaire, par la plage en provenance de Soulac. Rien dans son accoutrement n'indique une mission officielle. Il désire parler aux grandes personnes en charge des d'enfants qui, en ce moment même, *dévalent* la dune à qui mieux mieux. Ces personnes sont-elles bien conscientes des dommages que causent à la dune fragile nos glissades répétées…?

-Si vous voulez voir la dune s'effondrer tout à fait, et votre maison avec, à l'occasion des grandes marées d'automne, vous n'avez qu'à continuer comme ça ! déclare le représentant de l'ordre à la cantonade, et plus particulièrement à l'adresse de la personne qu'il tient avec raison pour responsable de toute notre petite troupe d'enfants, tante Yo… Moins sans doute par cynisme que par étourderie (ou pour l'inavoué plaisir de braver l'Autorité ?) tante Yo lui fait valoir que "la Maison des Dunes" n'est pas à proprement parler *notre* maison, mais une location d'été, que dans un mois à peine, nous l'aurons quittée pour rejoindre le logis, plus abrité, plus confortable, que nous possédons à deux-trois cents mètres d'ici, à l'intérieur des terres, parmi les pins, "le Nid d'Enfants"...

-Mais justement, s'indigne le garde-champêtre. Raison de plus pour veiller à laisser les choses en l'état !

Il n'a pas tort.

Nous venons d'apprendre qu'à la "Maison des Petits", établissement voisin du nôtre, les enfants disposent à présent d'une sorte d'engin en pente, appelé *toboggan*, grâce auquel ils peuvent satisfaire leur appétit de dévalement sur place, au jardin, sans dommage pour le milieu naturel, ni danger pour leurs personnes.

Tante Yo parle d'acquérir ici, au "Nid d'Enfants", un autre équipement de ce type, appelé *pas de géant*, à l'aide duquel nous pourrons faire des enjambées très supérieures à celles que nous permettent nos petites jambes, et continuer ainsi de nous affranchir physiquement mais surtout moralement, des contraintes excessives et inacceptables exercées sur nous en ce monde par la pesanteur. Grande est notre impatience de voir installé l'appareil. Dans l'éventail de nos passe-temps courants, il devrait remplacer le dévalement de dune désormais interdit...

D'autres moyens existent, artificiels, pour soustraire en partie nos corps à cette force primaire et obstinée qu'est l'attraction terrestre. Le plus banal est la bicyclette. Des *jeunes gens*, l'été venu, nous doublent à vélo quand nous nous sommes à pied, progressant sur la route dix fois plus vite que nous sans plus d'efforts que nous apparemment, peut-être moins. Quant à l'automobile, ou au chemin de fer, quels puissants moyens de locomotion ce sont ! Ils font franchir aux voyageurs de grandes distances à toute vitesse, sans aucune dépense corporelle. Plus prodigieuse encore, l'ascension effectuée en ballon ou en avion par les aéronautes et autres aviateurs ! Mais l'arrachement total de nos personnes à la pesanteur ne sera effectif, d'après Jules Verne, qu'en nous propulsant tout là-haut dans la lune, puis dans les astres et les étoiles. Un vieux rêve humain... Pour l'heure et pour connaître une sorte d'état d'apesanteur, je me contente de certains rêves nocturnes.

*

Étonnante monotonie des jours... Or, à part moi, nul ne s'en étonne autour de moi… Pour l'essentiel, *ils* ne s'étonnent de rien. Quant au superflu, ils le gratifient d'étonnements multiples, divers, mais éphémères. Ils s'étonnent par exemple d'entendre parler une voix lointaine quand on allume la T.S.F., mais cessent de s'en étonner dès qu'une explication technique autorisée leur est fournie, qu'ils l'aient comprise ou non. Le plus étonnant pour ma pensée est leur manque d'étonnement face aux données fondamentales de l'existence, et notamment leur peu d'entrain à se poser ces graves questions qu'en tant que nouveau-venu-au-monde, je me suis posé d'entrée et continue de me poser de temps à autre (insuffisamment selon ma pensée). La question du temps justement : « Où passe-t-il ? Et pourquoi, une fois passé, ne repasse-t-il pas à l'identique…? ». Autres questions chroniques : « Pourquoi le temps passe-t-il en ma présence ? » « Passe-t-il encore en mon absence ? »… Et bien sûr la première de de toutes, la question *primale* par excellence : « Pourquoi *tout ça* et non pas *rien* du tout...? »

Cette absence chronique d'interrogation de leur part sur d'aussi graves sujets me semble étrange, et même un peu suspecte. Ma pensée a ici le choix entre deux hypothèses.

La première est franchement radicale : mes semblables (extérieurement) sont sur le plan intérieur très différents de moi, inférieurs à moi ? dénués par exemple de cette pensée qui me houspille encore

A la limite, et comme me le suggèrent certains contes qu'on me conte à dessein, mes petits camarades et les tantes et oncles stéréotypés qui nous ont en charge, pourraient n'être que des automates humainement parfaitement imités. Après tout, ne suis-je pas moi-même, sur le plan des fonctions végétatives, un automate à 90% ? le restant étant constitué par cette lueur d'être vacillante qui n'aspire qu'à s'éteindre…? Automates à 100% ? Différence infime… Dix pour cent d'autonomie égologique par rapport à mon entourage ? ce n'est pas grand chose…

-Cela t'impose quand même des responsabilités.

Seconde hypothèse : leur manque de curiosité *primale* n'est que simulation de leur part ; ils feignent de ne pas s'étonner pour mieux me tromper ? Mais si tel est le cas, à quelle fin...? De façon moins soupçonneuse, je peux supposer qu'ils refoulent ce type de questions tout simplement parce qu'elles sont embarrassantes et que, de toutes façons, elles ne mènent à rien. On les laissent de côté par commodité sociale... Ne suis-je pas tenté moi-même de faire l'impasse sur les sentiments d'étonnement et d'étrangeté que m'inspire encore le monde ? Cela s'affaiblit en moi de façon très sensible ; ces tonalités primales de mon vécu sont de plus en plus rares et fugaces. La familiarité avec les choses, les êtres, les évènements, gagne peu à peu mon être entier. Torpeur spirituelle contagieuse…

Je m'étonne de moins en moins : foudre, tonnerre, bleu du ciel, firmament nocturne, T.S.F., bateaux sur l'eau, avions en l'air, etc..., tout s'explique. Nos éducateurs - les adultes d'une manière générale - sont là pour ça. Ma faculté d'étonnement pourrait encore régresser d'un cran : ne plus m'étonner de ne pas m'étonner ? Je n'en suis pas tout à fait là ; ma pensée fait encore sa mauvaise tête !

Il arrive que tous les liens de familiarité que j'ai noués jusqu'ici avec le monde ambiant se rompent d'un coup et que mon étonnement se prolonge au-delà de quelques heures... Au-delà de quelques jours, le psy est appelé en renfort et diagnostique cette rupture comme une forme d'*aliénation* (mentale)...

Diagnostic de ma pensée :

-Il existe une fausse étrangeté des choses qui *nous* sont le plus familières, tout comme il existe une fausse familiarité des choses qui *nous* sont le plus étrangères.

Sur une étagère de notre salle de classe, une collection de petits livres vise à susciter dans nos petites cervelles frivole (ou "têtes en l'air") des interrogations de bon aloi ; à savoir des questionnements dits *de base* concernant les réalités de ce monde : « Pourquoi l'herbe est-elle verte ? » « Pourquoi la terre ronde ? » « Pourquoi le ciel bleu, la neige blanche ? » etc... « Pourquoi y a-t-il des nuages ? » est le titre le plus récent qu'on propose à notre sagacité. Cette collection ne me donne qu'en partie satisfaction. Aucun de ces titres ne porte en effet sur les questions qui, depuis le tout premier instant de ma venue au monde, me tarabustent et me semblent primer toutes les autres, à savoir dans un certain désordre : « Qu'y a-t-il au-delà ? » « Qu'en est-il au juste de l'identité des choses et de la permanence du monde ? » « Où est passé hier ? » « Pourquoi moi ici-maintenant ? » Et la question qui les *prime* toutes : « Pourquoi *tout ça* et non pas *rien* ? »…

Cette question *primale* conditionne d'une manière générale toute question relative à tel point ou aspect particulier de la réalité. Or, il n'en est jamais question entre les éducateurs et nous, ni entre nous d'ailleurs, même quand il nous arrive de nous arracher à nos jeux habituels et de prendre les choses au sérieux. Quant aux adultes, ce qu'ils en pensent entre eux et au-dedans d'eux-mêmes, je n'en peux strictement rien savoir...

-Pourquoi *tout ça* et non pas *rien*...?
Ayant posé ma pelle au bord du trou, je vois s'y engloutir en un clin d'œil pelle, sable, aiguilles de pin, les pins eux-mêmes, les nuages et le ciel au-dessus, Djanim à quelques mètres de moi, Pierrette et Virginia un peu plus

loin sur le perron, toute la maison, la palissade du jardin, le mur d'en face... S'y ajoutent mentalement la mer immense qui borde notre petit monde à l'ouest, la grande forêt à l'est... *Tout ça*, présent et stable autour de moi et dans ma tête l'instant d'avant, bascule d'un coup au fond du trou, pêle-mêle, et s'y anéantit à l'instant où se pose la question. Le trou se dilate à mesure pour tout recevoir... Plus rien en fin de compte qu'un immense trou. Et plus rien donc pour l'entourer. Donc plus de trou du tout... ? (pas de trou sans pourtour).

-Pourquoi *tout ça* et non pas *rien*... qu'un immense trou noir et rien dedans et rien autour, pas même mon être au bord du trou, pas même un sol où le creuser, pas même un trou... ?

La question s'engloutit à son tour dans le trou et s'y abolit d'elle-même. Et toutes les choses mises en question en profitent pour ressortir du trou le plus tranquillement du monde et reprendre place de proche en proche jusqu'à perte de vue : pelle, sable, racines, aiguilles de pin, Djanim, Pierrette, Virginia, la mer et la forêt lointaines, le soleil et la lune..., moi-même pelle à la main, et ma question en tout dernier, mais dévitalisée :

-Pourquoi pas *rien* ?

-Pourquoi pas *rien* ?

(Ce serait tellement plus simple qu'il n'y ait rien)...

Périodiquement, la grande question se pose à moi par surprise, au milieu de mes activités les plus banales. Elle surgit par exemple entre deux coups de pelle, deux coups de fourchette, deux mots que je prononce, deux battements de mes paupières ou de mon cœur - qu'elle suspend sans coup férir ... D'abord déconcerté par la rupture qu'elle introduit dans le cours régulier de mon existence quotidienne, je finis par m'y habituer et par ne plus m'en émouvoir outre mesure.

-Pourquoi pas *rien* ?

Je lui trouve un semblant de réponse :

-Parce qu'*il y a* quelque chose.

Effectivement...

-Mais pourquoi quelque chose ? rebondit la question.

Ou encore :

-Qu'est-ce que ce *quelque chose* qui fait que la question du *rien* se pose ?

Mais bientôt tout se brouille dans ma tête et *quelque chose* me pousse à reprendre l'opération en cours (approfondir le trou ou le combler à grands coups de pelle), ou bien *quelqu'un* m'appelle de la maison ou du fond du jardin :

-Lulu, tu viens jouer !

-Pourquoi pas *rien* ?

Drôle de question ! Si rien d'extérieur n'en distrait mon esprit dans les instant qui suivent, la question – on l'a vu - s'épuise d'elle-même, s'éteint comme une allumette. Mieux encore (ou pire ?) un trop grand nombre de passages dans ma tête la banalise. Vouloir la repasser la rend moins surprenante, moins apte à ébranler mon cerveau et décontenancer le monde alentour… Et c'est peut-être dommage, car la commotion mentale qu'elle provoque n'est pas désagréable en soi... Mais si j'insiste trop, elle devient artificielle, une sorte de formule creuse, au mieux oiseuse, une question comportant sa propre réponse, comme celle que nous nous infligeons malicieusement les uns aux autres depuis quelque temps : « Quelle est la couleur du cheval blanc d'Henri IV…? ».

-Pourquoi *tout ça* et non pas *rien* ?

Je réalise bientôt que pour garder à cette question tout son tonus (c'est-à-dire son pouvoir détonant, sa puissance d'étonnement), il ne faut pas en abuser. Ne plus me la poser pendant un certain temps, la laisser reposer le temps qu'elle récupère sa pleine capacité de mise en question, de néantisation !

Je dispose désormais d'une arme secrète efficace à l'encontre de *ce* et *ceux* qui m'importunent et/ou me contrarient. Je les soumets à la question primale :

-Pourquoi tout ça et non pas rien du tout ?

Cette (re)mise question s'ajoute à celle, toute aussi radicale, que j'utilise déjà en certaines occasions, la question de l'infini. Elle en est du reste le complément logique :

-Qu'y a-t-il au-delà ? Qu'y a-t-il en deçà ? Que vaut *tout ça* en regard de l'Infini…?

C'est donc avec un rien de condescendance teintée d'un peu de commisération que je considère désormais tout ce petit monde insouciant et puéril (adultes compris) qui gravite et s'agite autour de moi, à la plage, au jardin, au réfectoire, et que je le mets en cause dans le secret de ma pensée (« Pourquoi tout ça ? pourquoi pas *rien* ? »), sans qu'ils se doutent de rien...

Feignent-ils de ne pas deviner ce qui me passe en tête...? C'est peu probable. S'ils savaient que j'exerce en secret des mises en question aussi radicales à leur encontre, ils ne manqueraient pas de réagir. Leurs interventions auprès de ma petite personne (« Lulu, à quoi tu penses ? ») seraient non pas fortuites et occasionnelles, mais systématiques, intentionnelles et bien plus appuyées !

N'est-ce pas la preuve tout à fait décisive qu'ils ne voient pas en moi, ne lisent pas dans mes pensées, n'ont pas accès à mon for intérieur ? C'est bien mieux comme ça.

Il n'empêche… Leur absence de réaction (hypothèse déjà évoquée) pourrait être feinte et constituer une ruse tactique en attendant quelque occasion meilleure de me remettre au pas, de me "moucher" comme on dit d'une chandelle. Le doute est permis.

Leçon de choses :
-Il y a la terre, le soleil, la lune, les étoiles la nuit, le ciel bleu le jour. Il y a la mer et les continents. Il y a les animaux, les plantes, les hommes, etc...

À en croire tante Yolande (tante Yo), qui nous fait la classe, *il y a* en ce monde un tas de choses d'une grande diversité ; certaines déjà connues de nous ; d'autres très nombreuses à découvrir peu à peu ; et celles infiniment nombreuses que nous ne connaîtrons jamais faute de temps, ou parce qu'elles sont trop éloignées, ou trop minuscules pour les facultés oculaires et optiques dont nous disposons actuellement...

-Il y a le zèbre, la girafe, le lion, le tapir, le chacal, la hyène, l'antilope, etc..., etc...

La litanie des *il y a* n'en finit pas. Je m'impatiente :
-Mais pourquoi *il y a* quelque chose...? dis-je à haute voix.

La question m'est venue à l'esprit une fois encore par surprise. Cette fois-ci cependant, sans que j'y prenne garde, elle a effleuré mes cordes vocales, franchi ma gorge, parcouru de sa vibration ma langue et mes lèvres, ébranlé l'air ambiant, tant et si bien que tout le monde a pu l'entendre :

-Pourquoi *il y a* quelque chose ? Pourquoi pas *rien* ? Ce serait plus simple...

Après un court instant d'*interdiction*, toute la classe s'esclaffe bruyamment, sauf tante Yo, qui réclame le silence.

-Répète ta question, Lulu, me demande-t-elle en posant sur moi un regard attentif. J'hésite quelques secondes :

-Pourquoi y-a-t-il *quelque chose* ? Pourquoi pas *rien* ?

Tante Yo sourit, arrondit ses yeux, lève ceux-ci vers la cime des arbres, et reprend ma question à mi-voix :

- Pourquoi y a-t-il quelque chose ? Pourquoi pas rien ?

Tous mes compagnons de classe sont à présent suspendus aux lèvres de tante Yo, comme s'ils attendaient d'elle la réponse à une énigme policière.

-Ce n'est pas facile à répondre, reconnaît-elle.

J'en suis un peu gêné pour elle. En même temps ce silence d'adulte me flatte, car il impressionne mes petits camarades, y compris le plus grand d'entre eux, Jeannot, ou le plus intelligent, Philippe…

-Ce serait plus simple qu'il n'y ait rien, dis-je à tante Yo comme pour justifier ma question et faciliter une éventuelle réponse de sa part. Les choses sont tellement compliquées !

Cette réponse ne venant pas, la perplexité ambiante s'accroît et impose le silence à tous...

-Pourquoi quelque chose et non pas plutôt rien ? s'interroge à nouveau tante Yo, en des termes plus académiques que les miens.

Ma question est donc recevable, sinon *répondable*. Une fois correctement posée, elle rend toutes les autres questions accessoires et creuse dans chacune de nos têtes des galeries et des puits de profondeur inhabituelle. La surface de notre petit monde s'en trouve tout remué...

Dans le même temps, je sens monter de ces abîmes jusque sous mon cuir chevelu quelque chose qui dilate et exalte mon for intérieur dans des proportions inhabituelles, comme une lampe à pétrole dont on monte la mèche...

« Pourquoi pas rien ? »

-Parce qu'il y a quelque chose, andouille ! m'assène Philippe en tête-à-tête quelques instants plus tard. Visiblement envieux de mon récent succès public et nullement désireux d'en tenir compte dans nos relations personnelles présentes ou à venir, il tente de le minimiser.

-Et pourquoi quelque chose ? dis-je à Philippe afin de préserver cet avantage psychologique que je pensais avoir pris sur lui et sur tout le monde ici, adultes compris ; un avantage que je sens malgré tout fragile.

-Parce que... parce que...

Les gens interrogés ignorent comme moi la bonne réponse, à savoir celle que ma pensée me suggère à présent en aparté :

-Parce que s'il n'y avait rien, ballot, la question ne se poserait pas ! Le *rien* dont il est question ici n'est pas rien. Sa mise en question est la manifestation d'une pensée, la tienne en l'occurrence. Le rien, pour être effectif (effectivement rien), exigerait un silence total, aussi bien assertif qu'interrogatif, c'est-à-dire l'absence de toute question *à son sujet*. Ce n'est pas rien que la question ainsi posée par toi (et d'autres avant toi), ou n'importe quelle autre question. Toute question présuppose *quelque chose* où se poser et *quelqu'un* qui la pose...

-Pourquoi quelque chose et non pas plutôt rien ?

Cette façon de poser la question fait le vide de toute réalité, mais n'abolit pas le vide lui-même, l'*évidance* de la mise en question. Le simple fait que la question se pose (en ces termes ou en termes voisins) contredit sa vocation première qui est de demeurer informulée. La lester de mots et chercher à la poser quelque part, par exemple sur une feuille de papier, met un terme au mouvement de néantisation qu'elle ébauche…

-Pourquoi n'y a-t-il pas rien ?

Je surprends ma question dans la bouche de certaines grandes personnes tandis qu'elles discutent entre elles gravement sur le perron. Cherchant quelqu'un de l'œil et me découvrant à leur côté, elles suspendent leur conversation. Je m'éloigne en feignant n'avoir rien entendu, mais me je sens suivi jusqu'au fond du jardin par leurs regards attentifs et/ou affectueux. Cela me chauffe agréablement la nuque, les oreilles, me fait chaud dans le dos…

Je rejoins avec un entrain plus affecté que spontané mes habituels compagnons de jeux, pour une puérile partie de "chat perché" ou de "cache-cache"...

Ma fine oreille perçoit en plusieurs occasions des réflexions d'adultes très favorables à mon sujet, dont je tire une légitime fierté : « profond... », « précoce... », « en avance pour son âge... ». Cela me change évidemment des propos désobligeants et/ou consternés concernant mon incontinence nocturne (et parfois diurne).

Certains mots flatteurs me parviennent à l'oreilles de façon indirecte :

-Alors, *petit génie* ! me lance André Drapier campé en face de moi dans le jardin, mains sur les hanches, jambes

écartées, le regard empreint pour une fois de plus de défé-
rence que de défi. *Petit génie*, où a-t-il été chercher ça ?...
(Dans la bouche de ce costaud, cela sonne comme une lo-
cution nouvelle, probablement chipée aux grandes personnes)... Je ne sais pas au juste ce que *génie*, petit ou grand,
veut dire, mais le ton sur lequel c'est dit évoque quelque
chose - ou quelqu'un - d'exceptionnel ! S'agissant de moi,
le mot est-il trop fort, le qualificatif exagéré…?

« Pourquoi le monde *est*-il ? Pourquoi quelque chose ?
Pourquoi pas rien ? »… Sous diverses formes verbales, il
en est question sur le perron entre adultes dans la fraîcheur
du soir…, à l'heure où les enfants couchés, sont censés
dormir, et où, debout dans mon lit, à l'abri d'un volet fermé,
mais fenêtre ouverte, je prête une oreille clandestine et un
peu vaniteuse à leurs propos…, des propos qui me sont
peu audibles et pas toujours compréhensibles, mais dont je
suis en mesure de reconstituer à peu près la trame :
-La question ne se pose pas vraiment, laisse tomber
oncle Erick d'un ton dépassionné.
-Mais justement, pourquoi ne se pose-t-elle pas ? relan-
ce tante X toute excitée. Ou plus exactement : pourquoi ne
se pose-t-elle qu'occasionnellement, de façon exceptionnelle, et disons même accidentelle, au plus intime de notre
être ?
-Justement, intervient avec une égale vivacité Tante Z.
C'est justement là qu'est la réponse, la bonne réponse : si
tant est qu'à l'occasion on se pose cette question, cela ne
peut être qu'à part soi et à partir de soi, chacun pour soi.
Publiquement, collectivement, elle ne se pose pas. La poser à quelqu'un d'autre que soi-même présuppose en effet
qu'on reconnaît son existence, et par extension celle du

monde, d'où inanité de la question... La *pré*disposition au monde des êtres que nous sommes rend la question sans objet, exclut donc qu'on se la pose ouvertement.

-Notons quand même qu'elle se pose en milieu universitaire : Leibniz, Hegel et Heidegger tout récemment - pour n'en citer que quelques-uns, intervient Babu qui a fait deux ans de licence philo en Sorbonne...

-Mais en termes beaucoup plus académiques, dûment codifiés, croit bon de préciser oncle Erick,.

-Pas tellement éloignés après tout de ceux employés par Lulu, *notre* petit génie...

-*Génie*, génie ? Ne nous emballons pas !

Le psychologue (?), ou conseiller pédagogique (?), appelé en consultation (?), ou rendant une visite amicale prévue de longue date au "Nid d'enfants", entend ramener la chose à de plus justes proportions. Je saisis peu de chose de ce qui se dit à *mon* sujet entre grandes personnes, mais comprends que cela met un coup d'arrêt à ma prodigieuse promotion de ces derniers jours. Les oreilles me sifflent avec une stridence qui ne trompe pas.

De la consultation du visiteur funeste, il ressort en gros ceci : la formulation de pareilles questions (« Pourquoi pas rien ? » « Qu'y-a-t-il au-delà du monde ? » « Pourquoi moi dans tout ça ? » etc...) n'est certes pas courante dans la bouche d'un tout jeune enfant - coutumier d'interrogations plus concrètes (le bleu du ciel, le vert de l'herbe, la rotondité terrestre, le sel de la mer, que sais-je encore…?) -, mais pas exceptionnelle non plus. On cite quelques exemples fameux, des noms sont prononcés, qui me sont inconnus mais semblent familiers au petit cercle d'adultes en train de jouer au bridge à mots couverts sur le perron à une heure avancée de la nuit pour profiter de la fraîcheur nocturne après une étouffante journée d'été :

-Platon enfant...

-Le jeune Leibniz à son âge...

-L'exemple le plus frappant : celui de Spinoza âgé d'à peine sept ans...

-Kant au contraire, pratiquement muet comme une carpe jusqu'à cet âge-là...

Etc...

Ou alors plus banal :

-La T.S.F., l'autre jour, a évoqué le cas de ce jeune homme, fils d'une blanchisseuse elle-même complètement illettrée, qui - le jeune homme en question - âgé de moins de dix-sept ans prépare déjà... c'est à peine croyable !... l'agrégation de Philosophie ! On pourrait multiplier les exemples…

L'éminent visiteur insiste sur le fait que les paroles apparemment profondes sortant de la bouche d'enfants très jeunes, comme Lulu, ne correspondent pas toujours (disons même jamais) à une expérience de pensée effective…

(Qu'est-ce qu'il en sait ?)

« La vérité sort de la bouche des enfants » certes, mais rien ne prouve qu'elle y soit *réfléchie*. Les enfants vous *sortent* ça en quelque sorte sans y penser ; leurs paroles ont un caractère fortuit, automatique, parfois empreint d'un sens profond, mais qui les dépasse ; un peu comme celles de la Pythie en Grèce antique...

(Qu'est-ce qu'il en sait ?)

Ce matin je perçois un retour de distance et de condescendance dans l'attitude des grandes personnes à mon en-

176

droit. En l'espace d'une nuit, je suis redevenu "le petit Lulu".

-Lulu, qu'est-ce que tu fais ici à nous écouter ? Va donc jouer avec les enfants de ton âge !

Bien plus désagréablement audibles à mon oreille sont à nouveau ces marmonnements réprobateurs du petit matin concernant mon incontinence nocturne ("pisse-au-lit") et ces constats désolés et désobligeants derrière mon dos : « à son âge quand même... », « en retard pour son âge... », « c'est vraiment désespérant ! ».

L'odieux personnage en a fini de sa visite et de sa basse besogne. Le mal est fait. Il reprend le train du soir pour Paris via Bordeaux. Après avoir serré l'une après l'autre les mains des responsables de notre communauté, il tient à prendre congé du groupe d'enfants, petits et grands, rassemblés pour la circonstance au bas du perron, nous gratifiant d'un regard circulaire et connaisseur.

Je lui adresse personnellement un coup d'œil furibond qui fait mouche. L'homme de l'art s'arrête interdit, fait un pas vers moi, m'honore d'une petite tape individuelle sur l'épaule, et lâche à mon sujet quelques paroles auxquelles je ne comprends pas grand-chose, mais qui détendent l'atmosphère. Entend-t-il atténuer, en me *distinguant*, les effets négatifs de sa démarche à mon encontre ?

Ce type n'est sans doute qu'un premier exemplaire incarné d'une longue série d'éducateurs, à la formation bien définie (psycho-ci, pédo-ça...), dont la fonction précise en ce bas-monde sera de minimiser en toutes occasions mon importance personnelle aux yeux de mes semblables (et par contrecoup à mes propres yeux), de limiter mon rayonnement naturel, de crever chaque fois que nécessaire la

177

bulle hypertrophiée (l'abcès !) de mon for intérieur. Et tout ça soi-disant "pour mon bien" ? En réalité, pour celui du Milieu social.

Fort de cette expérience douloureuse, je me sens capable désormais d'identifier au premier coup d'œil ces zélateurs du *sens commun*, mais non pas de les mettre hors d'état de me nuire ; je suis encore trop jeune pour ça. Mieux vaut pour ma pratique égologique considérer l'apparition d'un tel individu et les désagréments d'amour-propre qu'il me cause comme de simples et malsaines émanations de mon psychisme, des projections mentales mal contrôlées dans ma sphère de vécu...

*

Disparition 1

Monsieur Harris, son père, est venu chercher Virginia ce matin à l'improviste, alors que les enfants étaient encore à leur toilette. Il la remmène outre-Atlantique, dans un pays un peu mythique : l'Amérique !

Arguant de ce que le taxi qui l'avait amené au "Nid d'Enfants" ne pouvait attendre, Monsieur Harris a fait emballer les affaires de Virginia au plus vite et limite les effusions d'adieu aux seuls adultes présents, excluant donc de ce dernier contact les petits compagnons habituels de sa fille, Riri, Philippe, Arlette, Lili, Djanim, et bien entendu Lulu.

-On n'en finirait pas…

Elle est partie dans un claquement de portière ! Sortant des lavabos, nous nous sommes précipités au portail, juste à temps pour la voir nous faire signe de la main à travers la vitre arrière empoussiérée du taxi en marche et disparaître au tout prochain virage en direction de la gare...

Chacun a pris pour soi l'ultime salut de Virginia et l'a enfoui dans un coin de son cœur comme une précieuse relique.

-Le taxi les emmène à la gare. De là le train jusqu'à Bordeaux...., commente Djanim pour rompre l'épais silence qui suit.

-Un autre train de Bordeaux à Paris, et un troisième de Paris à Cherbourg, croit bon de compléter Jeannot.

-Et à Cherbourg, c'est le bateau jusqu'à New-York !

conclut tante Monique.

-Ne pas oublier le trajet en taxi (ou en métro ?) entre Austerlitz et Saint-Lazare, intervient Philippe qui, résidant à Paris chaque hiver, connaît la capitale comme sa poche.

Pourquoi pareil détour ? je me le demande… Partir de la plage voisine eût été plus direct pour les deux voyageurs transatlantiques, et moins douloureux pour nous … Nous l'aurions escortée jusqu'au rivage. Nous l'aurions même aidée à embarquer avec ses bagages, jambes nues, chaussures à la main, dans une sorte de bateau à rames nommé "chaloupe" servie par plusieurs vigoureux matelots.

Franchissant sans trop de peine le triple rouleau de haute écume qui barre l'entrée du large, la dite chaloupe s'en va rejoindre, au rythme cadencé des avirons et du sifflet du quartier-maître, le grand voilier ancré là-bas à quelques encablures... Séparation toute en douceur, éloignement graduel, durant lequel mouchoirs, foulards et autres fanions, ont tout le temps de s'agiter et s'humecter de part et d'autre, les "boucles d'or" de Virginia se fondant peu à peu dans l'immensité gris-bleu de l'océan...

Le vide que Virginia laisse derrière elle me semble incommensurablement plus grand, mystérieux et douloureux que tout ce que j'ai pu connaître jusqu'ici. Ce vide déborde largement le trou qu'occasionne le départ de sa personne physique. Tout le monde au "Nid d'enfants" aimait bien "Boucles d'or" (ainsi appelée par référence à un conte d'enfants), mais jusqu'à ce départ brutal, nul ici ne mesurait vraiment la force et la nature du lien nous attachant à sa menue personne…

-Ma meilleure amie ! déclarent d'une même voix Arlette, Lili, Olga...

-Ma meilleure élève, regrette tante Zoé, notre éducatrice…

-La plus gracieuse gamine que j'ai jamais connue, renchérit tante Nelle, directrice de l'établissement. Mais son père, quel mufle !

« Le grand amour de ma vie ! » me dis-je avec un peu d'emphase...

À mes yeux, ce vide d'un type nouveau, difficile à circonscrire, donc impossible à combler n'a pas grand chose à voir avec le vide qu'engendrent ici-bas certaines disparitions courantes : par exemple un jouet cassé qui va à la poubelle, une villa qui passe à la mer, une monitrice qui s'en va, ou un parent venu passer ici quelques moments avec son enfant, et bientôt reparti...

Quittant le "Nid d'enfants" le mois dernier, une personne trois fois plus grande (et plus grosse) que Virginia, tante Wanda, n'a laissé derrière elle qu'un vide infime, rapidement comblé par l'arrivée d'une nouvelle monitrice, tante Monique, physiquement beaucoup plus agréable…

Avec ses "boucles d'or" Virginia a nous offrait ici un spectacle d'exception. Rare en fin de compte, au milieu de nos corps plus ou moins mal fichus, cette qualité objective dont elle était parée de la tête aux pieds, la grâce physique. Par sa seule présence, Virginia nous prodiguait jour après jour, mois après mois, un plaisir visuel de première classe, dont les uns et les autres, moi le premier, n'ont pas su pleinement profiter, tant la chose nous semblait alors naturelle, peut-être même éternelle... ? Nous n'en mesurions pas tout à fait la valeur et la précarité.

-Mais il n'y a pas que ça…

L'essentiel du vide créé par le départ de mon amie se situe sur un autre plan que celui de la seule réalité corporelle - un plan sensible, mais pas vraiment tangible. Et cette imprécision physique accroît mon malaise personnel. Un malaise diffus que semble partager certains enfants autour de moi...

L'habitude de considérer pleins et vides comme des réalités concrètes relevant strictement de la pelle et du seau (ou même de la cuillère et de l'assiette), ne nous prépare évidemment pas à affronter une chose aussi évanescente, immatérielle qu'un vide "personnel"...

D'autant plus difficile à vivre ce vide, qu'on n'arrive pas à le cerner, ni le sonder vraiment... L'absence soudaine de Virginia représente pour moi une sorte de trou sans bords ni fond, sans localisation spatiale bien définie ; je le rencontre un peu partout, mais nulle part en particulier.

Au réfectoire, la place laissée vide par Virginia, juste en face de moi, est désormais occupée par un quasi bébé d'origine espagnole, nouvellement promu au grade de "petit-qui-sait-manger-tout-seul", Pablo... Un vis-à-vis aux yeux trop vagues pour me voir réellement. Des yeux qui regardent encore dans le vide. Un vide qui mord sur tout ce qu'il rencontre...

-Cela n'avait l'air de rien.

Je me rends compte, mais un peu tard : combien il était doux et bienfaisant d'être exposé, à chaque repas, au double rayonnement des yeux de Virginia, vifs et parfois moqueurs, souvent affectueux… Un privilège que je me reproche à présent d'avoir insuffisamment goûté en son temps, absorbé que j'étais trop souvent par le contenu de mon assiette ou de mes pensées...

Un bonheur à jamais perdu ? Que ne puis-je remonter le cours du temps, on remonte bien la dune. Savourer au moins une fois en toute conscience le privilège unique de figurer au premier plan du champ visuel de Virginia Harris…! D'où à nouveau ce terrifiant constat : impossible de revenir en arrière dans la quatrième dimension, ne serait-ce que d'une petite fraction de seconde, le centième par exemple, qui, en photographie, fixe si bien les souvenirs mouvants et émouvants ! Le temps se montre à cet égard intraitable. La réalité où je suis incarné est ainsi faite qu'au contraire de l'espace, le temps y est irréversible ; c'est même probablement sa caractéristique essentielle, et sa contrainte la plus pénible...

Dehors, aussi bien au jardin qu'à la plage ou en forêt, l'absence de Virginia se fait sentir. Elle fait écho à ma propre présence partout où je vais, successivement ici et là, mais nulle part en particulier. Au hasard de nos jeux et déplacements, je ne peux éviter la présence des autres enfants. Or, tout face-à-face est l'occasion pour moi d'un constat désenchanté : « Ce n'est que toi ?... Ce n'est pas Virginia ! »... Nos regards s'évitent d'ailleurs le plus possible, ou s'affrontent avec une toute nouvelle animosité.

-Je ne veux plus voir personne !

Toute personne qui n'est pas Virginia me semble usurper au sein de mon vécu (pensées comprises) une place que seule la disparue était digne d'occuper. La vue d'autrui, qui qu'il soit, me devient pénible, voire odieuse. En d'aussi douloureuses circonstances, le mieux serait que chaque *un* ou *une* fasse comme moi, se retire dans son coin quelques temps pour y cuver sa peine en solitaire, ou pour l'examiner de façon active et ne plus la subir passivement.

La meilleure façon d'honorer la mémoire de Virginia n'est-elle pas d'affronter l'énigme de cette souffrance insaisissable ? Est-il meilleur hommage qu'on puisse lui rendre ?

-Cela n'est rien ! rien du tout !

Je m'exhorte vaillamment à relativiser l'absence de "Boucles d'or"…

-En toute objectivité, ce vide n'est rien d'autre qu'un impalpable sentiment subjectif, une idée que tu te fais.

De fait, hormis son absence physique, bien réelle mais spatialement minime, le vide immense créé (creusé) dans mon esprit et dans mon cœur par son départ n'a pas de réalité en soi. Il résulte de l'effet de surprise, du choc mental et sentimental inattendu causés par une disparition à la fois brutale et totale.

Ce vide a quand même quelque chose de spatial, donc de mesurable, à savoir l'immense océan. C'est lui qui, dans quelque jours et sans doute à jamais, va *la* séparer de nous.

Peut-être faut-il y ajouter, dans mon cas personnel, le sentiment vexant d'être laissé en arrière, livré à un destin probablement médiocre et routinier, tandis qu'*elle* entreprend un long voyage vers un " nouveau monde", ce qui implique très certainement une vie nouvelle ?

-Rien là que de très banalement sentimental…

À proprement parler, ce n'est donc « rien de bien sérieux », et, à n'en pas douter, « cela va passer tout seul »…

Tout bien réfléchi, il n'y a pas là *matière* à souffrance réelle, c'est-à-dire *physique*. La souffrance ressentie ici ne peut être comparée à celle que me fait endurer, par exemple, mon ventre vide ou, plus aiguë encore et plus localisée, mais plus rare, la suppression chirurgicale d'un organe ou d'un appendice (par exemple les amygdales le mois dernier), sans compter les piqûres d'huile goménolée qu'on me fait subir régulièrement "pour mon bien", *i.e* pour remédier à mon pipi-au-lit chronique.

Remarque : l'impact sous-cutané que j'endure au niveau de mon fessier relève plus d'un ajout que d'une ablation, d'un trop-plein que d'un vide…

Autre remarque : le simple fait de réfléchir (à) la souffrance "psychique", de la retourner en tous sens dans ma pensée, en atténue les effets (et pourrait à la longue la supprimer complètement ?) alors que la souffrance physique endurée à chaque piqûre de "Goménol" résiste à toutes mes tentatives mentales d'anesthésie, graduelle ou instantanée… Elle se résorbe d'elle-même avec lenteur… Elle prend son temps…

-Mais si, mais si, c'est *quelque chose,* je le sens bien !

J'ai beau me dire que ce n'est *rien*, me raisonner, me secouer, m'ébrouer énergiquement pour débarrasser ma personne du halo de néant qu'a laissé derrière elle Virginia, rien n'y fait. Diffus certes, mais très lancinant, il y a là quelque chose dont je ne parviens pas à me défaire. Simplement, ce *quelque chose* se situe sur un plan de réalité auquel mes capteurs sensoriels ordinaires, grossièrement "matériels", n'accèdent pas. Il serait toutefois abusif de conclure à l'inexistence d'une chose sous prétexte qu'elle échappe à l'appréhension sensorielle ordinaire. Le départ de Virginia continue de me *faire* quelque chose, c'est donc bien quelque chose : une amputation. Sur un plan de réalité différent, elle m'est aussi sensible que celle dont nous parle encore notre plus proche voisin, monsieur Bernard, ancien combattant de la guerre 14-18. Il y a laissé une jambe…

Pour me faire une idée de ces choses immatérielles, il faut m'en rapporter à ce que nous a dit tante Monique l'autre jour des ondes radio-télé et autres réalités invisibles, impalpables, inodores même, insipides la plupart du temps, et pourtant bien réelles, et mieux que cela physiques au sens le plus fondamental du mot, puisqu'elles se matérialisent en sons et en images perceptibles via le matériel de réception adéquat...

Virginia rayonnait parmi nous au sens le plus physique du mot, mais les rayons qu'elle émettait nous étaient imperceptibles en tant que tels. Je songe aussi à ce monde spirituel dont "sœur" Simone (sœur biologique de tante Nelle) nous rebat les oreilles chaque fois qu'elle fait un court séjour au "Nid d'enfants" entre deux missions en terre africaine... Un monde suprasensible auquel les "indigènes" qu'elle côtoie à longueur d'années seraient, dit-elle, beaucoup plus réceptifs que les petits païens d'ici. Un plan de réalité psychique où les mots attachement, arrachement, déchirement... ne sont pas simples façons de parler, mais désignent de façon très concrète des états et des processus réellement en vigueur...

S'agissant du déchirement occasionné ici par le départ de Virginia, l'idée suivante a pris corps dans mon esprit. Au fil du temps avait pris corps entre les "petits" que nous sommes, une sorte d'agglomérat de nos fors intérieurs respectifs : un corps d'exceptionnelles tenue et qualité, une bulle ou sphère de vécu intersubjective au sein de laquelle Virginia Harris, sans qu'on s'en rendît compte du temps où elle était présente (et peut-être même à son insu), tenait une place centrale bien plus considérable que celle correspondant à sa seule (au demeurant fort agréable) personne physique. Une place, mais aussi une fonction..., un rôle prépondérant, comparable à celui d'un organe vital ; l'équivalent du cœur par exemple, ou du cerveau dans un corps ordinaire comme le mien ; un organe qui, lorsqu'il disparaît, prive d'un coup la réalité restante, sinon de toute vie, d'une bonne part de son... de sa.... plénitude.

Paradoxe que ma pensée relève au passage : c'est quand il fait place au vide que le plein se révèle dans sa plénitude. C'est quand il est affecté comme aujourd'hui d'une grave et soudaine amputation qu'un tel corps de vécu spirituel (ou ce qu'il en reste) prend conscience, dans la douleur et bien souvent trop tard, de la réalité qui lui est propre...

Partir dans son sens le plus littéral, c'est emporter une *part* de quelque chose. Tout voyageur en fait autant. Or, la part prise hier dans notre vie de tous les jours, et emportée par Virginia, était, sans qu'on s'en rendît compte alors, et sans qu'elle-même en fût probablement consciente, trop importante pour ne pas laisser derrière elle un vide traumatisant.

Elle se montrait très (trop ?) attentive à tout un chacun, très (trop ?) présente en classe, à la plage, en forêt, au jardin, et, plus que quiconque ici, gourmande de tous les instants qui passent... Elle faisait montre, en somme, d'une généreuse extraversion, fondée sur une exceptionnelle réserve de quant-à-soi. De ce point de vue, un être introverti comme moi, s'il venait à disparaître de la petite communauté humaine actuelle que représente le "Nid d'enfants", ne laisserait pas derrière lui une telle sensation de manque, une traînée de regrets aussi longue, un vide d'une même ampleur ! Absent, je le suis en quelque sorte déjà … Je me plais toutefois à penser, par esprit de symétrie, que dans la tête de mon amie subsistent quelques-unes des multiples vues qu'elle a emmagasinées de nos personnes et de notre cadre de vie quand elle vivait parmi eux et que parfois elle se les repasse pour le plaisir ; mieux encore, que des pensées et des sentiments surgissent alors en elle à notre sujet, qu'elle en ressent un petit quelque chose (en particulier quand j'y figure, pourquoi pas ?) et que - contrecoup télépathique à travers l'Atlantique – j'en perçois ici personnellement des bouffées de mieux-être indéniable.

-Tu en fais une bobine ! me lance Philippe tandis que se projette sur la paroi frontale de ma cavité crânienne le film des temps heureux où Virginia était des nôtres.

C'est souvent que défilent ces temps-ci dans ma tête des vues de notre cadre habituel de vie (jardin, classe, réfectoire...) "du temps où" Virginia y occupait une place prépondérante et que me reviennent en mémoire les principaux épisodes journaliers auxquels elle prenait part de façon si active : la promenade, la classe, le repas, etc…

Quand nous sommes à la plage et que mon regard glisse sur la mer par-delà le phare de Cordouan, je me plais à penser que Virginia, au même instant, a une pensée particulière pour moi... Ce qui nous est commun est sans doute déjà passablement passé dans ma mémoire, mais non pas radicalement passé comme ce serait le cas si elle avait cessé d'être.

Départ, séparation… Ma pensée m'enjoint de bien distinguer ici les départs réversibles des départs sans retour. Dans le premier cas, les séparations sont provisoires et font peu souffrir. Pitchou, par exemple, a déjà quitté et réintégré le "Nid d'enfants" à trois reprises ; Jeanjean, sa sœur Arlette, ou encore Philippe, y reviennent chaque été et le quittent chaque automne pour rejoindre la grand ville (Paris). Par ailleurs, de très (trop) nombreux enfants de tous âges et de toutes cités (Bordeaux, Pré-St Gervais, Aurillac...) viennent dans des établissements voisins du nôtre passer un ou deux mois de vacances d'été. Nous en éprouvons plutôt de la gêne, en particulier à la plage, et ne nouons pratiquement pas de liens durables, ni intimes avec eux. Leur départ massif en fin de saison est vécu comme un soulagement plutôt qu'un déchirement. Nul souffrance de ce côté... De même, il y a parmi les adultes en charge de nos petites personnes des absences temporaires ou définitives, des départs avec ou sans retour, douloureux ou non... Le traumatisme du "sans retour" n'est guère prévisible. Il dépend du degré d'attachement contracté, lien qui n'est perceptible qu'une fois rompu, mais dont on a parfois quand même le pressentiment.

La séparation est d'autant plus mal vécue que l'attachement a été plus fort, prolongé, sous-estimé…, c'est logique.

-Il faut en prendre ton parti, m'exhorte ma pensée à chaque nouveau départ et déchirement douloureux… Ce n'est donc pas la première fois que ça m'arrive, mais cette fois ma souffrance intime dépasse tout ce que j'ai pu vivre et même imaginer auparavant. Je déteste souffrir pour rien, c'est-à-dire pour des choses qui, en principe, n'ont rien de physique, des irréalités immatérielles…

-Les souffrances physiques endurées en ce monde sont suffisamment nombreuses comme ça !

Le mieux serait bien sûr d'éviter l'attachement sentimental. Il faudrait y songer à l'avance et s'en garder comme d'un penchant redoutable et littéralement coupable. "Coupable" en ce sens que le lien contracté (senti)mentalement a toute chance de se rompre tôt ou tard contre le gré de qui l'a noué, autrement dit au gré de circonstances indépendantes de ma volonté. Mais "coupable" aussi, et plus encore, du fait qu'il m'est possible, si je le veux vraiment, d'y "couper court" avant que le dit lien n'ait pris forme et force, et ne soit gros d'un futur déchirement.

Tante Nelly, tante Xavière, Virginia... Après tant d'attachements brisés, comment puis-je encore me lier d'affection à quelque un(e) en ce monde ? N'est-ce pas de ma part un penchant masochiste que renouveler ainsi, périodiquement, des liens particuliers dont je sais d'avance qu'ils sont voués à la rupture, donc précurseurs de futurs chagrins…? N'est-ce pas la même aberrante inclination à souffrir qui m'amène parfois, ainsi que d'autres enfants, à me gratter une croûte, à m'écorcher une plaie jusqu'au sang de façon délibérée, comme pour l'entretenir…?

Suggestion de ma pensée :

-S'ingénier à souffrir moralement et/ou physiquement en l'absence de sensations fortes est peut-être, après tout, une façon comme une autre de se sentir exister, une certaine manière d'être ? Faute de mieux…

Séparation, réparation...

Miracle du temps qui passe ? Depuis quelque temps, je pense moins à Virginia. La chose est nette : je souffre de moins en moins de son absence. Demain plus du tout ?

Dans le domaine de l'irréalité psychique, le temps qui passe semble jouer le même rôle que dans la réalité physiologique ordinaire : il cicatrise plaies et blessures.

C'est seulement "avec le temps" et grâce à lui que la bulle de vécu intersubjectif mise à mal ici par le départ de Virginia s'est peu à peu reconstituée et, mieux encore, qu'elle est parvenue à se réorganiser en un tout fonctionnel à partir de ce qui restait sur place d'éléments viables...

Certes, après convalescence et guérison complète, des "relances" plus ou moins vives sont possibles. De même, un corps peut se souvenir longtemps d'un membre amputé ou d'un appendice supprimé. Les amygdales dans mon cas personnel ; la jambe laissée dans les tranchées s'agissant de notre voisin, monsieur Bernard…

Globalement l'évocation en moi ou à plusieurs de la personne de Virginia ne me fait plus grand-chose :

-Vous vous souvenez du temps où Virginia était des nôtres…?

Elle paraît même plutôt malsaine, rétrospectivement, la sensation forte et pénible d'autrefois, ce déchirement de tout mon être chaque fois que Virginia me passait par la tête ! Constat mi-soulagé mi-désabusé pour conclure mes réflexions à ce sujet :Le temps répare autant et aussi bien (?) qu'il sépare…

*

Disparition 2

Beaucoup trop jeune pour *la* savourer autrement que des yeux et *la* dévorer autrement que du regard… Trop jeune même pour pressentir, s'agissant d'*elle* ou d'autres personnes de son sexe, des jouissances plus actives, plus accomplies que le contact épidermique furtif, ou la caresse oculaire prolongée...

Cheveux blonds, yeux clairs, chemisier blanc, short bleu, jambes dorées, la "nouvelle venue" entre en scène... Passant obligatoirement près de l'endroit où notre petite troupe a sa place habituelle au centre de la plage, c'est à chaque fois pour moi un court instant de très vive émotion. En étendant le bras je pourrais *la* toucher... ou l'inverse ?

Son sac de plage en toile rouge défraîchie ballotte au bout d'un de ses bras contre un de ses mollets de miel, au rythme de sa marche. Elle suit la pente de sable mou jusqu'à cette aire de sable dur, l'estran, qui borde la mer en contre-bas, surface bien lisse et plane, que la marée montante, puis descendante, remet régulièrement à neuf à l'intention de ceux qui, comme *elle* et ses amis, et les "grands" de chez nous, jouent au ballon, se baignent, ou s'exposent au soleil en maillots de bain durant la plus grande partie de l'après-midi, et que les "petits" comme moi, Djanim, Pitchou et quelques autres, ne foulent qu'à l'occasion de la baignade, ou des concours de châteaux de sable, encadrés par des grandes personnes attentives. Vu d'où nous sommes, cela semble être le bout du monde...

Mon regard l'accroche au passage et tâche ensuite de ne plus *la* perdre de vue ; c'est pour moi quelque chose de vital... Merveilleuse extensibilité du regard à partir des globes oculaires, réversible par surcroît. "Voir plus loin que le bout de son nez" est une faculté phénoménale, quand on y réfléchit. Et bien utile... Être au monde, y vivre autrement qu'au flair ou à tâtons n'est pas donné à tout le monde - je songe ici aux taupes et aux aveugles...

(Le premier jour où j'ai vu le jour, ce singulier pouvoir m'a étonné et plus encore ravi. Le croyant d'abord limité, donc susceptible de s'user rapidement, je ne m'en suis servi qu'avec circonspection, le réservant à d'indispensables mouvements et déplacements, le mettant ensuite au repos replié en moi-même à la moindre occasion... Par la suite, voyant qu'il ne faiblissait pas, j'ai recouru à ce pouvoir magique de façon plus courante, moins "regardante", et autant par plaisir que par nécessité. J'ai cessé bientôt de m'en émerveiller et perdu tout à fait de vue ce qu'il avait en soi de prodigieux au sein d'un monde aussi massivement aveugle, aussi profondément pétri d'opacité-compacité. Je regarde désormais à la ronde inconsidérément, de près comme de loin, à tort et à travers, sans y penser, "comme tout le monde", aussi naturellement que je respire....)

Je *la* bois et la mange des yeux tant que je peux. J'y mets la même avidité que pour introduire en moi, par la bouche, ces substances alimentaires à mon goût que sont pour mes papilles, au milieu de nourritures moins ragoûtantes, la

194

panade au lait, le chocolat, les frites... Or, de même que ces bonnes choses me sont fournies en quantités limitées et jamais suffisantes à mon goût, de même *la* vois-je disparaître de mon champ de vision bien avant d'en être tout à fait rassasié. Pourrais-je jamais l'être ?

Mes efforts démesurés pour m'en délecter sont souvent contre nature. À vouloir la poursuivre jusqu'aux confins de la plage, mon cou s'exténue en torsions cervicales et mes yeux en rotations globulaires... De même, quand elle entre en mer pour se baigner et qu'elle franchit sans hésiter une vague, deux vagues, trois vagues pour gagner le large, quels efforts d'attention mais aussi d'imagination ne me faut-il pas pour ne pas perdre de vue ce minuscule point blond, puis incolore, de plus en plus lointain, dansant comme une balise à la surface de l'eau et disparaissant à intervalles réguliers dans les creux de vagues… ! Cette tension de tout mon être me coûte beaucoup d'énergie, sans forcément me rassasier.

Impuissance, frustration... À l'âge qui est le mien, l'on a très peu de prise sur le monde extérieur. Cette incapacité est de nature morale aussi bien que physique. Je suis par exemple incapable d'actionner tout seul le lourd levier en fonte de la pompe à eau derrière la maison pour m'abreuver ; le pourrais-je d'ailleurs (à l'instar d'un costaud comme André Drapier) qu'il me faudrait alors braver l'interdiction "morale" qui nous est faite d'y toucher (« on ne boit pas entre les repas »), interdiction qui vaut aussi pour les placards, buffets, garde-manger et autres resserres à nourritures à portée de nos mains (« on ne mange pas entre les repas »)...

Ma soif d'*elle* est inextinguible. J'ai beau la "boire du regard" tant que je peux… Malgré son étonnante élasticité, mon regard ne peut *la* poursuivre autant et aussi loin qu'il le voudrait. En ligne droite, sa portée est théoriquement infinie, en réalité limitée par le premier obstacle non transparent qui se met ou se trouve en travers de mon axe visuel : murs, dunes, clôtures, rideaux d'arbres, corps familiers ou étrangers, mobiles ou immobiles... Combien j'envie Félix-le-Chat et les regards en lignes courbes ou brisées que je l'ai vu décocher dans toutes les directions lors d'une projection de dessins animés à laquelle nous avons été invités l'autre soir dans la "colo" d'en face. Ici, un simple parasol suffit à me masquer la mer entière…

-Tu n'es pas transparent ! s'insurge efficacement Jeannot quand par mégarde ou délibérément quelqu'un s'interpose entre lui et l'objet de sa contemplation, ou de sa convoitise visuelle.
Je n'ose pas encore utiliser cette formule magique...

Mon regard se répand au dehors via deux globes oculaires assez mobiles, mais solidaires d'une tête qui l'est bien moins. Impossible en effet de lui faire accomplir une rotation complète sur l'axe de mon cou, comme le font librement les personnages de dessins animés et d'illustrés, ou comme fait, dès la nuit tombée, la lanterne giratoire du phare de Cordouan...
Pivoter mon regard vers l'arrière exige de mon corps un demi-tour laborieux. Assis, je dois d'abord le hisser debout et lui faire faire ce demi-tour sur les talons, une opération que des contraintes souvent plus "morales" que

physiques m'interdisent… En tant que "petits" nous sommes en effet tenus de rester sagement assis en rond pendant de longs instants à une place fixe strictement délimitée sur la plage. La zone aveugle qui en résulte dans mon dos m'est vite insupportable si, ne *la* voyant pas devant moi, je suppose, à tort ou à raison, qu'*elle* se trouve derrière. C'est comme une démangeaison dorsale impossible à gratter ! Mais plus pénible encore, l'idée que cette perte de vue temporaire, en se prolongeant trop, pourrait devenir définitive. Ce serait me trouver à jamais privé d'un aliment devenu aussi vital pour ma personne que l'eau, le pain, ou l'air !

Plaisir visuel… Celui que je retire périodiquement de la contemplation (en image celle-là) du paquebot nouvellement lancé "Normandie" ou de l'hydravion géant "Yankee Clipper" n'est pas grand-chose en regard de l'impérieux besoin que j'ai de *la* voir chaque jour à la plage. Je ne peux me passer d'*elle*… Conséquence désobligeante pour les personnes (trop) proches de moi : je leur en veux de leur présence à mes côtés, et plus radicalement d'être de ce monde. Toute personne qui, à dessein ou par inadvertance, vient obstruer mon champ de vision, ou m'impose de quelque façon le supplice de *la* perdre de vue trop longtemps m'est insupportable ! De ce point de vue, les grandes personnes chargées de nous éduquer et de nous encadrer le sont particulièrement.

J'en veux plus à tante Zoé qu'à tante Xavière pour la simple raison que la première nous astreint sur la plage à beaucoup plus d'activités organisées que la seconde, elle-même plus impliquée dans nos activités scolaires. Rondes et jeux incessants imposés par tante Z requièrent mon attention en un point central de l'espace qui pour moi a perdu tout intérêt depuis pas mal de temps déjà - depuis en somme que la "chandelle" locale s'y trouve incarnée par *elle*, point lumineux que je suis du regard comme je peux en contrebas de la plage, loin de nos rondes puériles.

Il est vrai qu'en compensation (?) tante Z nous autorise parfois à *la* voir évoluer de tout près, à l'occasion de certaines parties de ballon (volley-ball) entre jeunes vacanciers. Trop rarement à mon gré...

Elle manque son premier ballon. Chose banale, et sans grande importance à ce stade du jeu. Se baissant avec non-chalance pour le ramasser, *elle* le renvoie par-dessus le filet au serveur adverse. Un point pour eux...

Je suis incapable de suivre le déroulement de la partie point par point, mais je peux dire à tout moment quel camp mène au score, et distinguer dans chaque camp les bons joueurs des moins bons, et des bons les meilleurs. *Elle* fait évidemment partie de ces derniers. Son "service" souvent gagnant, son jeu efficace en fond de terrain, ses passes bien amorties et aériennes, font très souvent la différence. Au filet, en dépit d'un notoire handicap féminin pour le saut en hauteur, elle se hisse au niveau des meilleurs garçons et parvient à frapper des "smashes" sans réplique !

Ainsi, malgré une première balle manquée, son camp domine. La façon dont les uns jubilent et dont les autres sont accablés indique un écart de points déjà important... Si mes comptes sont exacts : elle a marqué quatre fois de suite sur son service et a passé trois smashes décisifs au filet ! Et chacun de ses partenaires s'efforce évidemment d'en faire autant, sans toujours y parvenir...

Quatre garçons, deux filles dans chaque camp. Deux

équipes en principe équilibrées. En fait, aussi pondéré qu'ait été le dosage initial des forces en présence, la balance penche presque invariablement de *son* côté. Outre les nombreux points à son actif, sa proximité est en soi un stimulant considérable pour ses partenaires (en particulier les garçons), et, à l'inverse, une cause de frustration plutôt pénalisante pour ceux du camp d'en face (hommes toujours) qui, séparés d'*elle* par le filet, se sentent comme exilés, ont donc hâte d'en finir avec la partie en cours (quitte à la perdre), dans l'espoir de se retrouver à son côté lors de la recomposition des équipes, ou à l'occasion d'autres activités de plage, par exemple la baignade.

Filles ou garçons, tous aspirent à être dans *son* camp, ou mieux encore auprès d'*elle*, dans *sa* mouvance la plus immédiate, à portée d'effleurement de *sa* personne. Moi le premier...

Nos anges-gardiens attitrés sont constamment soucieux de nous occuper le corps et l'esprit, au détriment de nos initiatives personnelles. Je leur préfère désormais telle monitrice remplaçante et/ou saisonnière peu motivée, dépourvue d'idées de jeux et, plus encore, d'autorité pour nous les imposer de façon suivie. Tante Monique par exemple, quand elle n'est pas supervisée par tante Nelle ou Yo, nous laisse libres de faire (ou ne rien faire) ce qui nous plait sur la plage, se contentant de vérifier d'un bref coup d'œil épisodique par-dessus son magazine, ou son livre, que nous ne sortons pas d'un périmètre de sable sécurisé, à bonne distance de l'eau.

-Faites ce que vous voulez mais ne vous éloignez pas !

Aujourd'hui est un jour faste :

Tantes Yo et Nelle sont toutes deux convoquées à la Préfecture pour y régulariser leur situation de personnes étrangères. N'ayant donc pas à craindre leur supervision critique avant ce soir - mais soucieuse quand même de nous préserver de tous risques marins (afin d'avoir elle-même l'esprit tranquille) -, tante Monique a positionné notre petite troupe un peu plus haut que d'habitude, sur une sorte de plateforme située presque à l'entrée de la plage, le plus loin possible de la mer ; puis elle est allée bavarder ou plus exactement "flirter" un peu plus bas avec oncle Erick, en charge des grands aujourd'hui.

L'endroit où nous nous trouvons est peu propice aux jeux collectifs. C'est en revanche un lieu de passage obligé pour toute personne arrivant à la plage… Le sable piétiné y est particulièrement sale et mou, mais quel incomparable observatoire pour qui, comme moi, souhaite couvrir de son regard le littoral dans toute sa largeur et profondeur et pouvoir ainsi (pour)suivre visuellement tout un chacun (chaque *une* !) dans ses évolutions les plus lointaines, aussi bien sur la plage qu'en mer… Je m'en frotte les yeux de plaisir anticipé.

Jambes dorées, short bleu, yeux bleus, cheveux blonds, chemisier blanc…, *la* voici à notre hauteur. D'où je me tiens, je *la* suis du regard comme jamais auparavant. J'entends profiter des commodités visuelles d'aujourd'hui pour ne pas *la* perdre de vue un seul instant. N'en pas perdre une bouchée, pas une miette oculaire…

La vue que j'ai de ce segment de littoral est imprenable. Cette fois-ci, *elle* ne m'échappera pas, sinon en passant dans mon dos, c'est-à-dire en quittant la plage, chose exclue pour un bon moment, car elle vient d'arriver et la séance balnéaire dont elle constitue l'incontestable vedette ne fait que commencer. De longues heures de délectation visuelle en perspective...

-Tu n'es pas transparent ! est l'apostrophe originale et sans appel que Jeannot nous a rapportée cette année de son séjour familial à Paris.

Bien qu'elle sonne un peu rude, j'ose aujourd'hui m'en servir à l'encontre de mon copain le plus proche, Djanim venu s'asseoir en face de moi - autrement dit, entre *elle* et moi juste au moment où s'ouvre la séance balnéaire. Nulle mauvaise intention de la part de mon copain... N'empêche qu'il me bouche cette large vue d'ensemble que j'ai considérée comme imprenable ! Djanim est un gros père peu transparent, mais si gentil. Il s'inquiète, sans trop le dire, de ma propension, ces temps-ci, à ne plus jouer avec lui, ni avec personne, à m'isoler sans cesse des autres enfants.

-Lulu, tu ne joues plus ?

Parti pris... Remarquable la façon dont mon œil, quelle que soit la distance, fait la distinction entre *elle* d'une part et tous les autres de l'autre. Disons que mon œil par souci d'économie se dispense de toute différenciation entre eux. *Elle* est unique, ils sont *tous*... Elle tient debout toute seule avec grâce et naturel ; ils font de visibles efforts pour rester à la verticale de façon prolongée…

Je la vois justement prendre appui sur une seule jambe et se servir de l'autre comme de la pointe libre d'un compas pour décrire un grand cercle dans le sable ; une façon pour elle de tracer de façon symbolique le périmètre de son rayonnement personnel à la surface du monde ?

Il émane d'elle quelque chose d'indéfinissable qui n'est pas à proprement parler de la lumière et moins encore de la chaleur, mais dont l'effet sur moi, et sur pas mal d'autres personnes visiblement, est indéniable – un peu comme Virginia *hier*... Une force énigmatique qui attire les regards et les concentre en un même point de la réalité spatiale, dotant celle-ci d'une cohésion interne que, par eux-mêmes, ne possèdent pas toujours (et même rare-ment) les lieux publics ou de plein air, destinés qu'ils sont aux rassemblements d'êtres humains plus ou moins dis-parates... L'aura magnétique n'est pas l'exclusivité des saints (dont nous parle "sœur" Simone à l'insu des oreilles agnostiques), ni surtout de ces "stars" (Shirley Temple, Greta Garbo) que nous entrevoyons parfois au cinéma dans la "colo" d'en face, quand on nous y invite...

Reste à savoir si *elle* rayonne ainsi du fait que nos re-gards se concentrent sur elle, via quelque loupe virtuelle, en un foyer incandescent ; ou si, à l'inverse, nos regards convergent vers elle parce qu'il émane d'*elle* au départ, à son insu, une force attractive irrésistible ; ou encore : si les deux phénomènes sont concomitants, se complétant et s'amplifiant l'un l'autre ?

Je penche personnellement pour la troisième explication. Le fait d'être au centre de tous nos regards (ou presque) *lui* confère le statut de moyeu permanent vers quoi con-courent tous les rayons d'une roue imaginaire. Ce moyeu préexiste de quelque façon à la roue, sans quoi celle-ci ne pourrait prendre forme et rotation. Et c'est grâce à cela que la réalité balnéaire "tourne rond" et "bien en rond"...

Autre image dont ma pensée use volontiers : celle d'un mât central (celui d'un chapiteau de cirque par exemple) auquel s'arriment par toile interposée tous les tendeurs (autrement dit les attentions) des "tenants" du réel que nous sommes individuellement... La réalité en ce point du littoral se constitue et se déploie chaque après-midi autour d'*elle*, grâce à *elle*, qu'*elle* le veuille ou non...

Jeanjean :
-Pourquoi reluques-tu tout le temps cette fille, Lulu ? Elle est pas belle, elle est même moche !
-Moche toi-même !
Du tac au tac...
Jeanjean s'est approché de moi par derrière. Sans doute me regardait-il depuis un bon moment en train de *la* regarder et en a-t-il éprouvé quelque forme d'irritation ?
-Moche toi-même ! moche toi-même !
N'empêche que sa remarque inattendue m'arrache d'un coup à ma béatitude visuelle et m'en gâche temporairement la jouissance.
Difficile en effet de renouer tout de suite avec *elle*, après que le blasphémateur s'est éloigné...
L'objectif de Jeanjean était sans doute de provoquer dans mon cerveau des remous verbalo-mentaux négatifs, comme fait un coup de vent à la surface de l'eau. Objectif atteint. L'agitation perdure :
-Et si Jeanjean avait raison, seul contre tous ? Si cette fille était objectivement moins belle qu'on le dit et que tu crois la voir ? embraye ma pensée...
Si j'allais devoir reconnaître qu'en m'entichant d'elle je manque manifestement de goût, et que, pour corriger cela, je dois tempérer mon engouement ?

Autant me demander de priver mon corps d'oxygène ou d'un autre aliment essentiel à ma survie : ma raison d'être.

-Mais non, *elle* n'est pas moche ! La preuve en est ce cercle d'admirateurs qui se forme et se presse spontanément autour de sa personne dès qu'elle apparaît en haut de la plage...

Et si la remarque de Jeanjean avait quand même quelque fondement ? Sans aller jusqu'à la dire "moche" - entorse manifeste à la plus élémentaire objectivité - d'aucuns ont parfaitement le droit de ne pas trouver cette fille à leur goût. Je prends conscience de ce que mon attachement (oculaire) inconditionnel m'a privé ces temps derniers de toute réflexion sérieuse à ce sujet.

-Qu'est-ce que le beau ? Qu'est-ce aussi que le bon, le bien, le vrai, etc... ?

J'éprouve un soudain et curieux sentiment rétrospectif de négligence dans des domaines sans doute plus importants que je ne pense : tout jugement de valeur que j'émets sur l'un ou l'autre de ces grands axes (le Beau, le Vrai, le Bon...) n'est-il pas fondé en dernier ressort sur un manquement coupable de ma pensée ? un laisser-aller au moindre effort cérébral au profit de mes penchants personnels ? me félicitant et me réjouissant quand ceux-ci coïncident avec les engouements et jugements du plus grand nombre ; me désolant et souffrant, au contraire, quand ils sont battus en brèche, contestés, ou tout bonnement condamnés par autrui, en une formule à l'occasion lapidaire ou tranchante, chaque fois blessante pour moi :

-Cette chanson nous casse les oreilles ! (André Drapier à propos de "Ma poupée chérie", mélodie que j'adore)...

-Ce paquebot est moins beau que le "Queen Mary" (Philippe à propos du "Normandie")...

-Cette fille est moche ! (Jeanjean à propos d'*elle*)...

Porter sur *elle* un regard un peu plus objectif : deux yeux, une bouche, un nez, deux bras, deux jambes, un buste, etc... À première vue, rien là de bien remarquable ni de très singulier. *Elle* n'a pas l'exclusivité de ces attributs, mais les partage avec les autres représentants de notre espèce, sur la plage et partout ailleurs.

La remarque de Jeanjean a quand même le mérite de forcer ma pensée à examiner de plus près ce qui fait l'incontestable supériorité physique de *sa* personne à mes yeux et à ceux du plus grand nombre ici, et à m'interroger accessoirement sur le pourquoi et le comment de la beauté en général. Qu'a-t-*elle* vraiment de *plus* que les autres jeunes filles ou femmes présentes dans les parages ?

Voyons voir : cette touffe de cheveux blonds tranche sur la dominance brune des chevelures alentour et me permet de *la* suivre du regard parfois très loin sur le gris-bleu de l'océan…

-Les "boucles d'or" de Virginia, cette amie qui nous a quittés l'an passé, étaient toutefois plus éclatantes et captivantes - souviens-toi...

Ses yeux d'un bleu d'acier me chavirent le cœur à chaque fois qu'ils croisent les miens.

-Mais ceux bleu-vert en amandes de tante Xavière n'ont rien à lui envier, sont même d'une eau plus rare, plus précieuse, conviens-en...

Qu'est-ce donc qui *la* distingue aussi nettement de ses homologues féminines ? Son nez petit et plutôt retroussé, spirituel ?

-Il y a peu de chose à dire d'un nez dès lors qu'il n'est pas de travers comme le tien, ou trop long, crochu, ou retroussé à l'excès comme celui de tante Nelle...

Bouche, joues, menton, front, oreilles…? L'on n'en finirait pas de détailler les traits qui ne la distinguent pas, ou peu, de n'importe quel être humain, fille ou garçon. Or, son visage garde pour moi au total une incontestable et irrésistible qualité que les autres n'ont pas et il exerce sur mes pupilles et mon esprit une attraction incomparable. Comment expliquer cela ?

-"Au total" est la bonne explication… C'est l'ensemble, la totalité des traits, la façon harmonieuse dont ils sont associés, ajustés, combinés, qui confère à ce visage une incontestable et mystérieuse supériorité sur tous les autres…

L'explication m'apparaît lumineuse et vaut sans doute pour d'autres domaines de l'évaluation esthétique. En musique par exemple, il n'y a pas grand-chose à dire de telle ou telle note prise séparément, dès lors que sa sonorité est "propre" ; c'est une certaine heureuse composition de notes qui ravit certaines oreilles : "Ma poupée chérie" pour les miennes, mais pas pour celles d'André Drapier. À partir des mêmes notes de base (huit selon tante Zoé), tel autre assemblage m'indiffère, par exemple "J'ai du bon tabac", ou me tape carrément sur les nerfs, "Marinella", qui à l'inverse fait jubiler Philippe et Djanim. Exemple encore plus probant, et d'actualité : les paquebots "Ile-de-France" et "Normandie", fleurons de notre flotte transatlantique, comportent essentiellement chacun une coque, des ponts, trois cheminées..., tout cela à peu près de mêmes tailles chez les deux géants des mers ; or, le second possède à mes yeux une incontestable supériorité esthétique sur le premier, ainsi que sur tous ses concurrents connus de moi, "Queen Mary" compris. La ligne du "Normandie", ses proportions, me semblent d'une beauté incomparable, voire insurpassable. C'est donc la juste mesure et la subtile combinaison des éléments de base qui fait la différence.

Cela se chiffre-t-il ?

Hors de toutes données mesurables, *son* corps et *son* visage possèdent une incontestable harmonie et une grâce d'ensemble que les autres n'ont pas. Je constate cependant qu'elle a les genoux un peu cagneux comme moi, mais ses cuisses et mollets sont bien mieux galbés que les miens ! Et puis, il y a les gestes et les mouvements que son être intime dicte à son corps, et les poses qu'elle lui fait prendre. Tout cela difficile à analyser, mesurer, décrire..., impossible à goûter autrement que de façon globale, synthétique, intuitive.

Baignade… La mer, réalité des plus étranges… J'en ai appris ceci : étendue liquide de profondeur variable, la mer se prolonge bien au-delà de l'horizon, jusqu'en ce nouveau monde qu'est l'Amérique (où Virginia a disparu l'an dernier). Il n'empêche que je la perçois encore, à distance et en dehors des bains, comme une tenture moirée, plus ou moins lisse et agitée selon le temps, une toile de fond dressée verticalement, ou en oblique, pour bien délimiter l'espace balnéaire… Vision fallacieuse bien sûr, réminiscence tardive du fameux premier jour où j'ai vu le jour de façon effective ! Il m'arrive encore d'y souscrire en plissant les yeux. Cette vision première de la réalité marine a visiblement pour but de maintenir notre bulle de vécu collectif dans les limites du raisonnable, à savoir un espace mental fini. C'est à la fois plus sûr et plus intime...

Il est quand même loin le temps où m'intriguait, et parfois m'inquiétait, le fait de voir ces gens déshabillés s'approcher de la toile marine, s'y précipiter et, la trouvant sans ménagement de place en place, s'y engouffrer et disparaître de l'autre côté, dans un hypothétique au-delà !

-Où sont-ils passés ?

Ces disparitions répétées et toujours provisoires ne me surprennent plus. J'ai fini par comprendre qu'elles sont rituelles, cycliques, comme celles du soleil. Toutes les réalités dont on a à connaître ici-bas, au premier rang desquelles la réalité balnéaire, sont sujettes à intermittences ; des sortes d'entractes auxquels on s'habitue...

Elle plonge tête la première dans l'ourlet d'écume blanche et resurgit bien au-delà : touffe blonde en miniature presque à hauteur des cintres ! Émerge alors à son côté la tête brune d'un jeune homme, si près d'*elle* que les deux se confondent. Ce genre de tête-à-tête lointain suscite en moi un drôle de sentiment, peu agréable, un embryon de jalousie ?... Je dois parfois attendre une demi-heure sa réapparition de pied en cap sur le sable de la plage.

Elle passe pour être une bonne nageuse. Beaucoup plus intrépide en tous cas que ces jeunes gens qui, hésitants, tentent de la rejoindre au large, de vague en vague, à leurs risques et périls.

-Sale temps !

Ne pas confondre ici temps qui passe et temps météo…

Notre super-bulle de vécu collectif est particulièrement sensible aux intempéries en milieu balnéaire. Le mauvais temps lui est contraire, parfois fatal. Exposée à tous les vents, la bulle globale très composite que (re)forment une trentaine de bulles individuelles sur la plage chaque après-midi depuis bientôt un mois se disloque au moindre "grain". Et s'il le mauvais temps est déjà installé, elle n'a pas lieu de se prendre corps…

Aujourd'hui par exemple, un fort vent d'ouest-nord-ouest s'engouffre sous l'habituelle tenture d'azur, véhiculant dans sa foulée un nombre de plus en plus compacte de gros nuages menaçants, porteurs de pluie. Et celle-ci s'abattant bientôt sur nous de façon intempestive vide soudainement la plage de ce qui, un instant plus tôt, constituait sa réalité essentielle, à savoir nos multiples bulles de vécu individuel (dont la *sienne* évidemment) agrégées les unes aux autres pour quelques heures de vécu commun…

Dès les premières gouttes de pluie, le fragile équilibre liquide/solide qui prévaut ici est rompu, l'épisode balnéaire quotidien compromis. Tout un chacun déserte la plage et se disperse en quête d'un abri. Et *elle* n'est pas en reste : dès la première cinglante rafale *elle* a quitté les lieux. Voici donc mon après-midi gâchée !

Où passe-t-*elle* entre-temps ? Où et comment passe-t-elle le temps somme toute considérable où je n'ai pas l'heur de la voir ? Les jours de pluie, absence totale… En temps normal, c'est-à-dire par beau temps, elle ne passe à la plage que trois-quatre heures d'affilée. Or, le reste du temps elle le passe forcément quelque part ? Je me dis que l'endroit où elle passe ce temps somme toute considérable, doit être un lieu bien agréable...

C'est en songeant à la sphère de vécu très personnel qui l'accompagne comme son ombre en tous lieux que je me sens le plus frustré de sa présence. Quand des gens disparaissent de ma sphère de vécu, je n'en fais pas toujours grand cas. Virginia mise à part, je ne considère pas qu'ils emportent avec eux quelque chose de même nature que ce qui subsiste dans ma propre mouvance. Avec *elle* c'est à nouveau très différent. Chaque fois qu'elle sort de mon champ de vision, elle entraîne dans son sillage – bien malgré elle ? - une part essentielle de mon flux psychique : il s'engouffre derrière elle comme un fou !

Délaissant ma propre réalité intérieure, je ne peux m'empêcher de suivre en pensée et en imagination l'aura phosphorescente qui, comme son ombre (une ombre de lumière !) l'accompagne en tous lieux où elle va. J'envie ces gens que le hasard, bien plus que le mérite, placent en permanence au cœur de la sphère magique dont elle est le foyer incandescent. *Elle* a nécessairement des proches, "à demeure" auprès d'elle. Que ne donnerais-je pour être des leurs, ou mieux encore, à leur place !

À défaut, elle pourrait avantageusement remplacer ici, au "Nid d'Enfants", telle ou telle de nos monitrices – tante Monique par exemple -, ou, pourquoi pas, l'une ou l'autre de nos éducatrices attitrées : tantes Zoé et Yo...? (Je mets de côté tante Xavière, ma préférée). Le monde est bien mal fait… Sous *sa* tutelle rayonnante, même la classe du matin serait un agréable moment. Et combien meilleur le chocolat du goûter s'il venait de *sa* main ; et même moins douloureuses les piqûres hebdomadaires si c'était *elle* qui me les faisait ! Mes petites fesses lui feraient bon accueil...

Le comble de la félicité : me trouver tout près d'elle en ces moments si mystérieux où, fermant les yeux et se recueillant, sous la couverture, elle fait passer sa bulle de vécu personnel du dehors au dedans d'elle-même ! Partager son intimité jusque dans ses rêves et ses réflexions les

plus intimes ! Interpénétration totale de nos deux êtres...
Je crois que ma passion pour elle s'en trouverait, non pas
amoindrie mais apaisée ; ma faim d'elle, non pas rassasiée
mais assouvie. On peut toujours rêver…

Le vent du nord ne vaut pas mieux que celui d'ouest...
Ce matin par exemple, un ciel d'un bleu profond, sans
nuage, nous laisse espérer un retour durable du beau
temps, donc un séjour de plusieurs heures au bord de l'eau
cet après-midi même et pour moi l'occasion de *la* savourer
à nouveau du regard …?

C'était compter sans la température, devenue fraîche
après trois jours d'intempéries. Celle ressentie à découvert, sitôt descendus sur la plage, est bien plus basse que
sous abri et très inférieure aux normales saisonnières.
Nous voici harcelés par un petit vent glacé qui, venant de
droite et prenant le rivage en enfilade, affecte la surface de
l'eau aussi bien que nos épidermes de ce frisson irrépres-
sible qu'on appelle "chair de poule". Tout le monde ici fait
la grimace sauf moi.

-Et les "petits" qui n'ont pas pris leur petite laine !

-On n'a pas froid, dis-je avec conviction.

Mais personne ne partage mon avis.

-Lulu n'est pas frileux, c'est son origine russe qui veut
ça, explique tante Yo à tante Monique.

-Nous n'allons pas rester longtemps ici, déclare tante
Nelle. Le vent est trop froid ; s'il ne faiblit pas, nous irons
nous abriter dans la dune, ou en forêt, ou nous rentrerons
simplement à la maison…

Débouchant l'un après l'autre sur la plage, les "habitués"
semblent aussi surpris que nous par ce vent froid que rien
ne freine. Beaucoup font demi-tour.

Elle apparaît en haut de la dune, vêtue non pas de l'*habituel* short-chemisier, mais d'un gros pull et d'un pantalon... Une main sur la hanche, l'autre en visière, elle balaie du regard tout l'espace balnéaire et, n'y apercevant que les "petits" du "Nid d'Enfants" (ce qui n'est bien sûr pas grand-chose pour elle), détourne les yeux. Mer et gourbets sont parcourus de frissons symptomatiques peu engageants. Le sable soulevé par le vent vole jusqu'à son visage, qu'elle protège en détournant la tête, tourne les talons, disparaît au revers de la dune.

-Les enfants, en rang ! On rentre...

Rien ne nous retient plus ici. Sans *elle* notre présence (disons la mienne) n'a plus *lieu* d'être... Ainsi, le vent glacé du nord, moins intempestif que le vent d'ouest chargé de pluie, balaie-t-il la plage de façon tout aussi radicale au bout du compte, et dissipe-t-il sans pitié (et mes espoirs avec) la réalité balnéaire ordinaire d'un après-midi d'été. Il l'empêche même de prendre corps, refoulant ou dispersant à mesure qu'ils arrivent, ceux et celles qui en sont les constituants habituels, quoique secondaires : enfants en groupes ou en familles, jeunes gens, adultes, etc... Le noroît pousse tout ce monde à trouver refuge dans des trous individuels au revers des dunes, ou à tenter de s'abriter derrière des toiles précaires à même la plage, à se recroqueviller en petites bulles disjointes les unes des autres, avant de se résoudre à déserter en ordre ou en désordre le bord de mer pour l'intérieur des terres, bien plus tôt que prévu. Rien n'est plus fragile qu'une bulle collective se formant ou formée en plein air. Ici-bas tout repose sur le bon vouloir des gens..., mais plus encore sur celui du temps.

Son absence...

« Pas encore là » me souffle une voix interne qui se veut optimiste, mais à laquelle je ne prête guère oreille, ni grand crédit. Le retour du beau temps et de longues séances de plage n'impliquent pas forcément le retour du *même*... Une heure quand même à nourrir quelque espoir...? « Aujourd'hui *elle* ne viendra pas » est la certitude qui finit par m'étreindre au bout d'une heure d'attente et dont je dois m'accommoder jusqu'au soir. Ou plus exactement jusqu'au lendemain, car demain n'en doutons pas... ?

Deuxième jour de beau temps et persistance de *son* absence. Il fallait m'y attendre... ? L'expérience m'a en effet appris qu'en maints domaines le jouissance appelle la frustration, c'est une loi de la nature...

Cela devait arriver, j'en ai eu le pressentiment dès les premiers jours. Eh bien, c'est arrivé : *elle* ne vient pas... ne viendra plus ? La boule formée dans ma poitrine durant les premières heures d'attente s'y dissout peu à peu, comme fait la boule épidermique consécutive aux injections d'huile goménolée qu'on me fait chaque semaine. Et cette résorption s'accompagne d'un relatif soulagement.

Il n'y a pas que moi... Tout ici semble comme déboussolé par *son* absence. Faute d'acteur principal en scène, les simples figurants que sont les "jeunes gens" de sa bande restent démobilisés, allongés en tas près de leur ballon blanc, dos tournés à la mer et, comme moi, l'œil encore aux aguets, tendus en vain vers l'entrée où il est peu probable qu'*elle* apparaisse à une heure si tardive. De l'avis général :

-*Elle* ne viendra plus.

La mer elle-même en a pris son parti, ralentissant le rythme de ses vagues et diminuant leur ampleur, faute de baigneurs pour les affronter. Les choses, les êtres se traînent à même le sable. Jamais l'*on* a vécu ce moment d'ordinaire si vivant de l'après-midi d'une façon aussi morne, languissante, amorphe, exténuée... D'autant plus dur à vivre un tel "temps mort" qu'on a hâte de le voir prendre fin, expirer pour de bon.

-Vivement ce soir, vivement demain !

Ce souhait est dans toutes les têtes, en tout cas dans la mienne. Car, dès quatre heures (l'heure du goûter), l'idée suivante, somme toute logique, a germé dans mon esprit :

-Plus vite on sera à demain, plus proche sera l'instant où *elle* pourrait (devrait) réapparaître... ?

Le soleil lui-même semble prêt à tourner la page d'aujourd'hui. Avec quelle désespérante lenteur il achève pourtant sa descente jusqu'à l'horizon...

Autre jour et

-Toujours pas là !

Les minutes passent... Une heure d'incertitude avant de se résoudre à constater qu'*elle* ne viendra pas. Pas plus aujourd'hui qu'hier, et sans doute que demain ? Un court moment d'attente est toujours bon à prendre... Avant que ne m'étreigne pour la seconde fois dans sa griffe d'acier l'irrémissible conviction :

-Maintenant, c'est trop tard !

C'est bien pire qu'hier... (*Hier* ne nous permettait pas de prendre l'exacte mesure du vide créé ici par *son* absence. La nouveauté de la chose, l'espoir de la voir quand même

214

apparaître en retard, l'état d'excitation et d'attention ex-
trêmes où cela nous mettait, toutes ces choses inédites ont
en grande partie meublé le vide d'hier. Il en est autrement
aujourd'hui).

Les jours se suivent et se ressemblent :
-Toujours pas là !
La certitude de son absence s'impose à mon esprit de
plus en plus tôt. Une demi-heure d'attente suffit désormais
à me convaincre qu'*elle* ne viendra pas. Moins d'une heure
après l'heure habituelle de son entrée en scène, et alors que
tous les figurants sont en place, la cause est entendue :
-Pas aujourd'hui !
Pas plus aujourd'hui qu'hier… Et pas plus qu'avant-
hier… Et pas moins que demain ? Ce (pres)sentiment
semble partagé par tous ici. Or, à ma surprise, les activités de plage ont repris doucement, l'une après l'autre,
comme si de rien n'était. La mer s'est remise à s'agiter, les
baigneurs à s'immerger, les rondes d'enfants à tourner
rond dans le sens des aiguilles d'une montre, le soleil à
boucler son parcours de routine, les ballons à décrire leurs
incessants va-et-vient de balancier en plein ciel… Tout un
mouvement d'horlogerie s'est remis en marche, mû par une
force physique supérieure à tout état d'âme...
-Mais le cœur y est-il vraiment ?
En tout cas pas le mien. Fait toujours défaut ici le cœur
de l'organisme collectif spontanément formé autour d'*elle*
au début de l'été, cet organe central qui battait la mesure
du temps…

Reprise plus mécanique que spontanée… Une demoi-
selle au physique pas désagréable s'est portée volontaire

pour tenir ce rôle à la fois vital et central de foyer de tous les regards, mais n'y est pas parvenue. Elles sont en réalité trois à pouvoir prétendre jouer ce rôle et de ce fait se neutralisent mutuellement. À égalité de charmes, aucune ne s'impose. *Son* absence, ou plutôt *sa* présence est irremplaçable.

Les après-midi raccourcissent... L'espoir de *la* voir réapparaître en haut de la plage ne m'habite plus désormais qu'un petit quart d'heure, le temps séparant autrefois son entrée en scène de la nôtre. À un déclic fatal de serrure qui se ferme - perçu par mon esprit avec l'exactitude horlogère des habitudes acquises - je sais que c'est encore foutu pour aujourd'hui... Une journée de vécue pour rien, une de plus... Tous les éléments et toutes les apparences d'une séance balnéaire ordinaire sont pourtant là : figurants, décor, éclairage, bande sonore et agitation marine, mais à nouveau privés de l'essentiel : *elle*...

-Cela commence à bien faire !
Son absence répétée n'est plus seulement une cause de frustration, c'est un motif de colère légitime (mais jusqu'ici "rentrée")... Je sens monter des profondeurs de ma psyché un sourd sentiment de révolte contre le cours des choses. Depuis le temps que je souhaite personnellement *la* voir réapparaître ici, *elle* devrait être de retour.

-Mais qu'est-ce qu'elle fait ? Qu'est-ce qu'elle attend ? L'épreuve a assez duré !
Me disant cela, je ne sais trop si c'est à *elle* que j'en veux dans cette histoire - elle y met insuffisamment du sien - ou à quelque entité mystérieuse et toute puissante en coulisses, le grand Réalisateur du Réel, qui, l'empêchant d'en-

trer en scène, cherche délibérément à me contrarier ?

-Toujours rien ! Puisque c'est comme ça, puisqu'on ne tient pas compte de mes desiderata les plus chers en matière de réalité - sinon pour s'y opposer -, puisque les choses du monde s'obstinent ainsi jour après jour à prendre un tour qui m'est désagréable, défavorable et même franchement hostile, eh bien je me retire du jeu !
De façon encore confuse et mal articulée, mon esprit commence à "réaliser" que les grandes dépenses attentionnelles qu'il a si généreusement consenties ces temps-ci au monde extérieur l'ont été à sens unique, c'est-à-dire sans réciprocité, en pure perte, "un prêté sans rendu".

Le Réel n'entend manifestement pas me faire de cadeau. En se réalisant comme il le fait, il se fiche au fond pas mal des attentions que je prodigue aux réalités attractives qu'il soumet délibérément à ma tentation. Il paraît plutôt décidée à me faire des misères, à ne m'épargner ni les contre-temps fâcheux ni les contrariétés en tous genres, à multi-plier notamment comme à plaisir ces inversions de situa-tions qui me font apparaître dérisoires un état antérieur d'espoir ou d'impatience… Situation non seulement dou-loureuse pour ma petite personne mais dangereuses pour mon être ? Une passion non payée de retour (dont, par sur-croît, l'objet se dérobe !) est un prêt d'attention consenti en pure perte, entraînant un passif dont on ne peut que pâtir. Il est temps de m'en "rendre compte" : ma réserve d'être n'est pas inépuisable ; en dépit de mon jeune âge, elle est déjà bien entamée !
-Il est grand temps que tu te ressaisisses.

C'est quand l'élastique se relâche qu'on découvre à quel point il était tendu. L'attention prodiguée gracieusement à un objet de passion, présent ou même absent, constitue une dépense non seulement vaine mais contre nature ! Quoi de moins naturelle et de plus répréhensible sur le plan égologique que de tourner ainsi le dos à la mer pour scruter, comme j'ai fait ces temps-ci, le haut de la plage, alors que la pente de celle-ci m'incline à porter mon regard dans l'autre sens vers le bien nommé Grand Large…?

Balises, bateaux, oiseaux, objets flottants, nageurs intrépides ou en perdition, etc... Vues à distance, toutes ces réalités banales du bord de mer ne sont souvent pour le regard que des silhouettes (deux dimensions), de simples lignes (une dimension), voire moins encore, de petits points flottant sur l'indéterminé du ciel ou de la mer (zéro dimension) ! Un tel spectacle est peu gourmand en énergie attentionnelle, en particulier visuelle, et devrait donc favoriser la détente oculaire, le recueillement psychique de l'estivant ? Or, s'agissant de moi, c'est tout le contraire qui, ces derniers temps, a prévalu. Et ceci par ma faute... Et la *sienne* ?

Ne plus me concentrer sur *elle* constitue une bonne occasion de détente aussi bien pour mon appareil oculaire que pour mon esprit. De ce point de vue, l'"immensité peu différenciée de la mer est un spectacle de tout repos. Mon regard se permet désormais de flotter de gauche à droite, de haut en bas, sans jamais se focaliser, ni se fixer sur une réalité visuelle particulière. Tout est égal en mer ! À quoi attacher mon regard à cette vague-ci plus qu'à celle-là, fixer mon attention sur cet arpent de mer plutôt que sur cet autre ? Et de même, tous ces êtres qui grouillent sur la plage, pourquoi prêter plus d'attention à l'un qu'à l'autre ? À contre-jour, tous se ressemblent…

Pour prévenir toute tentation de tourner ma tête en arrière, vers l'entrée de la plage, peut-être serait-il bon que je reprenne les jeux et distractions d'usage en compagnie des autres enfants "de mon âge", si négligés ces temps derniers ?
-Lulu, tu viens jouer !
-Alors, Lulu, te revoilà !
-Lulu, c'est à toi !
Ce renouveau d'activité m'est d'autant plus bénéfique que je m'y adonne désormais avec une relative indifférence, sans me livrer à fond. Ces "enfantillages" que sont "la Chandelle", "les Lauriers sont coupés" et autres rondes rituelles ont cessé d'exciter ma passion ; et il en va de même de l'édification toute éphémère des châteaux de sable. Je ne me prends plus au jeu, ne m'englue plus dans le sérieux factice des parties de cartes ou de ballon, ne m'adonne plus qu'avec un minimum de détachement à toutes ces puérilités. Juste pour passer le temps…
-Et ne plus penser à *elle* ?
Autant de dérivatifs à mon obsession de ces trente derniers jours. Disperser mon attention dans tous les sens est en tout cas un bon moyen de me distraire d'*elle* !

Détente sensible du renoncement… Cela débouche aussi sur des accès de somnolence en plein soleil. Je glisse alors dans de curieuses rêveries où les cris d'enfants et de goélands, les paroles d'adultes, et le bruit continu de la mer, se mêlent et s'harmonisent en une berceuse beaucoup plus ample et captivante que la tant aimée mélodie de Charles Gounod "Ma poupée chérie". Tout cela est bien agréable.

-Eh bien, Lulu, si tu dors en plein jour, tu ne dormiras pas la nuit, me rabroue tante Zoé.

Il en résulte en effet, en pleine nuit dans mon lit, des réveils intempestifs dont je m'accommode mal, mais dont je profite pour aller sur le pot... *Elle* en profite de son côté pour venir hanter mon esprit pendant de longues séquences sans que je puisse vraiment m'y opposer :

-Où donc est-*elle* passée ? m'interpelle ma pensée. Si *elle* n'est pas "passée" au sens irrévocable du mot (j'ai l'intime conviction qu'elle est toujours "de ce monde"), si elle diffuse comme toi en cet instant quelque part dans le noir une sphère luminescente de vécu personnel, qu'est-ce qui t'empêche de la rejoindre ?

De fait, selon tante Zoé, les ondes radio circulent très librement dans l'atmosphère. Mieux encore, je constate par moi-même que ce fluide subtil qu'est ma pensée peut, s'il le veut, se propager en un instant aux confins mêmes de l'espace-temps... et au-delà. Qu'est-ce qui m'empêche alors, sinon une infirmité mentale induite probablement par une paresse d'esprit toute personnelle, d'entrer en contact direct avec *elle*, où qu'elle soit ? Ne puis-je considérer le fait de la sentir toujours vivante quelque part comme un signal télépathique ?

Ce faillit bien être *elle* ! Il s'en est fallu de quelques petits détails au niveau de la partie haute du visage pour que ce soit *elle*. Quant au reste, on pouvait s'y tromper : même silhouette élancée, même touffe de cheveux blonds, même chemisier blanc, mêmes short bleu marine et jambes dorées... Son sac de plage, élément secondaire, n'est plus rouge mais bleu clair : elle pouvait en avoir changé… Croyant la reconnaître de loin à l'entrée de la plage et la voyant se diriger, non vers sa bande de copains, mais tout droit vers nous, les "petits", mon émotion a été considérable ! Tandis que mes yeux la fixaient intensément, fascinés mais presque incrédules, et que mon cœur se mettait à battre de plus en plus vite à mesure qu'elle approchait, le visage espéré, à moins de dix mètres à présent, s'est soudainement brouillé ; les traits du haut, en particulier l'alignement des sourcils par rapport aux paupières et au nez, ont adopté une configuration inadéquate, et le regard qu'elle a posé sur nous et sur tante Zoé s'est révélé beaucoup moins bleu et surtout moins captivant que l'original.

Ce n'est pas *elle*, mais Léni, une jeune autrichienne fuyant l'"Anschluss", monitrice nouvellement arrivée à la "Maison des Petits", non loin de notre "Nid". Elle connaît tante Zoé de longue date et vient la saluer.

-Léni, je vous présente les enfants.

-Comme ils sont mignons !

Tandis qu'elles bavardent (elles ont tant à se dire !), j'observe la jeune Léni avec je ne sais quel espoir encore de substitution possible entre *elle* et elle. Mais des détails physiques précis m'apparaissent qui, vus de très près, lèvent mes derniers doutes. Léni a la tête un peu dans les épaules, le nez plus retroussé, les narines plus ouvertes que prévues, et son short flottant enveloppe un postérieur bien plus volumineux qu'il ne m'a paru de loin. De même, les jambes sont un peu plus lourdes : il leur manque en longueur deux-trois bons centimètres pour paraître élancées et convenir à une bonne joueuse de volley-ball. Au total, cela correspond plutôt à ce que nous appelons ici - dans la terminologie d'André Drapier - une "grosse" monitrice (les autres catégories étant les "maigres" et beaucoup plus rares, hélas, les "chouettes"). Au total, Léni n'a donc pas grand-chose à voir avec *celle* dont j'attends le retour depuis si longtemps... Dissemblance insurmontable? Disons plutôt que par sa seule blondeur Léni lui ressemble plus que toute autre personne ici, où le brun prédomine...

-C'est mieux que rien, me suggère ma pensée en guise d'étrange consolation. Ce sera pour une autre fois…?

Drôle d'idée quand même… Considérer cette apparition illusoire comme un bon début ? un signe avant-coureur d'une possible et prochaine réapparition de *sa* personne en bonne et due forme !? Comme s'il y avait là de la part du Réel un premier tâtonnement infructueux pour la ressusciter, une première approximation grossière, un premier essai avorté mais sincère pour me donner satisfaction, ranimer mes espoirs ? (Une fois n'est pas coutume). Comme s'il existait des degrés entre absence et présence totales…? Réponse catégorique de ma pensée :

-S'agissant d'identité singulière, c'est "tout ou rien" !

Une idée bizarre me revient à l'esprit. Le Sort se veut contrariant par nature ; ce n'est donc qu'au moment où j'aurai perdu tout espoir de *la* revoir, qu'il *la* fera réapparaître pour de bon. Il faut donc que je sois intimement et définitivement convaincu qu'*elle* ne viendra plus (ou même que je l'envisage morte ?) pour que les Parques consentent enfin à donner le coup de pouce inespéré ! Car tel est leur esprit de contradiction…

-Mais n'est-ce pas de ta part une autre façon tordue de te ménager un semblant d'espoir, et l'occasion pour le Réel d'en prendre immédiatement le contre-pied !?

D'où nouveau désespoir ; d'où nouvel espoir. Cercle vicieux, on n'en sort pas…

Je ne l'aurais pas reconnue… Le haut de *sa* tête pris dans un bandage, les jambes enfouies dans un pantalon, le buste habillé d'un blouson trop large... C'est le cercle empressé formé autour d'*elle* dès son arrivée qui m'a alerté et signalé sa présence… Je vois les uns abandonner leurs balles en cours de jeu, les autres sortir de l'eau en toute hâte, d'autres s'arracher à leur farniente, se hisser debout d'un rapide sursaut, tous enfin se presser de toutes parts autour d'*elle* ! Plus de doute : *la* voici de retour parmi *nous*…

-Mais dans quel état !
Sa touffe de cheveux blonds, son nez, sa bouche émergent à peine de ses pansements ; les oreilles, le menton sont complètement dissimulés… Allongée à même le sable, appuyée sur un coude, elle paraît épuisée mais manifestement heureuse de se retrouver au milieu de son monde ; et celui-ci tellement heureux de la revoir. Bien que n'appartenant pas au "premier cercle" de ses fidèles (loin s'en faut), je partage leur bonheur retrouvé... La réalité de son retour m'est confirmée le soir même au moment où, quittant la plage, elle glisse vers moi, sous son bandeau, ce regard bleu incomparable ! Elle m'identifie au passage avec un évident plaisir de retrouvailles. Le milieu balnéaire lui-même reprend toutes ses couleurs à mes yeux. Demain, demain, demain...

Jour décisif. Aujourd'hui on va savoir si sa réapparition d'hier n'était qu'occasionnelle (une faveur fugitive du

Réel), ou au contraire un retour durable aux anciennes et chères habitudes... ? Sans surprise, elle arrive à l'heure prévue - j'en ai eu l'heureux pressentiment toute la nuit. Mais son apparition me serre tout aussitôt le cœur : le bandage qui hier cachait en partie son visage a fait depuis un tour supplémentaire autour de sa tête ; et de gros pansements lui enveloppent désormais les deux mains. Moi qui espérais un mieux...

D'un jour sur l'autre, de pire en pire...! La partie du visage enfouie sous les bandages excède à présent la surface de peau nue, c'est-à-dire visible. Le nez a complètement disparu ! Ses yeux continuent toutefois de filtrer au dehors et quelques mèches émergent au-dessus du crâne, formant un panache blond auquel peuvent encore se rallier les regards. N'est-ce pas l'essentiel...? J'observe cependant un certain flottement autour d'*elle*. L'empressement fervent suscité lors de son retour est à présent concurrencé chez la plupart de ses copains-copines par le besoin légitime et tout aussi pressant de s'adonner aux activités de plage courantes : se baigner, se dégourdir les jambes, les bras, le corps, et pourquoi pas reprendre le volley-ball ? Va-t-on désormais passer l'après-midi entier vautrés dans le sable à ses côtés ou à ses pieds sous prétexte qu'elle ne peut bouger, et moins encore se déshabiller pour aller dans l'eau ?

Ma délectation visuelle personnelle peut-elle se satisfaire longtemps d'une réalité de plus en plus dissimulée ? Mes yeux vont-ils bientôt ne se nourrir que de bandages ? Questions plus sacrilèges : sa "momification" actuelle vaut-elle mieux que sa récente absence totale ?

Plutôt que de réapparaître dans un état pareil, n'eût-il pas mieux valu qu'elle ne revint jamais...?

L'oblitération de son corps et de son visage s'étend par petites touches inexorables. C'est triste à voir... Mon observation de ce qui reste visuellement accessible dans sa personne est de plus en plus désenchantés et non exempts de réticence, voire d'un certain dégoût ! Surmontant celui-ci, je continue de guetter son entrée en scène avec une passion inquiète et fébrile. J'essaie de m'habituer à la surcharge croissante de ses bandages et de les faire passer au second plan de ma vision. Mon œil "perçant" devine sous eux tout ce qui fait d'elle un être unique, irremplaçable et d'une certaine façon indispensable à la bonne réalisation de notre petit monde : cette "aura" impalpable et presque invisible que nulle autre qu'*elle* ne possède ici-bas, et que nul autre que moi, sans doute, ne perçoit avec autant de netteté…? Je me découvre du même coup un penchant certain à l'inconditionnelle fidélité.

Elle se meut de plus en plus difficilement. C'est de plus en plus triste à voir, mais d'un certain point de vue cette immobilité présente pour moi un certain avantage. Plus besoin en effet de la suivre et poursuivre péniblement du regard aux quatre coins de l'espace balnéaire ; plus aucun risque de la voir disparaître en mer, ou en coulisses, à l'une ou l'autre extrémité de la plage, comme ce fut si souvent le cas quand elle était valide. La voilà devenue moins mobile que moi :
-Elle ne m'échappera plus !
Je souffre cependant de penser qu'elle souffre.

Un léger mieux ? En tout cas pas d'aggravation notable aujourd'hui. Plus de pansements aux mains, mais des gants, choses quand même insolites en plein été au bord de la mer... ?

J'ai été trop optimiste hier. Les bandages la recouvrent désormais de la tête aux pieds. Sans doute même en porte-t-elle sur tout le corps, sous ses vêtements ? *Elle* est apparue en haut de la plage appuyée d'un côté sur une canne, soutenue de l'autre par une amie ou une parente… On l'a fait asseoir en douceur dans un fauteuil de toile, à l'abri d'un parasol, face à la mer, non loin de l'endroit où notre petite troupe se tient. Jamais je n'ai eu le loisir de la voir d'aussi près aussi longtemps ; jamais non plus elle ne m'a laissé voir si peu d'elle : un seul œil bleu entre deux spires de son pansement crânien, l'autre œil m'étant caché par son profil. Sa tête ne pouvant plus tourner du tout, je dois passer devant elle pour percevoir le double rayon bleu de son regard...

Certains de ses compagnons, filles et garçons, montent encore jusqu'à *elle* pour lui rendre hommage, s'asseoir un court instant à ses pieds et bavarder, puis, leurs dévotions faites, retournent à leurs activités de plage - d'autant plus importantes celles-ci désormais que la fin des vacances approche. Rondes et parties de balle, de boule et de ballon ont repris à un rythme normal. Le monde s'est remis à tourner de lui-même, sans *elle*…

Jamais son fauteuil de plage n'a été placé aussi près de l'endroit où nous sommes. Je ne résiste pas à la tentation de franchir les quelques mètres qui me séparent d'*elle*.

Provoquant Djanim dans une partie de "chat !", je m'enfuis en courant vers *elle* et me laisse rattraper à hauteur du fauteuil.

-*Chat* !

Je m'affaisse pratiquement à *ses* pieds, tout en me gardant de projeter sur *elle* le moindre grain de sable. Et tandis que Djanim s'enfuit à son tour, je m'abstiens de le poursuivre, préférant m'attarder au pied d'*elle* ou plutôt de *son* fauteuil, comme pour me reposer, reprendre souffle… *Elle* émet jusqu'à mes narines une odeur de pommade particulière, pas désagréable, ni totalement inconnue. Il est vrai que je suis moi-même coutumier des pansements et des soins médicaux en tous genres. Cette odeur représente pour moi une émanation de sa personne intime, dont je décide de profiter le plus possible... Figée sur place, le regard fixé droit devant, peu expressif, dort-*elle*…? Je m'agite plus qu'il faut pour me remettre sur pied et parviens par mégarde (!) à effleurer du bout des doigts son bras bandé, avant de repartir à la poursuite de Djanim. *Elle* n'a pas réagi.

-"Momie"... ?

Tante Zoé nous parlait l'autre soir de ces peuples qui entourent leurs défunts de bandages de la tête aux pieds.

-Est-*elle* morte ? Sur le point de mourir…?

Avec ou sans appui, elle ne peut plus marcher. On l'amène à présent dans une sorte de fauteuil roulant qu'on cale pour quelques heures à l'entrée de la plage, face à la mer. Je m'en approche suffisamment pour constater qu'à travers l'étroit interstice qui leur est ménagé entre deux spires ses yeux bougent encore. Ils vont et viennent de gauche à droite, de droite à gauche, semblant suivre avec intérêt ce qui se passe en mer, dans le ciel, sur le sable… Ils se fixent tout à coup droit sur moi, toujours d'un bleu intense ! Privés de visage, leur expression est totalement énigmatique, à la limite de l'inquiétant !

Et voilà, c'est officiellement fini. On ne l'amènera plus, je ne la verrai plus. Du reste, s'agissant d'*elle* à proprement parler il n'y avait plus grand-chose à voir... J'en suis informé par des bribes de conversation surprises ici et là chez les "jeunes gens" de sa bande, des rumeurs peut-être mal comprises ? Difficile de savoir s'il s'agit d'une dispa-rition totale de ce monde-ci, comme le noyé de l'autre jour, ou seulement d'une relégation dans un lointain espace hospitalier ? Seule certitude pour moi et pour chacun de ceux qui ont plus ou moins cohabité ici avec *elle* pendant deux mois d'été, il nous faut faire une croix définitive sur l'exceptionnelle bulle de vécu collectif formée en cet endroit autour d'elle, grâce à *elle*…

Les jours se traînent encore un peu, le temps de con-firmer son absence et de clore une période de vacances inscrites au calendrier... D'autres symptômes et signes vont dans le sens d'une fin de partie : le soleil ne monte plus si haut que du temps où *elle* était des nôtres, les ballons eux-mêmes rebondissent moins bien. C'est notre sphère de vécu toute entière qui, après le coup terrible qu'elle a reçu, se vide de l'intérieur, se dégonfle s'avachit au ras du sol, comme une montgolfière à bout de souffle. Bientôt abandonnée par tous ses occupants, notre sphère de vécu balnéaire d'été va se trouver remisée dans les coulisses de l'inactualité. De façon temporaire (l'été pro-chain), ou bien définitive ?... Seule la mer paraît décidée à demeurer ici, identique à elle-même, peut-être même plus présente, plus en forme, plus en train que jamais, "comme si de rien n'était" en dehors de sa réalité pérenne ?

-Depuis les milliards d'années qu'elle recouvre les deux tiers de la planète, elle en a vu d'autres...

Cette explosion nocturne en plein sommeil me fait me dresser dans mon lit sans pouvoir me rendormir ! Et comme je suis déjà "mouillé", inutile d'aller sur le pot.

-Où est-*elle* passée ?

Sa présence au cœur de ma pensée me surprend d'autant plus qu'aucun rêve ne m'y a préparé. Ni cette nuit, ni les précédentes... Où est-*elle* passée ? N'existe-t-il donc aucun moyen de la rejoindre ? Si vraiment elle n'est plus de ce monde, qu'est-il donc advenu de l'aura de vécu personnel qu'elle diffusait si généreusement autour d'elle, et dont je percevais si fort le rayonnement à distance ? N'était-ce là qu'une réalité illusoire, une irréalité inapte à laisser ici-bas la moindre trace ?… Autre énigme un peu plus familière : où sont passées les nombreuses et bien réelles séances "à la plage" qu'*elle* honorait de sa présence chaque après-midi, ces bulles de vécu collectif formées quotidiennement autour d'*elle,* dans lesquelles nous nous immergions avec volupté et fondions volontiers nos vécus personnels Une fois éclatées, ces bulles sont-elles irrémédiablement perdues, évaporées, à jamais hors d'atteinte ? Ces tranches de vie, ces feuillets de réalité journaliers détachés un à un du calendrier sont-ils jetés en vrac dans la corbeille de l'oubli définitif, ou sont-ils remisés comme les pellicules d'un film dans un endroit que seule mon incapacité chronique à remonter le cours du temps m'empêche d'atteindre ?... Handicap personnel, temporaire, définitif...? Etc… Tous

les couplets de la sempiternelle rengaine au titre archi-
connu : "l'Irréversibilité du Temps"... Je me laisse
emporté par ce tourbillon de pensées un peu folles. J'en
connais et j'en utilise volontiers les vertus somnifères.

Avatar ?
Entrée en scène tardive d'un homme poussant devant lui
une sorte caisson sur roues. Le rapprochement s'impose :
la voici revenue parmi nous enfermée, abritée dans ce
qu'on peut imaginer comme une chaise à porteurs ou un
petit fiacre à bras ! Par son volume et sa silhouette, l'engin
évoque en effet ce qu'elle était dans son fauteuil roulant
lors de ses toutes dernières apparitions en haut de la plage.
Du reste, le nouveau venu installe et cale son matériel à
l'endroit même qu'elle occupait... Vu de près, le caisson
comporte de multiples tiroirs à boutons rouges, verts et or,
dont l'homme extrait toutes sortes de friandises à l'intention des jeunes et des moins jeunes gourmands encore présents dans les parages.
-Cacahuètes grillées, amandes, beignets, chichis, bon-
bons, chocolats...
Mieux encore, à l'intérieur de son caisson il y a de la
glace au frais :
-Vanille, pistache et fraise !
Marchand ambulant, l'homme profite de ce que le
titulaire de l'emplacement a démonté son stand et quitté
notre plage dès les premiers départs de vacanciers...

Fauteuil roulant, caisson roulant ? Deux roues porteuses, deux roulettes à l'avant, une barre pour la poussée..., difficile d'empêcher mon esprit de rapprocher ces
deux réalités. Sous prétexte qu'une chose vient occuper la

place d'une autre, va-t-on se dire qu'elle en tient lieu ? Vais-je laisser mon esprit fantasque considérer ce caisson de bois laqué blanc, à multiples boutons rouges, verts et or, comme une ultime incarnation de *sa* personne ici-bas…? Difficile de se faire à l'idée qu'un être n'est plus et de ne pas se raccrocher à quelque chose qui le rappelle un peu.

-N'importe quoi plutôt que rien…

Je m'approche du caisson à la faveur d'un attroupement gourmand, dévisse subrepticement l'un des boutons d'or à demi dévissé déjà, et le glisse au fond de ma poche. Sa forme ronde et sa pointe de vis incorporée en font une excellente toupie.

*

Disparition 3

-Où est-*elle* passée ?

Probablement par le trou de ma poche et disparue dans l'herbe haute du jardin... Je ratisse patiemment cet espace jusqu'au soir, en vain... La pluie tombe à verse pendant toute la nuit. Je dors mal, me réveille en sursaut, souffrant de *la* savoir dehors, dans le noir, exposée aux intempéries. Un mince espoir pourtant. Si *elle* échappe si bien à mon regard perçant et méthodique, c'est sans doute qu'en quittant ma poche elle a aussitôt glissée au cœur d'une touffe d'herbe ou sous une motte de terre, en quel cas *elle* est à l'abri...? Je me rendors sur cette vague et lénifiante pensée...

Le soleil matinal brille glorieusement. L'herbe sèche rapidement. Je reprends mes recherches avec confiance, convaincu qu'*elle* va me sauter aux yeux d'un instant à l'autre, jaune d'or sur vert tendre !... Les minutes passent, une heure entière, une deuxième... Rien ne surgit de l'herbe : *elle* reste introuvable.

-Où est-*elle* passée ?

Les jours passent... Ma certitude qu'elle est dissimulée en cet endroit du jardin ne faiblit guère, car je suis pratiquement le seul enfant à m'y rendre de façon régulière. En revanche mon espoir de tomber dessus et mon goût même de la chercher vacillent dangereusement. Attiré par d'autres activités enfantines, d'autres jeux, d'autres coins du jardin, je ne ratisse plus l'endroit de façon systématique, mais plutôt par acquis de conscience... Perdant peu à peu tout espoir de *la* retrouver, c'est comme si je la perdais une seconde fois ; et perdant bientôt jusqu'au goût de la chercher, je la perds une troisième...

J'en ai déjà perdu et recherché des choses durant ma courte vie, dans des conditions à peu près identiques, parfois plus difficiles qu'actuellement. Les retrouvailles – quand elles eurent lieu - se sont toujours produites en un point de l'espace où j'étais préalablement passé sans rien voir ! Qu'en conclure ? Je sais d'expérience que le terrain le plus régulier en surface est tout mité de trous, truffé de caches secrètes indétectables à l'œil nu. Je suis également conscient de cette autre forme d'abîmes que constituent les intermittences de mon attention, cette obligation faite à l'œil humain de zigzaguer en tous sens et de cligner sans cesse, d'occulter ainsi sa vision et de laisser des vides énormes entre les points qu'il inspecte de façon effective... Théoriquement, nul ratissage patient et méthodique n'offre à quiconque de garantie à cent pour cent quant à la présence ou à l'absence ponctuelles d'un objet perdu de petite taille... L'intermission oculaire peut se reproduire toujours au même endroit, et l'objet recherché s'y trouver... Il faut donc que la chance s'en mêle. Or, bien souvent elle s'y refuse. Aujourd'hui, par exemple, je sens que l'heureux concours de circonstances - la coïncidence exacte de mon regard avec l'objet perdu - ne se produira pas, inutile d'insister... Je me surprends quand même à reprendre deux-trois fois un semblant d'investigation, une sorte d'habitude, une obligation morale ?

Fin de l'été... Et pour moi la fin des vacances, le retour en ville... Un lâche soulagement ! Par la force des choses, me voici obligé de quitter le chantier de mes vaines recherches, d'abandonner ma toupie à son triste sort "matériel", sans toutefois la délaisser totalement. Je la poursuis en effet pendant un certain temps dans une dimension jusqu'ici peu fréquentée par mon esprit, un "espace" dont je découvre les étranges ressources : l'imaginaire... Les soirs d'hiver, avant de m'endormir dans la sécurité urbaine du grand Paris, je me reporte en pensée sur le lieu de mes vacances, le "Nid d'Enfants", en particulier le jardin. Sans *la* localiser de façon précise, j'imagine ma toupie en proie aux pires intempéries. Le bois mort des forêts, dont j'ai pu observer l'extrême friabilité entre mes doigts, me fournit un modèle plausible du destin de la "disparue". Dans un premier temps, sa peinture s'écaille ; puis l'humidité la pénètre librement jusqu'au cœur ; elle s'effrite enfin en d'innombrables particules, que le vent disperse... Mon seul vœu est que cette agonie soit de courte durée. C'est le souhait que je formule pour ma propre personne, le jour venu...

*

Autologie

Au volant de sa puissante auto Lucien Ménard (Lulu pour les intimes) fait route vers le littoral atlantique… Occasion pour lui de franchir à grande vitesse des centaines de kilomètres d'espace rural plus ou moins urbanisé…

Délaissant l'autoroute A10 pour la départementale Blois-Châtellerault, Ménard traverse en trombe d'innombrables décors sans s'y arrêter, ni même leur prêter plus d'attention, donc de réalité, que s'ils étaient de simples toiles peintes ou des panneaux de carton-pâte plantés de part et d'autre de son parcours par un émule de Potemkine…

C'est avec une certaine "suffisance" non exempt de sadisme que Ménard voit coteaux, collines, façades, pignons, clochers, murs, clôtures, haies, rideaux d'arbres et autres éléments en trompe-l'œil, se télescoper et, sous l'effet de souffle de son pas-sage, voler en éclats, puis s'évanouir dans le sillage de son véhicule en marche… Ce qui a pour effet (c'est le but recherché) de soustraire Ménard à l'emprise abu-sive de tout *lieu* transitoire avant le bord de mer. …

D'où ce théorème pseudo einsteinien que lui concocte sa pensée, histoire de passer le temps au fil plus ou moins monotone des kilomètres d'asphalte avalés et des décors jonchant en vrac les deux côtés de la route :

-L'existence d'un (mi)lieu est d'autant plus fugace, sa réalité d'autant plus volatile, qu'il est plus petit, et que la vitesse à laquelle on le traverse est plus élevée...

Tout *transport* suffisamment rapide engendre chez le transporté une certaine *euphorie* - les deux mots ont du reste même étymologie. Franchir l'espace à grande vitesse l'affranchit une fois l'an des contraintes terre-à-terre de la vie sédentaire, et même de la lente marche à pied. L'on vit par contre l'arrêt brutal, même momentané, comme un *temps mort* ; une prémonition de l'arrêt cardiaque qui, tôt ou tard et d'un seul coup, transforme l'être vivant en quelque chose d'inerte.

L'*auto*, moyen de transport individuel par excellence... Mieux encore, un moyen essentiel de se *jouer* des distances aussi bien que des horaires, d'assouplir temporairement les rigidités de son cadre de vie quotidien. Instrument de choix d'un retour à soi-même, d'*auto*-affirmation... ? En cette fin de second millénaire chrétien, l'auto est fantasmée et convoitée comme tel par la plupart des êtres qui, comme Ménard, appartiennent au genre *Homo*, espèce *sapiens*, variété *automobilus*. Peu d'entre eux cependant reconnaissent de façon explicite le côté *autologique* de cette acquisition et tous ne tirent pas pleinement parti, comme fait Ménard, des réelles possibilités qu'offre à chaque *un* sa machine sur le plan de la pratique *égologique*. L'usage courant développe toutefois, ou restaure, chez presque tous des traits d'égocentrisme indiscutable. Au volant de son auto le bipède le plus médiocre se sent un "autre homme" (ou une autre femme), presque un demi-dieu (ou demi-déesse)...

-L'automobilisme, forme bénigne et socialement acceptable de l'autisme ?

Pratique égologique selon Ménard :

-Rouler à bonne et constante vitesse évite que ne prenne corps autour de ma personne physique un décor matériel, stable et contraignant...

Difficile cependant de ne pas lever le pied de l'accélérateur, parfois même de presser la pédale de frein, lorsqu'on est confronté à un obstacle du réseau secondaire, et a fortiori quand on traverse une agglomération, lieu d'embuscade de la maréchaussée. Ménard ralentissant voit (re)prendre place à chaque portière et se refermer sur lui presque instantanément, le carcan rigide et fixe d'un cadre de vie en bonne et due forme. L'oppression ressentie est immédiate, sinon clairement perçue et réfléchie par son esprit.

-Devant moi, heureusement, la route reste ouverte...

Parfois aussi, sans qu'il ait sensiblement ralenti l'allure, c'est sa pensée, qui, par caprice ou pour une raison mystérieuse, s'attarde à tel milieu en-trevu et retenu un instant dans le rétroviseur. La pensée de Ménard pousse la complaisance jusqu'à s'imaginer pendant quelques secondes, parfois plus, être une *âme* à demeure dans ce petit hameau qui n'en compte guère plus de cent, "La Guérinière"...

-Tu pourrais *être* ce type en train de manier la pelle dans son jardin, il te ressemble d'ailleurs physiquement...

L'homme en question (appelons-le Mesnard) s'est

redressé pour voir passer la belle auto et dévisager son conducteur. Leurs regards ont eu le temps de se croiser, une lueur d'intelligence a été échangée... Si fugace qu'ait été l'*entre*vue, Ménard a quand même l'impression désagréable que ce simple coup d'œil bilatéral aurait pu être suivi d'effets physiques non souhaités, l'échange portant non seulement sur la lueur émise par leurs paires d'yeux respectives, mais aussi, plus radicalement, sur l'espèce de lanterne qui l'alimente à l'intérieur ! Occasion pour Mesnard et Ménard d'échanger carrément leurs êtres, leurs âmes, leurs *moi* respectifs, pourquoi pas...?

-*Lui* filant sans demander son reste aux commandes de mon corps et de ma voiture, m*oi* demeurant ici sur place, "en plan", pelle à la main, englué dans ces quelques kilomètres carrés de terroir natal, "La Guérinière", devenus d'un coup de baguette maléfique mon lieu de naissance, mon milieu naturel mon cadre de vie ?

Masochiste à ses heures, Lucien Ménard s'abandonne volontiers à ce genre de frissons, aussi absurdes qu'imaginaires... C'est avec quelque pitié rétro- et prospective sur ce sort qui n'a pas été le sien qu'il appuie à présent sur l'accélérateur et voit disparaître (dispar*être*) à jamais dans son rétroviseur les quelques maisons, le bouquet d'arbres, l'épaulement de terre, et, toujours en appui sur sa pelle, ce *moi* alternatif ; cet ensemble fugace de réalités disparates, inconsistantes, qui, joignant leurs forces un instant, ont tenté d'accrocher son regard, sa pensée, peut-être même sa personne entière au passage...?

Emporté par sa puissante auto, Ménard se sent désormais hors de portée physique de toute interception psychique sérieuse. Mais sa pensée n'entend pas en rester là : elle traîne des réflexions plutôt malsaines à ce sujet sur quelques kilomètres encore :

-Échange de regards, échange de vues... Pourquoi pas carrément échange d'êtres intimes ? Un chassé-croisé interpersonnel comme au jeu des quatre coins ? Qu'est-ce, après tout, qui empêche l'âme individuelle de changer d'habitacle charnel à l'occasion ? (on change bien d'habits, d'habitats, voire même d'habitudes)... Qu'est-ce qui retient l'âme de sauter de temps à autre d'un corps dans un autre, sans rien demander à son propriétaire et sans qu'il puisse l'en empêcher ? Sur un plan plus général, au nom de quoi reste-t-*on* la même ennuyeuse personne toute sa vie ? Infirmité, ou avantage *égologique* ? »...

D'autres questions de même nature tout aussi saugrenues vont hanter l'esprit de Ménard et l'occuper jusqu'au prochain arrêt-pipi, dix kilomètres plus loin ; donc à bonne distance du dit Mesnard qui, sans doute dépité ou simplement rêveur, a laissés filer Ménard et son beau véhicule, sans pouvoir pratiquer l'échange...

-Mais non sans accrocher lui-même quelques commentaires pertinents à ta plaque d'immatriculation arrière : 749 BTP 78 : « Un francilien de l'ancienne Seine-et-Oise ! Il en passe quelques-uns en ce début d'été. Celui-ci roule évidemment trop vite. À peine le temps d'échanger un regard... Espérer un peu plus, pourquoi pas ? échanger au vol nos *moi* respectifs ? *Moi* prenant son volant, *lui* ma pelle ; mes deux pieds s'emparant des pédales de commande de sa BMW, les deux siens se posant sur ma bêche dans la glèbe locale... ? » Quelle preuve a-t-*on* au fond que l'échange n'a pas eu lieu ?

Quelle certitude peut-on avoir d'être toujours la même personne ...?

« Je est une autre » a dit Rimbaud, routard impénitent et poète prodige, qui s'est mué en trafiquant d'armes laborieux et impécunieux... Le sentiment d'identité personnelle pourrait n'être en effet qu'une illusoire commodité d'esprit, une *accommodation* spontanée de toutes les facultés psychiques d'un sujet désemparé pour s'adapter aux nouvelles conditions de vie qui lui sont faites ici-bas, qu'elles se trouvent modifiées en bien ou en mal...

-Mais qu'est-ce qui te fait supposer, en premier lieu, l'existence au creux de la personne physique d'autrui d'un logis psychique identique au tien, rendant possible l'échange bilatéral ? Qu'est-ce enfin qui, en temps normal, te fait considérer de telles questions comme pas sérieuses, mais plutôt farfelues, tout juste bonnes à nourrir les pensées d'un esprit *en vacance* ? Qu'est-ce qui te force à accréditer et partager sur ce point l'avis autorisé des ontologues et psychologues professionnels, à l'unisson du sens commun...?

Telles est le flux incontrôlé de réflexions qui vient à l'esprit de Lucien Ménard au moment où il ouvre sa braguette pour se soulager. Une araignée s'enfuit à temps pour éviter le flux d'urine. Il s'égoutte, se reboutonne, reprend la route...

Moteur en marche, sa pensée redémarre au quart de tour. Soucieuse de maintenir en éveil les neurones cérébraux du conducteur, elle se lance dans des considérations plus ou moins opportunes :

-À noter par exemple que ton idée d'un patelin perdu ("La Guérinière"), dont l'indigène ne s'échappe qu'en charrette ou en chemin de fer à l'occasion des grands conflits internationaux ou des Expositions Universelles, cette idée préconçue de l'arriété rural date de plus d'un siècle... L'époque n'est plus où l'*auto*mobile, moyen d'évasion exclusif d'un petit nombre de riches privilégiés, procurait à ceux-ci une indéniable supériorité cinétique et une *auto*nomie certaine par rapport à la grande masse du populo rural mais aussi citadin fixé, lui, à demeure près de son lieu de travail et ne se déplaçant qu'à pied, en omnibus, ou en charrette dans un périmètre limité... Les congés payés ont heureusement rééquilibré la donne sociale dès les années trente et les gains de pouvoir d'achat l'ont améliorée à partir des années cinquante. Moyens de transport moins coûteux (dont la voiture pour tous, éventuellement complétée d'une caravane), plus connexions médiatiques multiples (TSF, télévision, téléphonie avec ou sans fil, Internet, etc...) ont mis fin en quelques décennies à cette criante inégalité en matière d'automobilité - inégalité ancestrale qui, précédemment, reposait sur la possession et la pratique du cheval de selle. S'offre aujourd'hui à tout citoyen occidental, ou presque, un très large éventail de possibilités pour sortir de son trou le plus reculé, de façon périodique ou définitive, sur place ou en voyageant, *de facto* ou par la pensée. C'est ainsi que l'homme à la pelle entrevu au passage tout à heure (« mettons-nous un instant à la place de Mesnard et laissons-le prendre la tienne »...) peut se prévaloir d'un statut socio-professionnel plus élevé que celui d'enterré vivant à "La Guérinière" (Indre-et-Loire) qu'on lui a hâtivement attribué au passage. Un statut peut-être même supérieur au tien...?

De fait, cadre comptable au Crédit agricole d'un chef-lieu voisin, féru de jardinage et bricolage dominicaux dans sa maison de campagne (ce qui explique la pelle), le dit Mesnard est par ailleurs un adepte actif des évasions culturo-touristiques lointaines. Ne vient-il pas de rentrer d'un séjour peu banal de trois semaines au Tibet...? Voyage certes *organisé*, mais réservé aux *happy few* qui, ne redoutant pas les périlleuses randonnées himalayennes à dos de mulet, accèdent à des régions du monde interdites au commun des touristes (l'agence de voyage "Hors des Sentiers battus" est confidentielle et les *tours* qu'elle propose aux initiés ne sont pas à la portée de toutes les bourses)... En regard de quoi, l'équipée annuelle qu'effectue le francilien Lucien Ménard vers les "lointains" rivages de l'Atlantique relève de la transhumance la plus ordinaire, routinière... disons même moutonnière.

C'est donc avec un rien de commisération que le supposé cadre bancaire, se redressant de temps à autre de ses plates-bandes, regarde passer cette sorte de lemming saisonnier qu'est le vacancier en provenance d'outre-Loire, et c'est en manœuvrant sa bêche avec allant qu'il développe à présent, grosso-modo, le train de réflexions suivant :

-Moi-même et quelques compagnons choisis (un prof de fac, un avocat, une psycho-sociologue, un technicien informatique et deux kinés), avons passé nos toutes dernières vacances, non pas à "bronzer idiot" sur quelque plage océane, comme fait le commun des mortels, mais consacré celles-ci à découvrir des sites himalayens, où, hormis quelques représentants de la communauté scientifique et de l'Autorité chinoise, nul étranger n'accède...

À propos de quoi sa pensée se permet une petite digression :

-Aussi ouvert qu'ait pu être ton esprit aux réalités tibétaines, la perspective fugace mais après tout possible d'être incarné toi-même dans une de ces vallées perdues ne t'a guère enchanté, avoue-le... Les aléas du *karma* ou le simple hasard aurait pu en effet te faire naître sur le Toit du Monde plutôt qu'à "La Guérinière", berceau de la France ; et dans la peau, non d'un cadre bancaire éclairé, mais dans celle d'un de ces paysans bouddhistes un peu bornés et malodorants qui se retournent à peine quand vous traversez leur espace vital ? Un furtif échange de regards, pas plus !... Du reste, contrairement à celui de l'occidental judéo-chrétien, le regard que porte le bouddhiste sur les étrangers de passage ne saurait être envieux, ni même curieux ; sa croyance en des réincarnations quasi illimitées de l'âme individuelle exclut de son esprit ce genre de sentiments, car il se sait passible de vivre du dedans toutes les vies possibles et imaginables, agents bancaires et animaux compris ? Chaque *être* en son temps...

L'intuition de Mesnard est heureusement fugace :

-Me trouver par hasard (ou mégarde ?) incarné dans cet étroit cadre de vie de Centre-Asie ? N'avoir pour horizon que ces proches parois abruptes (les majestueux sommets himalayens ne sont pas visibles de partout), pour unique monument à contempler le banal *stupa* local, et pour toute perspective d'évasion vacancière, une ou deux fois l'an, une visite processionnaire au monastère bouddhiste dans la vallée voisine ? Très peu pour moi...

Moralité : qu'il se fasse en puissante voiture ou à dos incertain de mulet, tout déplacement effectué ici-bas a pour effet imparable de maintenir "à distance", c'est-à-dire à l'état de décor mobile peuplé de figurants *virtuels*, une multitude de points de chute potentiels, la plupart non souhaités, les empêchant ainsi de se figer autour de vous en un cadre de vie "à perpète"...

*

Les dioramas verdoyants et mollement vallonnés de la Touraine continuent de défiler à vitesse plus ou moins constante de part et d'autre de l'auto.. À chaque ralentissement, et plus encore à chaque arrêt, le double décor essaie de reprendre corps (réalité) et retrouve en effet tout ou partie de ses qualités intrinsèques : fixité, substance, consistance, insistance, compacité, bref quatre dimensions... Les avait-il *réellement* perdues ? La théorie d'Einstein, selon laquelle la *déréalisation* du cadre de référence est d'autant plus grande que la vitesse du voyageur est plus élevée, vaut-elle dans la pratique...? Quoi qu'il en soit, chacun de ses arrêts (pipi, café, casse-croûte, plein d'essence...) est pour Ménard l'occasion de constater autour de lui la *re*constitution quasi instantanée d'un cadre de vie local, un possible carcan ! Le décor, non seulement recouvre *sur le champ* ses quatre dimensions, mais propose à son attention un inépuisable réservoir de détails particuliers, souvent inédits... S'attardant à examiner ce tronc d'arbre, son écorce lui révèle une richesse graphique insoupçonnée, un gouffre vertigineux de petites choses. Sous l'apparence d'un crépi uniforme, ce pan de mur n'est pas en reste de particularités infimes et fascinantes. On pourrait en inspecter les minces fissures, les épaufrures, son grain pendant des heures… Et que serait-ce sous la loupe ou sous le microscope !? Autant de puits sans fond à la contemplation desquelles l'instinct de conservation de Ménard lui intime de s'arracher avant qu'elles ne l'absorbent trop ! L'oscillation constante de ses globes oculaires y contribue de façon machinale …

« L'Infini est aussi présent ici que n'importe où ailleurs » déclarait Héraclite d'Éphèse. À cet égard, tous les lieux se valent et mériteraient qu'on s'y attarde un peu, ou mieux encore, que l'on s'y fixe, s'y installe *à demeure*. Chaque *ici* presse l'itinérant (vacancier ou routard) de poser sac à terre, d'y faire son nid, sa vie même, et au-delà... sa tombe. Tout invite *un* chacun à entrer, s'absorber (se perdre !) dans les infinis détails d'une réalité locale :

« Entrez, entrez dans les détails ! Vous quittez la route départementale au kilomètre vingt et prenez la première communale à droite. Un hectomètre ou deux plus loin, vous entrez dans "Issy-sur-Rivière". Vous entrez dans les détails de ce cadre de vie étroit mais rêvé, car combien riche et complexe, qu'est "Issy-sur-Rivière" en Sud-Touraine. Vous le pénétrez instantanément de votre vécu, dont il a grand besoin et dont il vous remercie par un accueil de prime abord chaleureux…»

-Vous *tombez* bien ! lance-t-on au nouvel arrivant. Sans lui préciser qu'il n'en ressortira qu'avec peine, et pas indemne ; le plus souvent "les pieds devant" ! c'est-à-dire par en-dessous ; c'est-à-dire pas du tout ! Entrer dans les détails d'une quelconque réalité, c'est en effet s'y disperser et s'y dissoudre… Image de l'eau pénétrant la farine, le sable ou le ciment : elle y perd bientôt sa nature hydrique.

Le bateleur de service, et les attractions attractives qu'il promet et promeut inlassablement à l'entrée de sa ville natale ou d'adoption :

« ISSY-SUR-RIVIÈRE vous accueille : son église romane, son abbaye du XVIIe, son château du XIIIe, son festival, sa piscine, ses campings, sa pétanque, son tennis, son squash, son centre hippique, son musée de la ferronnerie, sa maison de retraite, *and last but not least* son cimetière... »

Une pression en sens inverse, celle du Temps, s'exerce sur Ménard : sa coûteuse réservation d'hôtel en bord de mer prend effet ce soir même. Pas une minute à perdre... Sur le point de céder aux invites des sirènes locales, l'avance inexorable du temps à l'horloge de son tableau de bord le presse de remettre son moteur en marche, donc à plus tard une éventuelle visite d'Issy-sur-terrre, et de reprendre la route au plus vite. Impossible cependant de stopper tout à fait le moteur à mots que sa pensée s'est mis en tête de faire tourner à ce sujet :

-Par définition, les choses inertes manquent de vécu. Dans l'infinitude du cosmos, le vivant passe pour être chose rare, a fortiori le vécu. La planète Terre regorge certes de vivants, mais ceux-ci ne sont pas tous – loin s'en faut – générateurs d'un vécu digne de ce nom. Les zones terrestres les moins urbanisées (désert, campagne, montagne...) restent en grande partie sous-vécues, voire invécues, ce sont des *no man's land* en manque d'êtres vivants de type dit "supérieur", c'est-à-dire dotés comme toi d'une conscience *évoluée*... La ville et le littoral s'en trouvent en comparaison saturés. Le vécu dispensé en milieu naturel (rural) par les animaux petits et grands vivant sur place, ainsi que par les rares humanoïdes locaux, ne permet pas toujours aux choses de la nature (végétaux compris) de surmonter leur inertie native. Ces réalités semi-potentielles vous appellent donc, vous interpellent, vous incitent, vous exhortent à vous impliquer dans leurs plis et replis. Ainsi, quand passe à leur portée un être itinérant doté comme toi de cette énergie précieuse et mystérieuse qu'est la lueur d'être, elles tentent par tous les moyens, c'est bien normal, d'en capter une étincelle…

-Les mailles de leur filet sont heureusement trop larges, trop lâches, et/ou trop fragiles, et trop grande la vitesse de passage de leurs proies potentielles pour que ça marche à tous les coups… Rares sont en fin de compte les voyageurs qui, renonçant à leur destination finale, se laissent capter, captiver, capturer vivants par cette toile d'araignée tendue en travers de leur chemin que constitue la nécessaire étape en rase campagne…

Exemple a contrario dont se souvient Ménard : il y a de cela quelques années, un ex-collègue à lui, Robert Papin, initialement en route pour une destination vacancière océane, s'est laissé *prendre* aux charmes ruraux de "la Ribaudière", non loin d'ici, a posé sac à terre, et n'en a plus bougé. Aux dernières nouvelles, il y élève des chèvres, dont il tire un fromage et y fabrique des marionnettes… Lucien s'était promis de faire un jour étape chez lui, mais n'en a jamais eu le temps (dates de vacances et location obligent)…

-Ni peut-être vraiment eu l'envie ?

Sa pensée reprend la balle au bond :

-Où qu'on aille en ce monde, et quelle que soit la vitesse de déplacement adoptée, l'on se prend tôt ou tard à la toile d'araignée du familier (fami*lié*), c'est la vie…! Des milliers de *liens* finissent par se tisser entre un (mi)*lieu* donné et les êtres qui s'y attardent. Tel l'épeire encoconnant sa proie, tout milieu s'efforce de nouer avec les êtres qui viennent à y passer, ou mieux encore y séjourner, des liens de familiarité solides ; une *solidarité* qui, si l'on y consent, peut aller jusqu'à l'assimilation complète et définitive de l'être personnel…

De fait, l'emprise menaçante de l'inerte, quand Ménard s'arrête, est d'autant plus vivement ressentie qu'il roulait précédemment plus vite et depuis plus longtemps… Avec toutefois ce notable avantage que plus il ressent cette emprise, mieux il s'en défend... Et d'autant mieux que sa pensée, volontiers cogitante en voiture, accepte d'en examiner avec lui les aspects théoriques et les implications pratiques, au fil des kilomètres. Ce dont elle ne se prive pas :

-Objectif donc tout naturel de toute réalité géographique ici-bas : capter et capturer à son profit un maximum d'être(s), afin d'être vécue intérieurement de la façon a plus intime, la plus intense, la plus durable possible et devenir un cadre de vie digne de ce nom… Tout lieu aspire au fond à être carrefour, à se situer à mi-chemin de partout et de nulle part, à mi-distance de tous les infinis, à *être* au sens propre du mot *mi-lieu*…

-Milieu de culture, avec tout ce que cela implique de pullulement et complexification sociobiologiques.

-Il n'est trou perdu sur la planète qui ne rêve de devenir endroit rêvé et célébré, point de chute tout trouvé pour un maximum d'êtres vivants… Il n'est désert qui ne rêve qu'un coup de baguette magique le transforme en oasis, ou, mieux encore, en grande cité, métropole, voire mégapole, grouillante de vie... La baguette du sourcier, par exemple, met à jour une eau minérale de valeur curistique ; mieux encore, le trépan du foreur fait jaillir du sol un flux de gaz naturel ou de pétrole, donc le flot de richesses et de notoriété qui en découlent !

-Autre opération magique par quoi un *trou* perdu peut du jour au lendemain devenir un *lieu* très fréquenté, intimement et intensément vécu : la mise à jour d'un filon d'or ou de pierres précieuses...

-*Trou* = lieu. Un trou jusqu'ici anonyme acquiert une certaine renommée, devient *lieu-dit* grâce aux *trouvailles* qui y sont faites...

-Ou aux trouvailles qu'on y a faites autrefois, ou qu'on espère y faire dans un futur proche ? Trouvailles miné-ralogiques (or, diamant, pétrole...), trouvailles archéo-logiques ou paléontologiques. Grottes, gouffres, caver-nes, failles, sont des lieux d'exception *tout trouvés*, c'est-à-dire particulièrement propices aux trouvailles en tous genres.

-De façon plus banale, la *situation* en un point géo-graphique agréable transforme tôt ou tard un lieu de passage en un *site* remarquable, voire prospère : "Trou-sur-rivière" !

-Les lieux-dits sont automatiquement plus habités (ou l'ont été) que les non-dits. Le simple fait d'être dits con-fère aux premiers un surcroît de vécu par rapport aux seconds. Si quelque humain vient à fréquenter régu-lièrement un lieu jusqu'ici non-dit, celui-ci ne tarde guère à être dit, c'est-à-dire affublé d'un nom plus ou moins en rapport avec la ou les personnes (ou animaux) qui y séjournent, ou y ont séjourné. Le non-dit est par définition indéterminé (privé de *terme* dans tous les sens du mot, celui de *thermes* n'est pas le moindre !). Ses limites spatiales restent floues. À la limite, c'est le terrain vague, ou *no man's land* cher aux explorateurs, ou aux stratèges...

-*Dits* ou *non-dits*, les points de chute ou cadres de vie possibles existent par milliers, millions, voire milliards à travers le monde. La multiplicité des lieux où tu n'as fait que passer est vertigineuse ! Et plus *astronomique* encore le nombre de ceux où tu ne passeras jamais !

-Rien que d'y penser me fait *réaliser* la petitesse de mon être-au-monde...

Un grand coup d'accélérateur met provisoirement fin à ce fructueux dialogue entre Ménard et sa pensée. Traversés à bonne et constante vitesse, peu de (mi)lieux lui semblent dignes d'être durablement vécus... Aucun cadre de vie intermédiaire n'est à proprement parler enviable quand on a pour destination finale le bord de mer, la fin des terres, ce lieu magique où l'œil humain voit miraculeusement disparaître devant lui la partie antérieure de la cangue continentale, notamment urbaine, qui, le reste de l'année, l'enserre et l'oppresse de tous côtés... À défaut de pouvoir séjourner *à demeure* face au *large*, on pratique l'évasion en restant constamment en route. Comme il l'entendit un jour de la bouche d'un routard philosophe genre Kerouac :

-Il te faut avancer sans cesse dans la voie du nulle part, éluder tout arrêt prolongé, exclure les circuits et allers-retours routiniers, échapper à tout *cadre* de vie trop stable, antichambre d'un probable *carcan* et d'un inévitable *cercueil*...

252

-Terreur de l'enterrement ! Se fixer quelque part équivaut à s'y enterrer, et s'enterrer, n'est-ce pas mourir un peu…?

-En se fixant quelque part, on y *creuse sa tombe*. Pour parer à l'emprise potentielle des lieux qu'il traverse, l'automobiliste avisé doit emprunter plutôt les autoroutes que les routes secondaires et ne s'arrêter qu'en des endroits prévus à cet effet : aires de repos standardisées, sans singularité topographique, lieux communs où un flux continuel d'arrivants et de (re)partants rappelle à chacun que sa migration n'est que suspendue et qu'il va devoir reprendre sa route incessamment…

-D'aucuns, prudents, font même la pause debout, s'abreuvent et s'alimentent à côté de leur véhicule, coffre ouvert, afin d'éviter un trop large contact (fessier, dorsal, ventral…) avec le terroir local (cette ventouse ou sangsue avide de vécu).

-Peu nombreux en fin de compte les vacanciers au long cours qui, comme toi, se risquent à faire un bout de leur trajet par les chemins de traverse, en l'occurrence les départementales, parfois les communales…

-C'est que la routine autoroutière m'effraie autant que l'encroûtement territorial. La queue-leu-leu des véhicules sur ces grands axes me rappelle les chenilles processionnaires !

-Il est pourtant statistiquement prouvé qu'emprunter l'autoroute est moins meurtrier que rouler sur le réseau routier secondaire…

- À ce compte on encourt moins de risques encore en restant *terré* quelque part plutôt qu'à circuler à bord d'un véhicule motorisé individuel, ou même à bicyclette. Prendre le volant ou le guidon, c'est bien sûr prendre un risque.

-À bien considérer les choses, l'automobile asservit l'individu (psychiquement) bien plus qu'elle ne l'affranchit (physiquement). L'affranchissement spatial qu'elle te permet corporellement s'accompagne d'un asservissement bien supérieur de ton esprit à la pression inexorable du temps.

-En effet. Même à vitesse modérée, la conduite automobile est très gourmande en énergie psychique. Elle m'interdit de relâcher mon attention visuelle un seul instant sous peine d'accident grave. Une fraction de seconde d'inattention au volant et c'est le choc frontal, ou la sortie de route *dans le décor* (qui du même coup retrouve sa dangereuse matérialité !). Pas question dans ces conditions de me laisser aller à la rêverie, à la méditation, et moins encore à la somnolence....! En voiture, la moindre *absence* de ma part, le plus bref oubli de moi pourrait être fatal, c'est-à-dire définitif !

-Occasion en tous cas de constater, une fois de plus, l'incapacité où tu es de diviser ta conscience à ta guise.

-J'y parviens parfois de façon successive, jamais *sur le moment* de façon rigoureusement simultanée. Le non-dédoublement de personnalité dans l'instant constitue de toute évidence l'un des traits majeurs de ma condition d'être-au-monde.

-Une infirmité de plus ?

-Une insuffisance psychique dont mes congénères semblent en tout cas peu se soucier…

-Et dont tu ne peux t'assurer au fond qu'elle les affecte au même titre et à un même degré que toi ?

-Je rêve parfois d'un état schizophrénique dûment contrôlé qui me permettrait d'affecter une partie de mon cerveau à la conduite automobile sous forme d'attention vigilante (mais non réflexive) et de disposer du reste de ma matière grise pour la rêverie et/ou la libre méditation. Les fonctions de pilotage automatique, innées ou acquises, sont déjà nombreuses chez moi : respirer, digérer, marcher, nager, et même faire du vélo. Cela *se fait* tout seul, à mon insu. Que n'incluent-elles le pilotage sécurisé des engins automoteurs rapides ?

-Allons plus loin : pourquoi ne pas étendre l'automatisme à la totalité de tes fonctions ? Te dispenser de tout vécu ?

-Exclure de mes démarches physiques et psychiques toute lueur de vécu, y compris la copulation ?

-Le train, l'avion te le permettent déjà. Demain ce sera la voiture individuelle en pilotage automatique, n'en doutons pas. L'*auto* réellement *autonome*…

-Mais à quoi bon, alors, la phosphorescence d'un vécu singulier si ça ne sert qu'à regarder le paysage, rêvasser, ou se laisser aller à des pensées aussi fumeuses et hasardeuses qu'à présent ?

-En termes plus conformes aux canons du questionnement philosophique : pourquoi l'immixtion de la conscience réflexive entre le stimulus et le réflexe...? Et pourquoi, parfois, tout un train de réflexions à la suite d'un tel enchaînement...?

-En des termes qui me sont personnels : à quoi bon du *vécu*, en moi, chez autrui, chez nombre d'animaux, à la surface de notre planète, ou de façon plus large encore au cœur des espaces infinis, au sein de la nuit noire des temps, et non pas rien que l'invécu qui y prédomine déjà si largement...?

-Le cosmos, en effet, paraît se passer parfaitement de

tout vécu. Régi par la mécanique céleste, il est à même de fonctionner tout seul, le plus simplement du monde, dans l'invécu le plus total… Pourquoi donc l'exception terrestre actuelle ? Pourquoi ce vécu phénoménal – humain, ou plus largement animal - qui y sévit depuis des temps pas si anciens que ça ? Après tout, le minéral et le végétal s'en passent fort bien.

-De même, ces centaines de millions de globules rouges circulant vingt-quatre heures sur vingt-quatre en toute inconscience dans l'organisme vivant dont je dispose. Des centaines de milliards d'atomes et molécules ne cessent de s'y agiter, sans que cela donne lieu de leur part (que je sache) à la moindre étincelle de cogitation.

-Si ce n'est quand même, sous la forme synthétique de sensations et réflexions au niveau de ta conscience, quand cela se passe trop mal pour eux. Une prise de conscience dont ces individualités (moléculaires, atomiques ou cellulaires) sont, autant qu'on sache, exclues… ?

-Pour en venir à une démarche de pensée plus rigoureusement *égologique* : pourquoi mon vécu personnel dans *tout ça* ? Ou encore : pourquoi moi ici-maintenant et non pas ailleurs-autrefois, ou nulle part-jamais…? En résumé, pourquoi du vécu (dont le mien) et non pas *rien que* de l'invécu ? Est-il indispensable que ce qui se passe en ce monde soit vécu de quelque façon ? Et si nécessité il y a, pourquoi est-ce vécu sous cette forme manifestement partielle, partiale, défectueuse, défaillante que je connais, et non pas de façon parfaite, éternelle, intègre et intégrale…?

-Mais qu'est-ce donc qui te fait croire qu'il n'en est pas ainsi ?

-Etc…, etc…

Dialoguer ainsi sans fin avec lui-même (à défaut d'autre interlocuteur) est une vieille habitude chez Lucien Ménard. Le ronron cérébral fait écho à celui de son moteur… Il y met juste ce qu'il faut de rigueur (égo)-logique pour maintenir son esprit en éveil sans trop distraire son attention de l'essentiel : la route devant lui. Conducteur actif d'une puissante berline comme aujourd'hui, accomplissant un trajet somme toute familier mais dangereux, ou, comme autrefois, auto-stoppeur passif sur le bas-côté de la route à l'affût d'un *lift* aléatoire en terre inconnue, se livrer à un tel débat d'idées a pour effet de faire passer l'interminable passage du temps au second plan de son vécu direct, tandis que le compteur de sa voiture, dénué quant à lui de tout vécu intérieur, additionne impavide les kilomètres en direction du littoral...

-Justement, cet auto-stoppeur pouce levé au bord de la route…?

Ménard n'hésite pas une seconde à *ne pas* s'arrêter. Ayant pratiqué lui-même l'auto-stop dans ses jeunes années (un tour d'Angleterre en solitaire, deux allers-retours Stockholm, dont un en double mixte avec Mona…), Ménard, devenu conducteur, se garde de prendre à son bord qui que ce soit d'inconnu (même une jolie fille), et pense avoir de bonnes raisons pour cela :

-Les temps ont bien changé ! Les conditions actuelles de l'auto-stop ne sont plus celles que j'ai connues il y a quarante ans. En ce temps-là (1953), le coût encore élevé des transport collectifs sur de longues distances, par chemin de fer ou par avion, empêchait une grande partie de la jeunesse des classes modestes et même moyennes, notamment étudiante de voyager très loin, notamment à l'étranger, et justifiait donc, de part et d'autre (automobiliste/auto-stoppeur), le recours courant à cette pratique. Sans l'auto-stop et les auberges de jeunesse, Mona et moi, et beaucoup d'autres jeunes gens de l'après-guerre n'aurions pu partir à la découverte fraternelle de l'Europe. Or aujourd'hui, ces longs trajets, qu'ils soient effectués en train, en car, ou même en avion *low-cost*, sont à la portée de toutes les bourses…

Autre argument pour ne pas prendre à son bord une personne inconnue : la faune vagabonde en quête de *lift* au bord des routes est devenue en un demi-siècle beaucoup plus clocharde qu'étudiante ou simplement routarde… Ménard la trouve déliquescente, tant sur le plan physique que mental et moral, et il la sait souvent consommatrice de drogues, donc encline à la délinquance pour s'en procurer. L'*hitch-hiking* (auto-stop) d'autrefois a même fait place aujourd'hui au *car-jacking* (piraterie automobile)… S'ajoutant ainsi aux raisons "métaphysiques" (avancées plus haut) de s'arrêter le moins possible en cours de route, c'est donc une bonne raison supplémentaire de n'en rien faire hors nécessité…

Remarque inévitable de sa pensée :

-Il n'est plus méfiant conducteur qu'un ancien auto-stoppeur. L'inversion est du reste classique en d'autres domaines : il n'est plus dur patron d'entreprise que l'ancien ouvrier, de juge plus sévère que l'ancien taulard (ou l'inverse)…

Dernier arrêt intermédiaire... Ménard bifurque dans une toute petite route pour y faire sa pause casse-croûte. L'endroit où il choisit de s'arrêter, sans nom ni caractère particulier (un chêne de taille moyenne pris dans la haie d'un pâturage), lui inspire un sentiment mitigé d'indifférence, d'intérêt, de reconnaissance et, pour finir, de compassion... L'inertie initiale du décor végétal (pas le moindre vent) *se voit* tout à coup vivifiée par le vol groupé de quatre papillons d'une même espèce, dont Ménard ignore le nom, mais qu'il observe avec plus d'attention depuis qu'il a lu Nabokov... Quatre papillons aux ailes bistre comportant en leur centre un point noir, sorte d'œil dissuasif à l'encontre d'un possible prédateur...? Sous ces lépidoptères apparaît à présent, *ex nihilo*, totalement à l'arrêt, un lézard que Ménard n'a pu voir auparavant, tant il se fondait au fouillis végétal. Seule sa gorge palpitante donne signe de vie ; une mouche parcourt sa robe gris-vert sans qu'il s'en émeuve. Le reptile fixe la haute silhouette humaine qui le surplombe, mais très probablement ne la voit pas... Au moment de quitter ce lieu, une sorte d'apitoiement songeur s'empare de Ménard :

-Cet endroit modeste m'a offert une ombre appréciable pour déjeuner et rafraîchir un peu mon auto ; une butte herbue pour m'asseoir confortablement ; un écran végétal suffisant pour faire mes besoins en toute discrétion ; l'exemple méditatif de quelques vaches tranquilles à l'autre bout du pré pour m'inviter à la rumination métaphysique. Faut-il donc quitter cela ? abandonner l'endroit à son infime vécu local ?

Par la stabilité et la convivialité de base qu'ils sont à même d'offrir dans l'immédiat, la plupart des milieux ruraux se valent. Mais à plus long terme, l'infinie richesse en détails réels recelés par n'importe lequel d'entre eux est susceptible de gagner le voyageur et le convaincre de mettre un coup d'arrêt définitif à son automobilité chronique. Il était donc grand temps que Ménard remette son moteur en marche.

Repassant par là au retour des vacances, ou l'année suivante, ou des années plus tard, il reconnaîtra vaguement ce lieu anonyme où son véhicule, son corps et sa pensée ont fait halte une fois par hasard... Ce sera cette fois-ci sans t'y arrêter, ni même ralentir à sa hauteur, c'est-à-dire sans gratifier l'endroit d'un vécu circonstancié.

THALASSOLOGIE

-La mer comme destination migratoire finale dilate instantanément l'aire de vécu du vacancier. L'évasion balnéaire se présente à lui comme un terme obligatoire mais acceptable de son errance automobile...

-Le bord de mer est un milieu pas comme les autres. Identique à lui-même, ou peu s'en faut, d'un bout à l'autre du littoral, et sur tous les littoraux du monde ? N'importe quel point particulier de son rivage *synthétise* les innombrables lieux où l'on est susceptible de déboucher sur l'immensité marine.

-Être à "Issy-sur-Mer" ou à "Ailleurs-les-Flots" revient positivement au même en termes de vécu. C'est en premier lieu et pour l'essentiel "être au bord de la mer".

-Aussi modeste que soit la station, aussi minable son arrière-pays, c'est de fait le grand Large ! Le contraire de ce confinement tombal éprouvé par ailleurs dans un *trou* de campagne, ou de montagne...

-La mer universelle restaure chez l'être-au-monde (*Dasein*) que je suis, sinon le don d'ubiquité, du moins un sentiment d'élargissement notable de mon champ (ou sphère) de vécu personnel...

261

-À peine arrivé, l'on se précipite sur le Front de Mer pour vérifier cela *de visu*.

-*Elle* n'a pratiquement pas changé…

-On la dit pourtant *changeante* ?

-Elle change en effet d'une heure à l'autre, ou d'un jour au suivant, et bouge en outre de façon permanente ; mais ces changements superficiels et ces mouvements constants n'affectent en rien sa substance intime, ni son être à long terme.

-Elle est telle qu'on l'a découverte autrefois, pour la première fois, et telle qu'on l'a revue maintes fois depuis...

-Paradoxe apparent : sensible sur le moment au temps qu'il fait, insensible à celui qui passe...?

-Changeante d'un jour sur l'autre, ou même d'une heure à la suivante, en fonction du vent, elle demeure sur le long terme inchangée, ne gardant aucune trace de ce qui (se) passe en elle, sous elle, au-dessus d'elle, ou sur ses bords...

-Deux, trois milliards d'années ? Elle ne *fait* pas son âge...

-Elle est à proprement parler sans âge, ne présente aucun signe d'usure, ni de caducité.

-Elle est pourtant ridée ?

-Ridée par nature, autant qu'on peut l'être. Mais ses creux (ses rides) les plus marqués, d'origine éolienne, s'effacent d'eux-mêmes, comme par enchantement, à mesure qu'ils se forment. Les plus profonds sillons nautiques ne sont que sillages éphémères à sa surface. Autant dire qu'un *coup de vieux* n'a pas de prise sur elle...

-La *même* en quelque sorte depuis que l'*on* est au monde, et sans doute depuis que le monde est monde ?

-L'on ne peut en dire autant de la croûte terrestre, plissée et crevassée durablement par le volcanisme d'une ère à l'autre, érodée, taraudée, transformée par le vent et la pluie d'une année sur l'autre, ni de la couverture végétale sujette, elle, à des variations saisonnières spectaculaires, ainsi qu'à des transformations irréversibles et vouée, bien que se rénovant un peu à chaque printemps, à un vieillissement à long terme fatal…

-Et il en va de même des êtres animés de tous poils et de toutes espèces qui sillonnent le globe. Tous prennent d'imparables "coups de vieux", connaissent une déchéance tôt ou tard mortelle !

-Quant à l'air, il est trop ténu, trop peu tangible aux sens humains - si ce n'est l'odorat - pour qu'on puisse per-cevoir ses éventuelles altérations, ou éprouver sa stabilité... L'air n'offre pas au vécu humain la tangible substantialité de la réalité marine, ni surtout son accessibilité directe.

-Elle est donc une réalité à part...?

-Elle intègre en effet des qualités diverses qui, chez d'autres réalités terrestres, s'avèrent antagonistes. Elle incarne par exemple le maximum de substantialité compatible avec une fluidité totale, offrant par là même à tout corps solide (dont celui de l'Homme) le maximum de pénétrabilité compatible avec une certaine flottaison.

-Mais ces deux traits physiques ne sont-ils pas plus caractéristiques de l'eau que propres à la mer ?

-Objection recevable... La mer jouit "naturellement" des qualités extraordinaires de l'eau, mais elle en possède d'autres, bien à elle et tout à fait remarquables. Celle en particulier, déjà évoquée, d'être changeante et pourtant inchangée, ou, vue sous un autre angle, d'associer le comble de la mobilité au comble de l'immuabilité - ce qui n'est pas donnée à toute réalité aquatique.

-D'où découle sans doute cette autre propriété typiquement marine : l'éternelle fraîcheur, ou jeunesse...?

-En effet, tandis que maints plans d'eau semblent "usés" au bout d'un certain temps de stagnation terrestre, la mer pour sa part, avec ses ourlets d'écume blanche sans cesse renouvelés, paraît éternellement jeune, "flambant neuve", aussi bien quand un soleil levant fringant l'éclaire au petit matin, qu'au terme d'une longue journée, quand un soleil déclinant, puis couchant, exténué, épuise ses derniers feux en des miroitements d'argent et de cuivre d'une vivacité tenace...

-Comment expliquer cela ?

-Aucun signe d'usure à la surface de l'océan ; usure omniprésente partout ailleurs, y compris sur maints plans d'eau non reliés à la mer...

-Il y a les eaux dites "vives" (torrents, cascades, fleuves impétueux...), qui, pour assurer leur salut, n'ont de cesse et d'autre issue que de rejoindre le giron marin, tandis que d'autres eaux dites "mortes" (étangs, canaux, bras morts de certains cours d'eau) n'y parviennent jamais.

-Mortes également ces invaginations marines prises entre des rochers ou des ouvrages portuaires artificiels, mais ne représentant en surface et volume que peu de chose par rapport à la mer totale…

-*Vive*, la mer l'est par l'éclat, la vivacité, l'infatigable vitalité ou mobilité de ses eaux... Comment expliquer cela, par le sel ?

-La mer est en effet salée, mais ce trait ne joue aucun rôle dans sa mobilité, au contraire : la mer dite "Morte" est on ne peut plus empesée par le sel. L'explication de la mobilité marine doit être cherchée ailleurs. Elle est d'ordre quantitatif plus que qualitatif ; elle réside simplement (comme suggéré plus haut) dans l'extraordinaire masse hydrique que constituent ses quelque quinze mille milliards de mètres-cubes d'eau libre à la surface du globe terrestre !

-Là est en effet le secret de son éternelle jeunesse. Immensité liquide d'un seul tenant, animée en permanence d'un triple mouvement d'ampleur et de périodicité variables, la mer est comme un muscle énorme à l'état libre sur lequel nul agent autre que cosmique (la Lune, le Soleil) n'a de prise durable ici-bas, et pour lequel n'existe aucune enveloppe, ou *contenant* terrestre dignes de ce nom... Les mal nommés *continents* n'en contiennent en réalité que de petites fractions, appelées *mers intérieures*, souvent mortes ou en voie de l'être. La mappemonde met en évidence la prédominance du bleu marine et outremer sur les couleurs terrestres, jaune, vert et brun... La mer enserre les terres, les soumet à sa pression, non l'inverse. Elle les borde et déborde sans exception ; précédant leur émergence, elle les grignote une fois surgies, les submerge tôt ou tard !

-Elle se soucie (?) pourtant de remettre à neuf périodiquement, à notre intention (?), le long ruban de sable piétiné, souillé, fatigué, qui nous tient de lieu seuil, ou mieux encore de paillasson quand nous entrons en mer pour nous baigner.

-La dite "plage", si sensible aux moindres effets du temps (météorologique comme chronométrique), fait bien ressortir la spécificité marine : son intemporalité, et du même coup, sa transtemporalité... La mer, dans la mesure où elle est *une* et *même*, identique à elle-même à travers des états changeants, en tous lieux et temps, reproduit à une immense échelle ce qu'est pour chaque être (humain) son identité singulière à travers les multiples *avatars* du vécu.

-Et les *aléas* de la vie...

-La mer est probablement sous-jacente à toutes formes de vie, de la plus primitive à la plus évoluée...?

-Difficile en effet de concevoir une planète "vivante" qui n'ait pas en partage, sous une forme quelconque, une masse d'eau comparable à ce que représentent pour nous, sur Terre, les océans...

-Donnée à première vue paradoxale : insensible aux atteintes de l'âge aussi bien en surface qu'en profondeur, montrant une égale indifférence à l'endroit de toutes les manifestations plus ou moins voyantes du Vivant, ne gardant, contrairement à la Terre, aucune empreinte de ce qui (s')est passé dans ses flancs, à sa surface ou sur ses bords depuis l'aube des temps, la Mer, ou plus exactement le bord de mer, représente pour quiconque y séjourne de temps à autre un moyen efficace d'entrer en contact avec le plus lointain passé, même le plus éventé... Subtile combinaison d'éléments simples, olfactifs (algues, iode), sonore (le ressac), visuels (l'ourlet d'écume, le scintillement)..., une bouffée ou gorgée mentale de ce philtre magique vous transporte instantanément (à l'instar de la légendaire madeleine de Proust) d'une à plusieurs décennies en arrière, parfois plus !

-Tout bien considéré, elle est la seule composante du cadre de vie humain, et peut-être aussi animal, à n'avoir pas changé au fil des siècles, des millénaires, et vraisemblablement depuis des ères !

-D'où cette sensation ineffable, lorsqu'on longe le bord de mer, d'évoluer au sein même de l'éternité...?

-Elle fait naître en chacun de nous l'espoir, bien sûr fallacieux, d'une éternité personnelle.

-Au demeurant, la mer elle-même n'est pas éternelle. Nos explorations récentes de la planète Mars nous apprennent que des masses d'eau conséquentes s'en sont évaporées il y a quelques milliards d'années, sans que l'on sache trop pourquoi...

-Il n'empêche : déambulant pensif dans quelques décimètres d'eau en bordure de mer, l'on éprouve le sentiment quasi extatique d'entrer en communion directe, non seulement avec soi-même autrefois, mais aussi, de façon plus secrète, avec de très anciens représentants, plus ou moins exotiques, du genre *Homo*, du monde animal, ou plus largement encore de l'être-au-monde des temps passés... Un gamin, un adolescent, puis un adulte à notre image (ou presque), ceint d'un pagne en peau de bête, un poignard de silex au côté, met ses pas dans nos pas pataugeurs...

-N'est-ce pas plutôt l'inverse ? Le *même* médium transtemporel nous unit l'un à l'autre aussi tangiblement et intimement que le ferait un milieu spatial homogène…?

-Il arrive en tout cas que cette sensation, *vive* mais fugace, fasse naître en nous des espoirs insensés d'éclatement du carcan temporel, d'arrachement personnel à l'entraînement jusqu'ici irréversible du Temps.

-*Transtemporalité* : libre transport dans la quatrième dimension !

-La mer a connu nos plus lointains ancêtres, quand on y pense. Notre frustrante (et complaisante ?) incapacité de remonter le cours du temps s'en trouve certes soulignée, mais dans une certaine mesure abolie...

-La même mer depuis tant d'années ; depuis des siècles en fait, et même des millénaires, des ères entières à en croire les géologues...

-Le bord de mer : lieu commun de bien des tranches de vie vécues jusqu'ici par nous, vous, toi et moi, mais aussi et mieux encore - à en croire les paléontologues -, le lieu commun de tous les stades de la Vie humaine, animale comme végétale...

-Du vivant de l'Homme, et a fortiori du vivant de l'estivant - et pour autant qu'on sache : du vivant du Vivant lui-même -, la mer n'a pratiquement pas cessé d'être présente ici-bas, identique à elle-même. La mer, étalon suprême de l'impermanent ?

-Impitoyable miroir de l'éphémère ! Par sa parfaite pérennité, elle met en relief (*accuse*) le caractère essentiellement futile et fugace de tout ce qui (se) passe dans ses parages, estivants compris. Elle est un *vivant* reproche aux mortels que nous sommes. Elle témoigne d'un temps immémorial où non seulement l'Homme, mais plus généralement les mammifères, les dinosauriens et autres espèces marines, amphibiennes, aériennes ou terrestres, se signalaient par leur absence...

-Ainsi la mer est-elle bien, de toutes les réalités du monde, celle qui, dans notre esprit, répond le mieux à l'idée d'Éternité ; la seule réalité terrestre dont on puisse affirmer avec une quasi certitude qu'elle est telle qu'aux premiers temps où quelque *un* s'est trouvé en sa présence, ou, mieux encore, aux temps anciens où, pour la première fois, parvenus sur ses bords, des êtres humains (ou plus largement animaux) l'ont appréhendée sous ses différents aspects, visuel, tactile, olfactif, sonore... gustatif ?

-D'entrée, et simultanément (car c'est la simultanéité de plusieurs impressions dans divers domaines sensoriels qui confère à la mer un tel impact sur le cortex humain) : sa totale mobilité, le bruit quasi isotrope qui l'accompagne, et, par bouffées, cette flaveur d'iode et de sel, également enivrante...

-La mer : un ressassement dont on ne se lasse pas, quand bien même on finit par ne plus l'entendre, et qui, au bout de plusieurs heures, vous laisse dans un état d'hébétude proche de l'ébriété...

-Et qu'on retrouve chaque fois avec une même stupeur !

-Stupeur des premiers arrivants en vue de la mer… La toute première tribu d'*Homo neanderthalensis*, avec armes et bagages, femmes et enfants, progressant depuis des années des fins fonds continentaux de l'Eurasie, talonnée par cet implacable adversaire qu'est déjà pour elle *Homo sapiens* ? ou simplement aiguillonnée par l'esprit d'aventure ?

-L'instant où tout ce petit monde, franchissant le dernier cordon dunaire aquitain à hauteur de ce qui sera un jour "Montalivet-les-Bains", débouche sur l'Atlantique et écarquille les yeux au maximum : du jamais vu de mémoire de néandertalien. Et pas moyen d'aller plus loin...?

-La descente sur la plage, nos premiers pas craintifs dans une matière mouvante, le sable, non pas inconnue de nous, car nous l'avons déjà foulée ailleurs, mais dont nos pieds, justement, coutumiers des longues marches sur tous terrains, ont de bonnes raisons de se méfier... Aucune hésitation, par contre, pour s'y asseoir, c'est un support que nous savons de tout repos, voire confortable.

-L'on s'y installe toutefois à une dizaine de mètres, distance dite "respectueuse", du mystérieux monstre liquide...

-La hardiesse attitrée de notre grand Chef Babu le pousse à aller voir de près cette Chose dont la bordure déconcertante semble avancer et reculer à la fois, se dresser de façon menaçante et s'aplatir ensuite avec humilité...?

-Il n'est pas dans le caractère de chef Babu de se laisser intimider et moins encore impressionner par qui ou quoi que ce soit en ce monde, connu ou inconnu... Plus que l'immensité du plan d'eau (nous sommes passés par la Caspienne et la Mer Noire), c'est son agitation ample et soutenue qui, présentement, ne laisse pas de surprendre les membres de la tribu, mais aussi de nous intriguer. Il y a là un formidable spectacle, géant et généreux, inlassablement renouvelé, et d'une gratuité totale, dont chacun se convainc d'emblée qu'il lui faudra des jours, des mois, voire des années et même des millénaires pour en épuiser les infinies richesses...

-À l'exception de Babu resté debout, toute la tribu est maintenant assise, accroupie, ou allongée, face au Large, éberluée !

-Mais notre grand Chef n'apprécie guère de voir ses hommes (mais surtout ses femmes et enfants) captivés et intimidés par une réalité autre que sa prééminente personne. Même si pour la plupart nous manifestons encore quelque désarroi et levons vers lui, de temps à autre, un regard interrogateur, en quête d'explication, voire de protection, notre fascination pour cette autre réalité ne lui sied guère. À ses yeux, désormais, la mer fait figure d'adversaire - à tout le moins de concurrent direct, de rival sérieux. Babu estime en conséquence urgent de faire écran le plus possible entre ceux et celles qu'il considère comme ses sujets et l'objet de leur sidération. Il s'approche donc au plus près de l'énorme masse liquide, afin de mieux l'examiner, la jauger, et sans doute va-t-il la défier...?

-Heureuse coïncidence, celle-ci au même instant, soumise à des contraintes cosmiques aussi mystérieuses qu'inflexibles, est forcée d'amorcer son reflux. La pointe humide extrême de son avancée imprègne encore la lisière de sable qu'elle occupait un peu plus tôt... Ce que l'on nommera plus tard l'*estran* tend visiblement à s'élargir de minute en minute, et la mer à se rétracter d'autant. Babu, observant cela et - pas plus bête qu'un autre - anticipant la suite, y hasarde ses propres pieds, et, constatant la solidité du support, s'y livre sur place à une espèce de trépignement guerrier, destiné aussi bien à marquer le terrain conquis qu'à intimider l'adversaire et précipiter sa retraite !

-C'est alors que la mer, d'un large coup de patte imprévu, à contretemps de son reflux d'ensemble, lui saisit les chevilles et, dans un bouillonnement d'écume blanche, lui transit les mollets jusqu'aux genoux et lui éclabousse les fesses !

Un grand rire éclata dans le dos d'oncle Babu, dont il mettra l'été entier à se remettre.

———————

Da Capo...

© 2018, André, Michel
Edition : Books on Demand,
12/14 rond-Point des Champs-Elysées, 75008 Paris
Impression : BoD - Books on Demand, Norderstedt, Allemagne
ISBN : 9782322103232
Dépôt légal : février 2018